Detlef Brettschneider

Ein paar Kurze

50 Kurzgeschichten

Wenn ein Autor behauptet, sein Leserkreis
habe sich verdoppelt, liegt der Verdacht
nahe, dass der Mann geheiratet hat.

William Beaverbrook (1879-1964)
engl. Politiker u. Zeitungsverleger

Saalfeld, 05.03.2016

Bibliografische Information der Deutschen Nationalbibliothek:

Die Deutsche Nationalbibliothek verzeichnet diese Publikation
In der Deutschen Nationalbibliografie; detaillierte bibliografische
Daten sind im Internet über http://dnb.dnb.de abrufbar.

Herstellung und Verlag:
BoD – Books on Demand, Norderstedt

ISBN 978-3-8370-2706-8

Inhaltsverzeichnis

Inhaltsverzeichnis 5
Vorwort 7
Oma Gerlach 9
Die Geschichte 13
Lachkrampf 16
Eine Tote 18
Vatertag 24
Roaner und Leaner 29
Das grüne Tuch 36
Die Tierversammlung 41
Der blinde Appendix 43
Irene 49
Santa 54
Namensänderung 62
Märchen vom winzigen Königreich 68
Klaus Bartlowitz 75
Verhinderter Auftritt 77
Bernhard 82
Die Mega-Energie-Batterie 89
Die Aufgabe 94
Vorurteile 104
Die Maus 108
Der dicke Mann 112
Der graue Krieg 121
Schlaf schön 125
P38 129
Die Geschwister 134
Die Farbe Rot 139
Gutes tun 147
Der erste Schritt 151
Mondsüchtig 155

Unheilvolle Zeit 159
Opernkarten.. 167
Sage von der Lockerberg-Eiche 177
Drei Bücher 182
Sport 186
Was danach geschah 192
Ein entscheidender Wunsch 195
Glück 205
Der Schneider.. 208
Mord... 215
Der Fußabtreter 223
Unsichtbar 226
Königsland 231
Zweimal kurz 233
Ulrike 241
Kreuzfahrt 244
Antimaterie.. 253
AIW.. 258
Heinzelmännchen... 264
Kidnapping.. 269
Müll.. 275
Über den Autor.. 283

Vorwort (fast wichtig)

Goethe schrieb einst: „Wer vieles bringt, wird manchem etwas bringen". Dem entsprechend liegt vor Ihnen jetzt ein kunterbuntes Sammelsurium von Kurzgeschichten. Die einen habe ich selbst erlebt, die meisten jedoch entstammen meiner Fantasie. Märchen werden neu interpretiert oder sind selbsterdacht. Der Bereich SiFi wird gestreift und fiktive Kriminalfälle findet man genauso wie Liebesgeschichten. Falls Ihnen eine derart ungeordnete Sammlung widerstrebt, dürfen Sie dieses Scriptum getrost beiseite legen. Ich werde Ihnen deswegen nicht böse sein.

Übereinstimmungen bzw. Ähnlichkeiten von Namen, Orten, Geschehnissen oder sonstigen Dingen sind nicht beabsichtigt und wären rein zufällig.

Die vorliegenden Kurzgeschichten widme ich meinen beiden Söhnen, die trotz elterlicher Scheidung anständige Kerle geworden sind.

Oma Gerlach

Die Wolken gaben freundlicherweise etwas Himmel frei und die Sonne konnte mit ihren Strahlen die Spitze des kleinen Kirchturms kitzeln, dessen Uhr wie immer verzweifelt versuchte, dem Fluss der Zeit hinterher zu rennen. Schon in den nächsten Tagen sollte der Strom für den nachgerüsteten, aber überforderten Elektromotor abgestellt werden und dann bekämen die müden Zahnräder des ehrwürdigen Getriebes endlich ihre verdiente Ruhe. Es gab sowieso keinen Menschen mehr, der in Erwartung der Mittagspause seinen Blick auf das verblasste Zifferblatt gelenkt hätte. Die Fenster der verlassenen Häuser verloren ihren Glanz, ähnlich wie die Augen eines Toten. Kein Gespräch, kein Gesang, kein Kinderlachen und auch kein Maschinenlärm waren zwischen den bröckelnden Mauern zu hören. Nur ab und an, wenn Gevatter Wind wieder einmal sehr arg blies, durchbrach das Klappern eines losen Fensterladens die allumfassende Stille. Ein paar possierliche Feldmäuse, die einzig verbliebenen Lebewesen im Dorf, stahlen die letzten der liegen gebliebenen Weizenkörner und keine mordlustige Katze kam ihnen dabei in die Quere.

Der Grund für den unvermeidlichen Exodus lag einige Meter tief unter dem rauen Pflaster der Dorfstraße. Ein dickes Braunkohleflöz sollte helfen, den unendlichen Energiehunger der Menschen zu stillen.

Als die Evakuierung des Dorfes publik wurde, waren bei Weitem nicht alle seiner Bewohner sofort damit einverstanden. Aber nach und nach gewann die Einsicht in das Unabwendbare die Oberhand. Die junge Generation war sowieso schon vor geraumer Zeit in Gegenden mit florierender Industrie geflohen und die Alten starben, wie es die Natur vorsah, einer gemächlich nach dem anderen. In der näheren Umgebung gab es weder eine Einkaufsmöglichkeit noch eine Arztpraxis, keine Gaststätte und kein Kino, keine Bushaltestelle und keinen Friedhof. Und so siedelten die verbliebenen Einwohner schweren Herzens aus ihren alten Häusern in weit ab gelegene Neubauten um. Mit einer stolzen Ausnahme: Oma Gerlach. Die alte Dame wohnte seit 97 Jahren in ihrem etwas windschiefen Häuschen. Sie war darin geboren worden und wollte auch darin sterben. Ihre Enkelin, Susanne Gerlach, kam täglich für zwei, drei Stunden vorbei um zu kochen, zu waschen und zu putzen, das Abendbrot bereit zu stellen und für den nächsten Tag das Frühstück vorzubereiten. Schmeißfliegenartig marschierten aber auch täglich irgendwelche Anzugtypen an, die Oma Gerlach überreden wollten, endlich ihr geliebtes Haus aufzugeben. Manche flehten händeringend um Einsicht, einige versuchten ihr ein Altersheim schmackhaft zu machen und wiederum andere drohten mit einer Zwangsräumung. Aber Susannes Großmutter blieb standhaft wie der Kölner Dom. Es war, als würde eine unbekannte Kraft die Frau an das alte Haus fesseln. Aber das gnadenlose Schicksal spielte dann doch den Schlipsträgern einen Trumpf in die Hände. Morbus Alzheimer suchte sich die alte Dame aus, um sie in das unbekannte Land des Vergessens zu entführen. Ihre Enkelin übergab die Verwirrte behutsam und unter Tränen an ein Pflegeheim. Dem Tod des Dorfes stand nun nichts und niemand mehr im Wege. In knapp vier Wochen würden die Schaufeln riesiger Bagger die Überreste einer einst blühenden Landschaft in das unerbittliche Nirvana reißen.

Gleißend verströmte die Sonne ihre mittägliche Hitze über das verlassene Dorf, als der Motorlärm eines sich nähernden Autos die ängstlichen Feldmäuse in ihre schützenden, unterirdischen Gänge trieb. Ein Geländewagen raste, braungelbe Staubwolken erzeugend, über die holprige Dorfstraße, bremste hart ab und schob sich mit surrendem Getriebe ein Stück zurück. Der Fahrer wartete geduldig bis sich der wirbelnde Staub gelegt hatte und stieg dann neugierig aus. Weiße Schuhe, eine geblümte Hose, ein bunt kariertes Hemd und eine verspiegelte Sonnenbrille stempelten ihn zu einem Fremdkörper in dieser Umgebung. Langsam schritt der Eindringling über das Kopfsteinpflaster und betrachtete sorgsam Haus für Haus. Dann zog er ein vergoldetes Smartphon aus der Gesäßtasche, suchte nach einer ganz bestimmten Telefonnummer und sprach aufgeregt auf den angewählten Teilnehmer ein. Nach Beendigung des wortreichen Dialoges schwang sich der Buntgekleidete wieder hinter sein Lenkrad, wendete den Wagen in einer sandigen Einfahrt und brauste zurück in die Richtung, aus der er soeben gekommen war.

Es dauerte keine drei Tage, dann war die Erlaubnis erteilt. Genau für drei Wochen. Als die Stromgeneratoren ihre nächtliche Arbeit aufnahmen, packten die Feldmäuse ihren Rucksack und verzogen sich schimpfend in ruhigere Gefilde. Die riesigen Scheinwerfer schossen ihr grelles Licht auf die herrenlosen Häuser und gelegentlich ließ eines davon sein Gebälk gehörig knacken. Ein anscheinend wichtiger Regisseur hetzte wie von der Tarantel gestochen bald hierhin, bald dahin, schwitzte und fühlte sich wie ein Feldherr, der eine entscheidende Schlacht zu schlagen hatte. Da und dort lobte er überschwänglich die Mitarbeiter, hier und da schimpfte er wie ein wütender Rohrspatz. Der Hauptdarsteller übte fortwährend die Aussprache ein und desselben Satzes, die Komparsen langweilten sich wie immer und das Catering kam mit dem Kaffeekochen kaum hinterher. Requisiteure schlugen Löcher in Wände oder täuschten mit schwarzer Farbe Brandflecke auf Zäunen und Dächern vor. Dann putzten die Kameraleute noch einmal gründlich die Glaslinsen ihrer sündhaft teuren Aufnahmetechnik und versammelten sich vor Oma Gerlachs ehemaliger Bleibe. Die Angehörigen des Teams „Special Effects" hatten einige Brandsätzen in dem unschuldigen Haus verborgen und ein Stuntman wartete im Inneren nervös auf seinen Einsatz, bekleidet mit feuerfester Unterwäsche und einem Feuer abweisenden Spezialanzug. Kaum hatte der Regisseur „Action" in das Megafon gerufen, brannte das Haus auch schon lichterloh. Eine Minute später kam der Stuntman von Flammen umhüllt aus dem Inferno gerannt und warf sich außerhalb des Blickfeldes auf den Boden, wo ihn zwei Helfer mit Feuerlöschern von der sengenden Hitze befreiten. Zehn Sekunden danach rief der Regisseur „Cut" und alles war vorbei. Die Kameraleute demontierten ihr Arbeitsgerät und die diesmal nicht eingesetzten Darsteller bezogen ihre Wohnwagen. Die Techniker schalteten die schweren Scheinwerfer ab und der Regisseur fuhr mit seiner Assistentin in die nächstgelegene Stadt, um nach getaner Arbeit ein oder zwei Bierchen zu zischen. Nur das arme Haus brannte weiter und beleuchtete mit dem unruhigen Schein seiner Flammen die mobilen Unterkünfte, in denen schon lange kein Licht mehr brannte. Als am Morgen die aufgehende Sonne verwundert die Szenerie betrachtete, waren von Oma Gerlachs alter Wohnstätte nur noch ein paar angekohlte Steine und ein Fähnchen Rauch übrig. Die Filmleute hatten somit den anrückenden Baggern die Abrissarbeiten geringfügig erleichtert.

Einen Tag nach dem Dahingehen ihres Häuschens, schloss auch Oma Gerlach für immer die ermatteten Augen. Beim Entrümpeln ihres Schranks fanden die Mitarbeiter des Pflegeheims ein vergilbtes Testament. In diesem benannte die Verstorbene ihre Enkelin Susanne als Erbin von achtzehntausend Euro, welche die alte Frau schon vor Jahren hinter der hölzernen Vertäfelung ihres geliebten Heims versteckt hatte.

Die Geschichte

Zudecken! Ich sag das nicht zweimal! Zudecken! Ja, ich erzähl dir schon noch deine Geschichte. Aber still hinlegen! Nein, Mutti kann heute nicht vorlesen. Warum, warum, weil sie nicht da ist. Überstunden. Und deinen Finger kannst du dir sonst wohin stecken, aber nicht in die Nase! Hör auf zu zappeln und hör zu. Mal sehen, ob ich die Geschichte noch zusammen bringe. Achtung, es geht los: Also … äh … hier … also es einmal, ja, einmal war's. Daran sieht man, dass es nicht heute war, sondern damals, also früher als man sich noch höflich für Geschenke bedankte, auch wenn man den Dreck gar nicht haben wollte.

Da sagte die Mutter zu ihrer Tochter … warte … also die Mutter von der Mutter hatte der Tochter, also ihrer Enkelin so eine komische, selbstgeklöppelte Mütze geschenkt und da sagte die Mutter … also nicht die Oma … die sagte also, dass man sich dafür bedanken müsse. Heutzutage hätte man den Müll einfach dem Roten Kreuz weitergereicht. Aber damals sagte die Mutter zu ihrer Tochter, sie hätte da wohl einen Korb mit einem selbstgebackenen Kuchen, der nicht ganz gelungen sei, aber die Oma merke das in ihrem Alter sowieso nicht mehr. Und dazu noch eine Flasche Wein. So ein billiges Zeug mit Schraubverschluss, das die Mutter irgendwann mal selbst geschenkt bekommen habe. Diesen Kram solle sie also zur Oma bringen, in ihr kleines Häuschen im Wald. Heute müsste die Tochter den Korb wahrscheinlich ins Altersheim bringen, weil das Haus schon längst gepfändet worden wäre. Aber ich schweife ab.

Also sagte die Mutter noch, es sei ganz wichtig, dass die Tochter nicht vom Wege abkäme. Als ob es irgendeinen praktischen Nutzen hätte, einem Teenager Vorschriften zu machen. Damals, als mir mein Vater das Rauchen verbot, habe ich extra damit angefangen. Und als ich dann alt genug war, um rauchen zu dürfen, habe ich damit aufgehört. Und wenn mein Vater gewusst hätte, dass wir schon mit vierzehn im Gebüsch ... äh ... ist ja auch egal. Und obwohl das Leben viel zu kurz ist, um ein langes Gesicht zu machen, zog die Tochter eine Fresse, so lang wie die Warteliste beim Augenarzt. Maulend und betont schwungvoll zerrte sie den Korb vom Tisch, in der böswilligen Hoffnung, dass der Henkel abrisse. Damals aber waren die Waren noch von guter Qualität. Heute wäre eine Sollbruchstelle eingearbeitet, damit man sich einen neuen Korb ... äh ... ich merk schon, ich schweife wieder ab.

Also machte sich die Tochter auf den Waldweg. Die Mutter hatte ihr vorher noch den komischen Deckel von der Oma auf den Kopf drapiert. Kaum drei Schritte außer Sichtweite, hockte sich das Mädchen hin und öffnete erstmal den Wein. Schließlich ist Alkohol nicht gut für alte Leute. Etwa nach einer halben Flasche stellte unser Fräulein fest, dass sich plötzlich die Anzahl der Bäume verdoppelt hatte. Auch gab es zwei Waldwege. Und genau in diesem Moment kam der böse Herr Wolf daher. Er war vorzeitig wegen guter Führung entlassen worden,

denn er hatte es geschafft, seinen Psychologen zu verarschen. Als er die Kleine sah, steuerte er direkt auf sie zu und fragte hinterhältig, was sie denn da so mache. Leicht lallend erklärte die Beschwipste wie das mit der Mütze, dem Korb, dem Kuchen, dem Wein, der Mutter, der Oma und dem Häuschen im Wald zusammenhing. Herr Wolf überlegte kurz, stellte der Maid anheim noch einen Strauß Blumen zu pflücken und machte sich flugs auf den Weg zu besagter Großmutter. Dort angekommen zog er den sogenannten Enkel-Trick durch. Er verstellte seine Stimme, gab sich als Enkelin aus und die arglose, alte Frau öffnete prompt die Tür. Kaum im Haus, vernaschte er erbarmungslos die erschrockene Oma. Inzwischen war aber auch schon unsere kleine Weinselige eingetroffen. Sie trat durch die geöffnete Tür und konnte gerade noch sagen: Aber Großmutter, was hast du da für einen großen …? Und schwups vernaschte sie der Herr Wolf ebenfalls. Nun ja, die Geräusche hörte draußen ein gewisser Herr Jäger, ein älterer Mann, der immer vorbeikam um die Großmutter zu … äh … zu besuchen. Und weil ihm die Sache nicht ganz geheuer war, zückte er sein Taschenmesser. Das Messer mit den roten Griffschalen und dem weißen Kreuz darauf war damals sehr teuer gewesen. Neben einem Flaschenöffner, einem Korkenzieher, einem Schraubendreher, einer kleinen Säge, einer Mini-Schere und einer Lupe besaß es früher auch einmal einen Zahnstocher, aber der war inzwischen verloren gegangen.
Verflixt, ich schweife doch schon wieder ab.
Also, Herr Jäger griff zum Taschenmesser, ging ins Haus, sah die Bescherung und … äh … die restlichen, blutigen Einzelheiten erspare ich dir lieber. So ein aufgeschnittener Bauch ist schließlich keine schöne Sache.

Die Moral von der Geschichte ist jedenfalls, das musst du dir merken: Kinder sollten wirklich keinen Alkohol trinken.

Was ist denn an dieser Geschichte seltsam? Musst du noch mal Pipi? Na gut, ich lass das Licht noch eine Weile an. Ich frag mich bloß, was du machen willst, wenn ich dir mal eine gruselige Geschichte erzähle. Und deck dich endlich zu!

Lachkrampf

Die folgende Geschichte ist recht kurz. Dafür ist sie aber auch wahr. Wenn ich sie ab und an zum Besten gebe, schwöre ich stets, dass sie wirklich passiert ist. Denn viele glauben, ich hätte mir nur einen Gag ausgedacht. Es ist die Geschichte von einem Lachkrampf.

Obwohl ich nicht in der DDR geboren wurde, habe ich dort vierzig Jahre lang gelebt. Falls es einer vergessen haben sollte, Deutschland war früher einmal zweigeteilt. In die BRD und in die DDR. Wir hatten damals allerdings unsere eigene Auslegung für die jeweiligen drei Buchstaben: **B**lödes **R**eiches **D**eutschland und **D**er **D**ämliche **R**est.

Nach der Wiedervereinigung konnte man oft den Satz hören: „Es war nicht alles schlecht in der DDR". Natürlich war nicht alles schlecht. Aber genauso natürlich war auch nicht alles gut. Ganze Stadtviertel verfielen und für eine Südfrucht musste man stundenlang anstehen.

Mein persönliches Problem war außerdem, dass ich keine passenden Herren-Lackschuhe bekam. Ich war damals freischaffender Künstler und verdiente mein Brot als

Magier und als Conférencier. Schwarze Lackschuhe gehörten da zum guten Ton.

Ein Teil des Berufsbildes war logischerweise, eine Stadt nach der anderen zu bereisen. Und das Erste in jedem neuen Ort war, ein Schuhgeschäft zu finden und nach Lackschuhen der Größe dreiundvierzig zu fragen.

Um die Pointe dieser Geschichte zu verstehen, muss man zwei Dinge kennen. Zum einen den Umstand, dass ich ziemlich albern bin, zum anderen einen ganz bestimmten Witz. Er ist eher flach und lautet so:

Ein Mann trifft seinen Freund auf der Straße und bemerkt, dass dieser einen braunen und einen schwarzen Schuh trägt. Darauf aufmerksam gemacht, sagt der Freund: „Das muss heutzutage Mode sein. Ich habe zu hause noch so ein Paar".

Soweit so gut.

Als ich im Sommer des Jahres 1982 in Dresden gastierte, eilte ich folglich als Erstes in das Schuhgeschäft auf der Prager Straße. Gleich zwei Verkäuferinnen bemühten sich um mich, da sonst niemand weiter im Laden war. Eine der beiden meinte, im Lager wäre noch ein Paar in entsprechender Größe und trippelte davon, um diese zu suchen. Als sie mit einer Schachtel unter dem Arm zurückkam, schlug mein Herz höher. Allerdings machte mich die Dame darauf aufmerksam, dass die Schuhe einen kleinen Mangel hätten, für welchen sie mir aber einen Preisnachlass gewähren würde. Das Innenleder des einen Schuhs war nämlich grau und das Innenleder des anderen braun. Nun, dachte ich so bei mir, wenn ich die Schuhe trage, sieht das von außen sowieso kein Schwein. Hocherfreut, dass ich endlich zu Lackschuhen gekommen war, ging ich zur Kasse. In diesem Moment sagte die zweite Verkäuferin mit einem Blick in die geöffnete Schuhschachtel: „Komisch, ich hab gestern schon so ein

Paar verkauft". Leute, ehrlich, das war zuviel. Ich konnte mich nicht mehr halten und ging in die Knie. Mir liefen vor Lachen die Tränen über die Wangen, während ich in zwei völlig fassungslose Frauengesichter blickte. Es war der erste Lachkrampf meines Lebens. Ich hatte zwar meine Lackschuhe, aber in diesem Laden kann ich mich bis heute nicht mehr sehen lassen.

Eine Tote

Die kleine Motivkneipe war vollbesetzt. Von den Wänden blickten bärtige Recken mit erhobenen Schwertern furchterregend in den schummrigen Gastraum und neben dem Eingang stand eine mannshohe, leicht angerostete Ritterrüstung. Mittelalterliche Hellebarden und Streitäxte waren mit Ketten gesichert, damit kein Gast im Alkoholrausch auf die Idee kommen konnte, diese eventuell zu benutzen. Der Wirt, in Wams und Lederschürze gekleidet, eilte schwitzend zwischen seinem Tresen und den grob gezimmerten Tischen hin und her, um so schnell wie möglich den Durst der Anwesenden zu stillen. Manchmal rief er auch etwas Unverständliches in ein kleines Fenster hinter der Theke. Das war dann meist eine Essensbestellung, die seine Frau in der Küche geschickt umzusetzen wusste. Bierdunst mischte sich mit dem Geruch von gebratenen Zwiebeln und aus gut getarnten Lautsprechern dudelte historische Musik. In der hintersten Ecke saß ein relativ ungleiches Paar. Der Mann schien so gar nicht in dieses Milieu zu passen. Er trug einen auffälligen, dunkelgrauen Anzug mit dünnen, hellgrauen Streifen, sowie eine weinrote Krawatte und ein farblich passendes Einstecktuch. Mit beiden Händen gestikulierend redete er auf seine schlicht gekleidete Partnerin ein, welche aber energisch mit dem Kopf schüttelte: „Nein, nein, nein. Ich bin nach meiner Operation in den Ruhestand versetzt worden. Jetzt führe ich ein bürgerliches Leben und gehe jeden Tag ins Büro. Außerdem beträgt meine Kündigungsfrist drei Monate. Ich könnte gar nicht von Heut auf Morgen aufhören. Das würde sofort auffallen!". Der Mann winkte lässig ab: „Wir regeln das schon. Man wird dir Morgen einen Aufhebungsvertrag anbieten. Tut mir leid, aber wir müssen dich reaktivieren. Es steht sonst weiter niemand zur Verfügung". Er zog eine schwarz glänzende Brieftasche aus dem Jackett und rief unüberhörbar: „Herr Ober, zahlen!". Dann sagte er leise: „In so eine beschissene Kneipe gehe ich nie wieder. Das nächste Mal treffen wir uns in Dresden, im Hilton".

„Ich bin Irene Wohlgard. Doktor Irene Wohlgard. Hier ist mein Personalausweis, mein polizeiliches Führungszeugnis und das Empfehlungsschreiben von Professor Mühlhaus". Die dunkelhaarige Frau mittleren Alters legte die Dokumente auf den glatten Tisch, welcher durch eine aufgeklebte Folie das Aussehen von rauem, rissigem Holz vorgaukelte. Einer der Sicherheitsleute steckte den Ausweis in den Schlitz eines kleinen, schwarzen Kastens, an welchem kurz darauf ein Lämpchen aufleuchtete. „So, jetzt werden wir noch die Iris und die Retina Ihrer Augen registrieren. Dann können Sie hier ab sofort jeden Zugang öffnen, indem Sie eines der Augen vor die rot gekennzeichneten Scanner am Türrahmen halten".

Kommissar Riemer goss sich noch etwas Wein nach und biss in das letzte Stück Pizza Spinaci. Plötzlich wanderte sein billiges Diensthandy, getrieben vom Vibrationsalarm, quer über den Tisch und verformte fröhlich summend einen Tropfen Rotwein zu einer Wellenlinie. Der Kommissar grabschte mit seinen Wurstfingern genervt nach dem Störenfried und rief mit vollem Mund: „Falls es sich noch nicht herumgesprochen hat, ich habe jetzt Feierabend!". Die Stimme am anderen Ende klang höchst ärgerlich: „Und wenn Sie nicht innerhalb der nächsten zwanzig Minuten hier in der Dienststelle sind, werden Sie für immer Feierabend haben, weil ich Sie nämlich höchstpersönlich feuern werde! Ist das klar?". Mist, das war Kriminalhauptkommissar Hohlbach, sein Chef. Genannt Monkey-Face. Riemer putzte etwas Spinat vom Display und stopfte das Handy in die ausgebeulte Hemdtasche, in welcher sich schon sein Notizbuch und ein angekauter Kugelschreiber breit machten. Auf dem Weg zum Auto fiel ihm ein, dass er bereits eine halbe Flasche Wein getrunken hatte. Ach was, warum sollte er ausgerechnet heute Abend in eine dieser blöden Verkehrskontrollen schlittern.

Die Straßenlaternen kämpften vergeblich gegen den undurchdringlichen Nebel an. Ein paar vereinzelte Schneeflocken schwebten sanft durch die klamme Luft und erlitten auf der etwas wärmeren Fahrbahn den unvermeidlichen Wassertod. Das Auto des Kommissars kroch langsam über den feuchten Asphalt. Einen Unfall hätte sich sein Fahrer zum jetzigen Zeitpunkt nicht unbedingt leisten können. Riemer war sich sicher, dass seine Kollegen ohnehin schon in ihren warmen Betten lagen und gewiss etwas Besseres zu tun hatten, als eine Alkoholkontrolle durchzuführen. Doch wie zum Hohn, sah er plötzlich durch den dichten Nebel den schwachen Schein eines blinkenden Blaulichts. Glücklicherweise winkte ein Uniformierter Riemers Wagen vorbei. Der Kommissar konnte gerade noch ein Auto erkennen, das sich um einen Strommast gewickelt hatte. Zwei Feuerwehrleute waren mit schwerem Gerät dabei, den Raser aus dem Klumpen Metall herauszuschneiden. Riemer schüttelte den Kopf: „Bestimmt wieder einer, der unter Alkohol gefahren ist". Als der Kommissar das Büro betrat, saß sein Chef halb auf dem Schreibtisch und ließ das rechte Bein baumeln, während die linke Zehenspitze gerade noch so den Fußboden berührte. Mit verschränkten Armen sah er Riemer an, als wolle er ihn zum Abendbrot verspeisen. Dieser setzte sich gemächlich auf seinen Stuhl, ohne den Mantel auszuziehen: „Und?". Hohlbach rutschte vom Tisch herunter und eine dicke Zornesfalte zeichnete sich auf seiner gewölbten Stirn ab: „Wann?". Seine Faust landete auf Riemers Schreibtisch: „Wann wollten Sie es mir endlich sagen?". Riemer lehnte sich mit schief gehaltenem Kopf zurück: „Was denn, bitte schön?". Sein Chef beugte sich zu ihm herunter und zischte wütend: „Dass es in meiner Stadt ein geheimes Labor gibt, welches schon seit geraumer Zeit unter Beobachtung des BND steht. Wie mir der Innenminister soeben am Telefon mitgeteilt hat, wissen Sie das schon seit drei Jahren. Aber ich bin ja nur Ihr Vorgesetzter. Mir braucht man ja nichts zu erzählen. Wissen Sie was, ich habe langsam Ihre Alleingänge satt. Warum haben Sie mich nicht informiert?". Riemer stand schwerfällig auf, streifte seinen Mantel ab und hängte ihn über die Stuhllehne: „Weil ich nichts sagen durfte. Das Ministerium hat mich vor drei Jahren zum Stillschweigen verdonnert und Sie sind ja bekanntlich erst seit zwei Jahren hier". Er popelte sich respektlos im rechten Nasenloch: „Sagen Sie bloß, ich musste mich wegen dem Quatsch durch den Nebel quälen?". Hohlbach konnte sich nur mit Mühe beherrschen: „Wohl kaum. Und außerdem heißt es: Wegen des Quatsches. Genetiv!". Durch

Riemers Gehirn huschte der Satz: „Affengesichtiger Besserwisser!" und er musste lächeln. Sein Chef wurde noch wütender und schnaubte: „In diesem gewissen Labor liegt eine Frauenleiche herum. Die Spurensicherung habe ich schon hinbeordert. Und Sie, Sie werden den Fall aufklären, und zwar innerhalb der nächsten achtundvierzig Stunden, sonst gnade ihnen Gott. Und noch eins, das Ding ist ganz oben angebunden, ganz oben. Diskretion, mein Lieber, absolute Diskretion!".

Alexander Koslow, der Leiter der Einrichtung, ein schlanker Mittfünfziger, fuhr sich mit seinen manikürten Fingern durch die dichten, unnatürlich weißen Haare. Dieser Mist konnte möglicherweise das Ende seiner Karriere bedeuten. Sein Assistent öffnete vorsichtig die Tür: „Der Kommissar wäre jetzt da".
Riemer kniete neben der Leiche, während die Männer der Spurensicherung ihre sieben Sachen wieder einpackten. Als Alexander Koslow eintrat, erhob sich der Kommissar und fragte: „Wer war sie?". Der Weißhaarige lehnte sich unsicher an eine der glatten Wände: „Doktor Irene Wohlgard. Aus Leipzig. Physikerin. Sie war erst seit ein paar Tagen bei uns angestellt". Riemer zückte sein Notizbuch: „Und was genau hat sie hier gemacht?". Koslow verzog schmerzlich das Gesicht: „ Das darf ich nicht sagen".

Die dezent geschminkte Blonde vom Standesamt schüttelte ihren hübschen Kopf, obwohl das der Teilnehmer am anderen Ende der Leitung sicherlich nicht sehen konnte: „Tut mir leid, aber eine Irene Wohlgard ist bei uns nicht registriert. Und schon gar keine Doktor Wohlgard".

Martina Mertens, eine etwas dünn geratene Pathologin, stand in dem sehr geräumigen, weiß gefliesten Obduktionsraum wie ein dürrer Grashalm in einem ausgetrockneten Salzsee. Nachdenklich zog sie die Mundwinkel nach unten und hob gleichzeitig die Schultern: „Das Einzige was ich gefunden habe, ist eine ziemlich alte, künstliche Herzklappe. Eine sogenannte Kugelkäfigprothese nach Starr-Edwards. Der Tod könnte möglicherweise durch das Versagen der Klappe eingetreten sein, aber ich halte das für äußerst unwahrscheinlich. Das Ding ist in allerbestem Zustand und von einer Hämolyse war auch nichts zu finden. Eigentlich müsste die Dame immer noch leben".

Kommissar Riemer fummelte mit seinen dicken Fingern ein paar Büroklammern auseinander, welche sich mit aller Macht an den kleinen Magneten auf seinem Schreibtisch klammern wollten. Plötzlich hielt er inne. Dann wandte er sich seinem Computer zu und rief im Internet Abbildungen von Herzklappen auf. Schließlich griff er aufgeregt zum Telefon.

„Wie gesagt, ich darf nichts sagen". Alexander Koslow hob entschuldigend die Arme. Riemer grinste: „Nun, nehmen wir an, ich würde behaupten in Ihrem Labor gäbe es starke Elektromagneten. Wenn das nicht so wäre, könnten Sie das doch getrost dementieren, oder?". Koslows Gesicht wurde zu Stein: „Das kann ich nicht dementieren".

Hohlbach schüttelte den Kopf: „Nein, das wird nicht funktionieren. Der BND gibt da bestimmt nichts preis". Er nahm den Hörer in die andere Hand und kratzte sich zögernd am Hinterkopf. „Na gut, Riemer. Der einzige

Faktor, der mich bewegt den Minister damit zu behelligen, ist die Tatsache, dass Sie den Grund für diesen mysteriösen Tod herausgefunden haben".

Der Mann, der eben abgelehnt hatte sich zu setzen, nahm mit spitzen Fingern das Foto entgegen und sagte abfällig: „Selbstverständlich weiß ich nicht wer diese Frau ist". Dann verließ er ohne ein weiteres Wort Hohlbachs Büro, stieg in seinen Wagen und schlug mehrmals wütend auf das Lenkrad: „Dieser blöde Arsch hätte doch nie eine Frau mit einer Herzklappe in das Labor einschleusen dürfen! So ein Rindvieh!". Dann startete er den Wagen und wiederholte: „So ein dreimal dämliches Rindvieh!".
Und so kam es, dass Kommissar Riemer die Anweisung erhielt, die Ermittlungen einzustellen und den Fall nicht weiter zu verfolgen. Noch in der gleichen Nacht hielten drei Lastkraftwagen einer Umzugsfirma vor einem bestimmten Labor und tags darauf wurde ein gewisser Herr im graugestreiften Anzug auf die Straße gesetzt. Deshalb würde er leider nie wieder genug Geld für das „Hilton" haben.

Vatertag

Für Mütter gibt es einmal im Jahr den berühmten Muttertag. An diesem Tag bekommen sie etwas geschenkt. Für Väter gibt es den Vatertag. Die Väter bekommen nichts geschenkt. Außerdem ist das nicht mal ein richtiger Vatertag, sondern Christi Himmelfahrt. Die armen, benachteiligten Männer müssen diesen Umstand wettmachen, indem sie einem Gewerbe kräftig unter die Arme greifen. Dem Gewerbe, das Alkohol produziert.

Wir waren damals eine Truppe, die locker fünfzehn Kilometer am Stück laufen konnte. Heute bin ich froh, wenn ich bis zum Supermarkt gelange, ohne hinterher ins Sauerstoffzelt zu müssen. Unsere Freizeitgestaltung bestand aus sehr sinnvollen Tätigkeiten. Wie zum Beispiel um einen Holzkohlengrill herum zu stehen, auf dem sich Fleischbrocken wälzten, deren Größe einen Vegetarier allein durch den Anblick schlagartig in Ohnmacht versetzt hätte. Oder wir fuhren unter Außerachtlassung der Wetterlage zum Zelten. Abends hockten dann alle um ein gewaltiges Lagerfeuer und sangen schweinische oder frauenfeindliche Lieder, während zwei oder drei Flaschen eines undefinierbaren Alkohols herumgereicht wurden. Das Zeug schmeckte wie Laternenpfahl ganz unten und wenn man es verschüttete, fraß es sich durch Holz. Nachdem sich alle die nötige Bettschwere angetrunken hatten, wurde einer ausgelost, der während der Nacht das Feuer am Brennen halten musste. Der saß dann mit einem kleinen Rest von einer Flasche neben der Feuerstätte und jedes Mal, wenn er aus seinem Sekundenschlaf aufschreckte, legte er etwas Holz nach. Bei Tagesanbruch brannte das Feuer lichterloh, der Bursche aber war klipperkaputt. Die anderen schleppten sich in die viel zu kleinen Zweimannzelte. Trotz Schlafsack bibberten alle vor Kälte und was der eine ausatmete, atmete der andere ein. Am Morgen kam jeder völlig übermüdet aus seiner Koje gekrochen und war ebenfalls klipperkaputt. Zuhause schwärmten wir dann, wie schön es gewesen sei.

Wir hatten noch eine Gemeinsamkeit: Einen „Präsent 20" Anzug. Oder auch eine Präsent 20 Kombination. Das Material war eine Entwicklung der Chemieindustrie und bestand zu 100 Prozent aus Polyester. Zwar war der Stoff etwas schweißtreibend, hatte aber den großen Vorzug, absolut nicht zu knittern. Leider war das Ganze nichts für Raucher. Wenn man ein Zündholz ansteckte und ein klitzekleines Fünkchen brennenden Schwefels verirrte sich auf die Hose, bildete sich dort sofort ein Loch von der Größe einer Haselnuss. Man erzählte allgemein die Legende, dass ein Pfeifenraucher aus Versehen mit seinem Feuerzeug den Arm des Nachbarn berührt haben soll, worauf sich dessen kompletter Ärmel unter kurzem Aufglühen in Rauch auflöste.

Als unser Haufen beschloss am nächsten Vatertag eine Wanderung durchzuführen, kaufte ich mir einen nagelneuen Regenschirm. Es galt als zünftig, einen großen, schwarzen Herrenschirm mitzuführen, der eine lange Metallspitze sein Eigen nannte und somit als Stütze diente, falls man zu vorgerückter Stunde nicht mehr des Stehens mächtig war. Außerdem befestigten die meisten am Griff eine Fahrradklingel, deren Gebrauch deutlich den Alkoholpegel des Besitzers kundtat. Ich befestigte, dem Gruppenzwang gehorchend, ebenfalls so eine Klingel an meinem neu erworbenen Eigentum und fand, dass mir der Schirm mittels dieses Accessoires richtig ans Herz gewachsen war.

Jeder von uns hatte an jenem Tag etwas sogenannten Proviant mitgebracht. Korn, Rum, Wodka und sogar Eierlikör wanderten schneller von Mund zu Mund als unsere Beine zur nächsten Kneipe. In dieser angekommen, schwemmte jede Menge Bier die obligatorische Bockwurst in den alkoholdurchweichten Magen. So war es nicht weiter verwunderlich, dass sich unsere Reihen nach und nach lichteten. Beispielsweise legte sich plötzlich einer der Wandervögel schnarchend in den Straßengraben und war, trotz kräftigen Schüttelns, nicht wieder aus dem Land der Träume zurückzuholen. Ein anderer ging ins Unterholz, um eine „Stange Wasser" abzustellen und ward nie wieder gesehen. Dann gab es auch noch einen kleinen Unfall. Einer der Kerle stach, beim Versuch sein Gleichgewicht wieder zu erlangen, mit der Spitze seines Regenschirms in den Fuß des Nebenmannes, der dummerweise nur Sandalen trug. Wir ließen den Blutenden unter der Beteuerung zurück, von der nächsten Kneipe aus ein Taxi anzurufen. Ich vermute, er sitzt heute noch dort. Auf halbem Wege waren wir dann nur noch zu zweit und beschlossen, ausnahmsweise in der nächsten Schenke sesshaft zu werden. Das Laufen mit weniger als drei Alkoholisierten macht einfach keinen Spaß. Wir landeten in einer wenig frequentierten Waldgaststätte. Der Wirt schien sehr daran interessiert zu sein, sein aktuelles Bierfass schnellstens leer zu bekommen, denn er trank mindestens genauso viel, wie er an die Gäste ausschenkte. Zur Polizeistunde schloss er selig lächelnd die Eingangstür ab und trank mit uns weiter. Wir spielten „Der Vorletzte zahlt!". Dabei kreist ein Bierkrug mit zwei Litern Inhalt von Mund zu Mund und jeder nimmt einen Schluck. Irgendwann sticht dann einen der Hafer und er trinkt den Krug auf Ex leer. Der bedauernswerte Kerl, der zuvor aus dem Ding getrunken hat, muss nun zwei Liter Bier bezahlen. Wenn man das zu dritt spielt, ist man entweder ganz schnell pleite oder volltrunken. Ich war beides. Gegen zwei Uhr nachts machten wir uns, nach kräftigem Schulterklopfen, in einer Art Seemannsgang auf die Socken. Ich weiß nicht mehr genau wann, aber plötzlich war mein Kumpel nicht mehr da. Ehrlich gesagt beeindruckte mich das nicht besonders. Es begann zu regnen, nein, zu schütten. Die Wassermassen hätten die Hölle auslöschen können. Ich öffnete unbeholfen meinen liebgewonnenen Regenschirm. Die Tropfen prasselten ohrenbetäubend auf den straff gespannten Stoff. Da ging mir der Gedanke durch das leicht benebelte Hirn, dass doch dieses heißgeliebte Regendach nagelneu war. Und nun wurde mein Liebling nass. Der arme Schirm. Voller Mitleid faltete ich meinen Regenschutz wieder zusammen und stopfte das Gerät zurück in seine Hülle. In der Überzeugung ein gutes Werk getan zu haben, stolperte ich klatschnass weiter. Es dauerte gar nicht lange und ich wusste nicht mehr, wo ich mich befand. An eine Taschenlampe hatte keiner von uns gedacht und so ging es mir, wie es einst Rotkäppchen ging. Ich kam nämlich vom Wege ab. Indes bemerkte ich diesen schicksalhaften Umstand erst dann, als mein linkes Bein plötzlich in einem Bach stand. Das Bachbett war blöderweise etwas tiefer als die Umgebung, auf welcher mein rechtes Bein ruhte. Ich hätte mich gern bei dem Versuch aufzustehen selbst beobachtet. Es begann zu dämmern. Irgendwann trugen mich meine müden Füße per Zufall vor ein kleines, entzückendes Wohnhaus. Es muss so gegen Vier gewesen sein. Hinter einem der Fenster brannte jedenfalls schon Licht. Ich warf ein paar kleine Steinchen dagegen, wobei wohl die ersten zehn daneben gingen. Eine schimpfende Frau im Morgenmantel öffnete einen Fensterflügel. Angesichts meiner erbarmungswürdigen Gestalt wurde sie milder gestimmt und auf meine Frage nach der nächsten Stadt, wies sie mir kopfschüttelnd den Heimweg.

Als ich an meinem Haus ankam, war Gott sei Dank kein Mensch weiter auf der Straße. Im Schlafzimmer streifte ich lediglich meinen nassen Anzug ab und warf mich ohne zu waschen aufs Bett. Nach zwölf Stunden bleiernem Schlaf kamen die Lebensgeister langsam und qualvoll zurück. Mein Kopf hätte in diesem Zustand nur quer durch den Türrahmen gepasst. Dafür war mein Regenschirm verschwunden. Hoffentlich würde ihn jemand finden, der ihn genauso respektvoll behandelte wie ich. Mein Anzug lag völlig zusammengeknautscht auf dem Boden. Als ich ihn aufhob, war nicht eine einzige Knitterfalte zu sehen. Hoch lebe Präsent 20! Nieder mit dem Alkohol!

Roaner und Leaner

Es hatte über siebzig Jahre gedauert, alle benötigten Teile ins All zu schaffen und dort zusammenzubauen. Offiziell waren die zwei riesigen Raumstationen sogenannte Sammler. Das Volk auf der Straße nannte sie aber „Staubsauger", was nicht einmal ganz falsch war. Die eine Station saugte Staub und Gase aus den Weiten des Universums, die andere fing kleinste Partikel Antimaterie ein. Das Eingesammelte würde dem interstellaren Raumschiff der dritten Generation, namens „Cassandra", als Antrieb dienen, da das Zusammenbringen von Materie und Antimaterie ungeheure Energie freisetzen konnte. In zehn Jahren sollte das Raumschiff zum Stern Epsilon Eridani starten. Dreißig Menschen mussten dann in Gel-Tanks, unter Zwangsbeatmung und künstlicher Ernährung, sechzehn Jahre lang schlafen, bis „Cassandra" 89 Prozent der Lichtgeschwindigkeit erreicht und anschließen wieder auf Null abgebremst hätte. Danach sollte erforscht werden, ob sich in der Staubscheibe des angesteuerten Gestirns tatsächlich der Planet „Epsilon Eridani C" verborgen hielt, und wenn ja, welche Eigenschaften dieser vorweisen konnte. Nach Erledigung der Aufgabe würde das Raumschiff auf dem gleichen Weg, wie es gekommen war, zur Erde zurückkehren.

Die Menschen waren über das Projekt durchaus geteilter Meinung. Die einen nannten es den Sieg der Wissenschaft, die anderen reine Geldverschwendung. Manche waren auch entsetzt über das Einsammeln von Materie und Antimaterie, weil das angeblich das Universum mit der Zeit aufbrauchte. Einige Wissenschaftler wiesen darauf hin, dass entsprechend der berühmten Formel von Einstein „$E = mc^2$" bei so hoher Geschwindigkeit das Raumschiff und deren Besatzung eine riesige Masse erlangen müssten. Das würde Mensch und Material unweigerlich zerquetschen. Andere stellten die Formel mathematisch exakt um zu „$m = {}^{E}/_{c2}$" und glaubten so beweisen zu können, dass die Masse gleich bliebe, wenn Energie-Einsatz und Beschleunigung im selben Verhältnis ansteigen würden. Und dann gab es noch die Menschen, die prinzipiell gegen alles waren und mit Plakaten die Straßen bevölkerten.

Dreißig Personen aber befürworteten die Mission ohne Einschränkungen. Das waren die dreißig, die man als Mannschaft für die „Cassandra" ausgewählt hatte. Zehn Personen Personal, zehn Techniker und zehn Forscher. Levin gehörte zu den Forschern. Er war Professor für Linguistik, neunundzwanzig Jahre alt und sprach bereits über vierzig Sprachen. Unter anderem beherrschte er auch die Klicklaute der Damara, einer afrikanischen Volksgruppe mit Siedlungsgebiet in Namibia. Bei der geplanten Mission würde Levins Aufgabe darin bestehen, eingefangene Signale, die eventuell von einer anderen Zivilisation stammten, zu bewerten und zu übersetzen. Levin wusste damals noch nicht, dass er die Erde nie wieder betreten würde.

Der Weg zur Zubringer-Rakete war von protestierenden Menschen verstopft. Es war nicht sicher, ob die Polizei rechtzeitig den Weg frei bekäme. Sollte man das im Orbit befindliche Raumschiff nicht rechtzeitig erreichen, müsste der Start um ein Jahr verschoben werden. Levin wusste nicht, ob er dann noch den nötigen Mut besitzen würde, um Familie und Erde zu verlassen. Schließlich bahnte ein Wasserwerfer den Weg zur Rakete und die dreißig Auserwählten hoben von der Erdoberfläche ab. Das Andocken an das gewaltige Raumschiff erfolgte problemlos. Hilfspersonal erwartete sie bereits und half ihnen die wenigen, persönlichen Sachen zu verstauen. Dann begaben sich alle zu den Gel-Tanks. Das waren unscheinbare, graue Kisten aus Aluminium, rund zwei Meter lang. Die Mitglieder der Mannschaft mussten sich der Reihe nach entkleiden, eine Art Hose anziehen, welche mit Schläuchen verbunden war und dann noch einen ebenso bestückten Integralhelm aufsetzen. Nach Verschließen des Tanks wurde ein Gel eingeleitet, das den gesamten Tank ausfüllte und einen Wirkstoff enthielt, der durch die Haut der Menschen eindrang und diese in einen tiefen Schlaf versetzte. Levin war der Letzte und bezog den, in Flugrichtung gesehen, vordersten Tank. Nachdem auch hier das Gel eingeleitet worden war, bestieg das Hilfspersonal die angedockte Rakete und kehrte mit dieser zur Erde zurück. Dann löste das Kontrollzentrum den Start des Raumschiffes nach einem kurzen Countdown aus. „Cassandra" begann langsam aber stetig die Geschwindigkeit zu erhöhen.

Als das Schiff nach knapp neun Jahren eine Geschwindigkeit von 254.823.589 m/s, also rund 89 Prozent der Lichtgeschwindigkeit erreicht hatte, sollten die Antriebsdüsen automatisch abschalten und der Bremsvorgang eingeleitet werden. Das geschah aber nicht. Bei erreichen von 92 Prozent der Lichtgeschwindigkeit trat das ein, was einige Wissenschaftler vorausgesagt hatten. Die Teile des Schiffes wurden um Vieles schwerer als berechnet. Streben knickten ein, Wände barsten. Die Gel-Tanks wurden zusammengequetscht und die Menschen darin starben. Nur der in Fahrtrichtung vorderste blieb heil, weil kein weiterer Tank Druck auf ihn ausübte. Bei 95 Prozent der Lichtgeschwindigkeit verstummten endlich die Antriebe, aber die Bremsdüsen zündeten nicht. Und so torkelte das Raumschiff weitere Jahre unkontrolliert durch die unendliche Weite des Weltalls. Irgendwann zwang die Gravitation eines unbekannten Sterns die „Cassandra" in eine unregelmäßige Kurve und bald darauf geriet das Schiff in den Bereich eines Planeten, der es mit seiner Masse Stück für Stück zu sich heranzog. Das Schicksal wollte es, dass dieser Planet in einer habitablen Zone seinen Mutterstern umkreiste. Es gab flüssiges Wasser und die Luft bestand zu 22,3 Prozent aus Sauerstoff. Erzeugt wurde dieses lebenswichtige Gas seltsamerweise durch den Zerfall von bestimmten Mineralien, die massenhaft auf dem Planeten vorrätig waren. Die Schwerkraft war nur wenig höher als auf der Erde und die Durchschnittstemperatur betrug 30 Grad Celsius. Nur etwas war völlig anders als auf dem Heimatplaneten der Menschen: Es gab keine Vegetation. Aber es gab Leben, intelligentes Leben, hochentwickelt. Als das Schiff durch die Atmosphäre raste, glühte es hell lauf. Dann stürzte es in ein flaches Meer.

Das riesige Bergungsschiff der Roaner hatte alle Mühe, mit seinen acht Kränen den Mittelteil des zerrissenen Raumschiffes nach oben zu holen. An Land wurde alles mit Schneidbrennern zerteilt und gleich an Ort und Stelle nach Materialien sortiert. Das sollte die Wiederverwertung der wichtigen Rohstoffe erleichtern. Als man auf eine längliche, graue Kiste stieß, wurde diese äußerst vorsichtig geöffnet. Man kannte sich schließlich mit Sternentechnologie noch nicht so gut aus. Umso größer war die Überraschung, als man in der Kiste eine mit Glibber bedeckte Person fand, die den Roanern sehr ähnelte und auch noch Lebenszeichen erkennen ließ. Man brachte das Geschöpf schnellstens in das nächstgelegene Haus für Hilflose, in welchem sich die klügsten Heilkünstler um den Zustand des Gefundenen kümmerten.

Als Levin zu sich kam, wusste er seine Umgebung nicht einzuordnen. Alles war in einem ungewohnten Blassrosa gehalten. Ein seltsamer Kerl mit enormen Ohren und komplett schwarzen Augen beugte sich über ihn und brachte fremde Laute hervor. Dann trat eine zweite dieser Kreaturen hinzu und dann noch eine. Bald war er von diesen seltsamen Wesen umringt. Sie ähnelten ein wenig den Menschen, hatten aber hellere Haut und keine Haare auf dem Kopf. Später stellte er fest, dass ihre Hände sechsfingrig waren und einen zweiten Daumen besaßen. Nach einer Weile verschwanden fast alle wieder, nur ein einzelner Vertreter dieser Rasse blieb bei ihm. Dieser wiederholte ständig das Wort „Argan", bis Levin begriff, das es dessen Name war. Er zeigte auf sich: „Levin". Dann richtete er seinen Finger auf den Anderen und sagte: „Argan". Dieser zeigte nun wiederum auf Levin und sagte seinerseits: „Läwinn".
Für den Rest des Tages ließ man ihn allein, wahrscheinlich, damit er sich erholen konnte. Gegen Abend verspürte Levin Hunger. Aber sein Zimmer war abgeschlossen und keiner reagierte auf das Klopfen. Gleich am nächsten Morgen, als Argan das Zimmer betrat, sagte Levin: „Essen" und zeigte mit dem Finger in seinen geöffneten Mund. Argan schien sofort zu verstehen. Er entfernte sich und kam nach kurzer Zeit mit einer kleinen Schüssel

zurück, die gebratenes Fleisch enthielt. Argan zeigte auf seinen Mund und sagte: „Hokuma. Ässn". Levin zögerte zuerst, sagte sich dann aber, dass er sterben würde, sollte er keine Nahrung zu sich nehmen. Also begann er, trotz aller Bedenken, zu essen. Es war gutes Fleisch.

Zwei Jahre waren vergangen und Levin sprach fließend die Sprache der Roaner. Man hatte ihm eine kleine Wohnung in einer Ansiedlung zugewiesen. Seltsamerweise war es ihm aber verboten, die Grenzen der Siedlung zu übertreten. Tagsüber musste er arbeiten, knapp sieben Stunden. Auch auf diesem Planeten galt, wer essen will, der muss arbeiten. In einer kleinen Fabrik montierte er Gewehre, die den irdischen Jagdflinten unwahrscheinlich ähnlich sahen. Mit der Zeit fühlte er sich heimisch und besaß sogar einen Freund namens „Bärott". Ihm war klar, dass er die Erde nie im Leben wiedersehen würde. Sogar an das eintönige Essen hatte er sich gewöhnt. Da es keine Vegetation gab, bestand es stets nur aus Fleisch; gekocht, gebraten oder auch roh. Aber irgendetwas schienen die Einheimischen vor ihm geheim zu halten. Wenn hinter seinem Rücken getuschelt wurde, glaubte er öfters das Wort „Jagd" wahrgenommen zu haben.
Als das dritte Jahr vorüber war, betrat Bärott eines abends unverhofft seine Wohnung. „Du bist die richtige Zeitspanne bei uns und hast dich nicht gegen uns gestellt. Deshalb ist es Zeit für das Aufnahmeritual". Levin wurde neugierig: „Was bedeutet das?". Bärott setzte sich: „Man wird dir ein personengebundenes Jagdgewehr aushändigen und einmal im Jahr wirst du, wie jeder von uns, Leaner jagen. Solltest du dabei deine Waffe verlieren, wirst du aus unserer Gemeinschaft ausgestoßen. Weigerst du dich zu jagen, wirst du auch ausgestoßen. Dein Ansehen aber wird steigen, je mehr Leaner du von der Jagd mit

zurückbringst". Levin war klar, dass er sich einordnen musste, wenn er auf diesem Planeten überleben wollte. Also bekam er am nächsten Tag eine Plakette um den Hals gehängt, die ihn als anerkannten Roaner auswies und ihm erlaubte, die Siedlung zu verlassen. Dann erhielt er eines der Gewehre, die er selbst zusammengebaut hatte. Weil es ein Jagdgewehr war, glaubte er, die zu jagenden „Leaner" seinen irgendwelche Tiere.

Er hatte sich getäuscht. Zwei Armeen, ausgestattet mit Jagdwaffen, prallten aufeinander. Levin bemerkte, wie die Toten und Verletzten vom Schlachtfeld gezogen wurden. Aber nicht von den eigenen Leuten, sondern jede Seite versuchte so viele Gegner wie möglich in ihr sicheres Hinterland zu bringen. Während er noch darüber nachdachte, wurde Levin von einer Kugel getroffen und brach ohnmächtig zusammen.

Er erwachte in einem Lazarett mit starken Schmerzen in der Brust. Mehrere Personen umstanden seine Liege. Levin bemerkte, dass ihre Augen nicht schwarz sondern braun waren. Das mussten die Leaner sein. „Wer oder was bist du?", fragte einer von ihnen, „deine Plakette sagt, du wärst Roaner. Bist du aber nicht. Dein Körper ist anders". Levin versuchte sich aufzurichten und stöhnte vor Schmerz: „Ich bin ein Mensch, komme von einem anderen Planeten und bin hier gestrandet". Der Leaner kratzte sich am Kopf. Anscheinend konnte er das Gesagte nicht recht einordnen: „Und wie lange bist du schon hier?". Levin erwiderte wahrheitsgemäß: „Drei Jahre". Der leanische Kämpfer zog die Stirn in Falten: „Und hast du in dieser Zeit gegessen?". „Ja sicher". „Dann verstehe ich deine Plakette. Du hast bisher ungefähr neun Leaner verspeist". Levin wurde schwindlig: „Was soll das heißen?". Sein Gegenüber setzte sich auf den Rand der Liege: „Weil du anders bist, werde ich es dir erklären. Ich

nehme an, die Roaner haben es dir nicht gesagt. Auf diesem Planeten gibt es nur zwei Lebensformen. Leaner und Roaner. Leaner essen Roaner und Roaner essen Leaner. Einmal im Jahr gibt es die große Jagd. Dann werden Vorräte aus getöteten Gegnern angelegt. So können beide Seiten ein weiteres Jahr überleben". Levin erbrach sich.
Ein paar Tage später waren sich die Leaner einig, dass die Rasse Mensch einfach zu süßlich schmeckt.

Das grüne Tuch

Eva drückte sich an der riesigen Schaufensterscheibe die Nase platt. Die Sonne stand derartig ungünstig, dass man nichts erkennen konnte. Aber sie wusste genau, was sich hinter der Scheibe befand. Ihr Traumauto. Irgendwann, ja irgendwann würde sie das Geld zusammen haben. Dann wäre es nicht mehr peinlich, sich im Verkaufsraum blicken zu lassen. Und der Schnösel von Verkäufer würde sie nicht mehr mit dieser eiskalten Höflichkeit behandeln.

Frank war schon als Kind von Computern besessen. Das war auch kein Wunder. Seine Mutter hatte Informatik studiert und sein Vater arbeitete als Systemtechniker im Rathaus der Heimatstadt. In der elterlichen Wohnung lagen meistens drei Laptops herum, von denen immer einer frei war. Dass er später das Programmieren erlernte, war sozusagen vorbestimmt. Als er in der Schule Informatik-Unterricht bekam, belächelte er bereits das Wissen der Lehrer. Am meisten aber hatte es ihm die Kryptografie angetan. Mit achtzehn Jahren ließ er sich ein selbstentwickeltes Verschlüsselungssystem patentieren. Das rief den Geheimdienst auf den Plan, der ihn dann auch rekrutierte. Er musste ab sofort einen mobilen Verkäufer für Waschmaschinen spielen und durfte nicht einmal den Eltern von seiner wirklichen Tätigkeit berichten. Als er die zweijährige Spezialausbildung antrat, erzählte er allen, er würde einen Lehrgang für Generalvertreter in Übersee besuchen.

Eva war nicht unbedingt genauso gestrickt wie ihre Geschlechtsgenossinnen. Sie hasste Pink. Ihre Lieblingsfarbe war Grün. Schnelle Autos und Motoren waren ihre Welt. In ihrem Lehrbetrieb war sie das einzige Mädchen. Und obwohl unter ihrem Abschlusszeugnis als Mechatronikerin der Schriftzug „Mit Auszeichnung" stand, übernahm sie der Betrieb nicht. Es folgte eine fünfmonatige, zermürbende Arbeitslosigkeit. Letztendlich vermittelte ihr das Arbeitsamt eine Tätigkeit in einem mittelständigen Zulieferbetrieb für optische Gerätschaften. Glaslinsen polieren war nun nicht gerade die beste Tätigkeit, aber man bekam Geld dafür. Nicht wahnsinnig viel, aber durch die Schichtzuschläge wurde es einigermaßen erträglich.
Als sie nach einer Spätschicht nach hause ging, überfiel sie unvermittelt ein dunkel gekleideter Mann, das Gesicht mit einer Skimaske verhüllt. Er hielt ihr ein Klappmesser vor den Bauch und verlangte die Handtasche. Bevor Eva reagieren konnte, hörte sie einen dumpfen Schlag und der Angreifer sackte in sich zusammen. Dafür stand Frank vor ihr. Er rieb sich seine schmerzende Hand, zückte das Handy und rief die Notrufnummer der Polizei an. Nachdem beide auf der Wache ihre Aussage zu Protokoll gegeben hatten, schlug Frank vor, in einem nahegelegenen Restaurant noch einen Kaffe zu trinken, oder ein Bier, oder vielleicht ein Glas Wein. Es wurde dann aber doch

Sekt; auf den Schrecken hin sozusagen. Und als die Gaststätte schloss, war es bei so einem großen Schrecken nur logisch, in Evas Bude noch ein Gläschen zu nehmen. Am nächsten Morgen gingen sie spazieren. Eva hatte ja Zeit, denn ihre Schicht begann erst vierzehn Uhr. Plötzlich sprang Frank unvermittelt in ein Geschäft und kam mit einem grünen Seidentuch zurück. Er band es ihr lose um den Hals. Fortan trug Eva dieses Tuch, wo sie auch war. Sogar in der Badewanne.

Frank wusste genau, dass es durch seinen Beruf Probleme geben konnte, falls er eine feste Bindung einging. Aber schließlich sind auch Agenten nur Menschen. So ließ er es trotz Warnung seiner Vorgesetzten zu, dass sich eine Schwachstelle in seinem Leben auftat: Er heiratete Eva. Seiner Angetrauten nicht die Wahrheit sagen zu können, belastete ihn. Besonders als man sich eine gemeinsame Wohnung nahm. Jeder brachte etwas aus seinem bisherigen Haushalt mit. Eva zum Beispiel einen modernen PC. Frank hingegen durfte aus Sicherheitsgründen keinen Computer besitzen. Schon war das erste Problem geboren. Die Kommunikation mit seiner Arbeitsstelle musste er nämlich stets mittels eines anonymen Rechners in einem zufällig ausgesuchten Internetcafé erledigen. Seinen Vorgesetzten berichtete er das Problem nicht. Als ihn Eva einmal ansprach, warum er nie vor dem Rechner säße, log er, dass er sich nichts aus Computern mache. Er sei viel zu dumm, das alles zu begreifen und hätte weder Zeit noch Lust, es sich beibringen zu lassen.

Die Monate flossen dahin. Frank war von einem längeren Auslandseinsatz zurück, auf welchem er sich stark erkältet hatte. Deshalb erschien es ihm dummerweise besser, nicht aus dem Haus zu gehen. Eva war auf Arbeit und kam bestimmt nicht sobald wieder. Also setzte er sich trotz besseren Wissens vor Evas Computer. Das Passwort kannte er ja. Nachdem er seinen verschlüsselten Bericht abgesetzt hatte, genehmigte er sich einen Tee. Die Tasse war noch halb voll, als es an der Tür klingelte. Frank öffnete und sah sich zwei Männern mit Sonnenbrillen und schwarzen Anzügen gegenüber. Ohne Vorwarnung schlug ihm der Größere mit aller Gewalt ins Gesicht. Frank viel rücklings in den Flur. Sofort waren beide Männer über ihm, fesselten Arme und Beine, klebten Mund und Augen zu und zerrten ihn in einen vor dem Haus parkenden Transporter. Dann machten sie sich grinsend an dem Rechner zu schaffen.

Etwa fünf Kilometer vor der Stadt befand sich ein abschüssiges Plateau, auf dem eine einsame Buche wuchs. Dahinter lag ein steiler, felsiger Abgrund. Genau dorthin schleppten die beiden ihr wehrloses Opfer. Der Kleinere hielt ihm einen Revolver an den Kopf und drückte ab. Dann ließen sie den leblosen Körper in die Schlucht gleiten.

Eva kam müde heim. Frank war nicht da. Auch am nächsten Tag nicht. Sie meldete ihn als vermisst. Ihr war schon in den letzten Wochen aufgefallen, dass sich Frank seltsam heimlichtuerisch benahm. Sie glaubte, er habe eine Andere. Als er am vierten Tag immer noch nicht kam, nahm sie das grüne Halstuch ab und stopfte es ganz unten in ihre Handtasche. Es klingelte. Eva öffnete in der Hoffnung, es könne Frank sein. Zwei Polizisten drängten sie zur Seite und ein Zivilist hielt ihr einen richterlichen Durchsuchungsbeschluss unter die Nase. Die Uniformierten verwüsteten die Wohnung und beschlagnahmten den Computer. Eva wurde in Handschellen abgeführt.

Im Verhörraum stellte man ihr immer und immer wieder die Frage, für welche Nation sie Spionage betreiben würde. Sie solle geständig sein, denn durch die, auf ihrem Computer gefundene Daten, könne man ihr doch alles beweisen. Im Stillen dachte Eva, dass vielleicht Frank irgendetwas mit dem Rechner angestellt haben könnte. Aber den Gedanken verwarf sie gleich wieder. Frank hatte ja keine Ahnung von Computern.

Eva kam vor Gericht. Es war ein reiner Indizienprozess. Man brummte ihr dreizehn Jahre auf.

Als sich Frank mehrere Tage nicht bei seinem Vorgesetzten gemeldet hatte, setzte man seinen Namen auf die Liste der Überläufer. Und als wochenlange Nachforschungen nichts ergaben, schloss man seine Akte. Sie wurde erst sechs Jahre später wieder geöffnet. Da fanden nämlich zwei Hobbykletterer eine verweste Leiche in einer Schlucht außerhalb der Stadt. Die Kugel im Kopf des Toten wies auf einen ausländischen Agenten hin, der vor zwei Jahren gefangen genommen worden war. Dieser war nach dem Versprechen einer Hafterleichterung bereit auszusagen. Der Fall war endlich aufgeklärt.

Eva erfuhr alles, nachdem sie als unschuldig entlassen worden war. Sie gab sich mit der obligatorischen Entschuldigung nicht zufrieden. Ihr Anwalt verklagte den Staat auf Schmerzensgeld. Nach dem Gang durch alle Instanzen erhielt sie endlich Recht und die Überweisung einer fünfstellige Summe. Davon kaufte sie sich gleich am nächsten Tag ihr Traumauto. So richtige Freude empfand sie dabei aber nicht. Ihre erste Fahrt führte zu dem Plateau, auf dem Frank gestorben war. Dort bekam sie einen fürchterlichen, minutenlang anhaltenden Weinkrampf. Alles war plötzlich völlig sinnlos. Nichts hatte mehr einen Wert. Nichts. Sie löste die Handbremse und ging langsam davon. Auch das Knirschen und der Knall brachten sie nicht dazu, sich umzudrehen. Sie kramte nur das grüne Seidentuch aus der alten Handtasche und band es sich lose um den Hals.

Die Tierversammlung

Der Löwe hatte die Tiere zu einer Vollversammlung geladen. Er baute sich majestätisch vor den anderen auf und rief: „Tiere! Wir werden heute beschließen, wie wir zukünftig mit den Menschen umgehen wollen. Sie stehlen uns den Lebensraum und töten unsere Verwandten". Da erhob sich der Bär auf seine Hintertatzen und brummte: „Was soll der Quatsch? Ihr braucht doch nur in die Siedlung der Menschen zu gehen und die Bio-Tonnen umzuwerfen. Da findet ihr immer etwas Gutes zu essen". „Das ist wieder mal typisch", geiferte die Giraffe, „das ist doch genau der Grund, warum die Menschen zornig auf uns sind. Ich schlage hingegen vor, dass wir alle nur noch Dinge Essen, die ganz oben in den Bäumen hängen. Da die Menschen dort wegen ihrer kurzen Arme nicht hingelangen können, werden sie auch nichts dagegen haben". „Ach so?", konterte der Wolf, „dann sag schon mal den Bauern bescheid, dass sie zukünftig ihre Schafe in die Bäume hängen müssen!". Das Zebra schüttelte unwillig den Kopf: „Das ist doch nur hohle Polemik". „Moment!" rief das Pferd, „Tiere im Schlafanzug sollten hier gar nicht mitreden dürfen". „Leute", rief der Löwe versöhnlich, „so kommen wir doch nicht ... ". Der Bison unterbrach ihn: „Wir brauchen uns nur in einer Formation aufzustellen und dann die Zweibeiner einfach zu überrennen. Damit hätten wir ein für alle Mal ruhe". „Denkste!", rief das Erdmännchen. „Wenn die uns angerannt kommen sehen, dann nehmen sie ihre Flinten und Gewehre und schießen uns alle glatt über den Haufen. Ihr solltet lieber Wachen aufstellen und wenn diese einen oder mehrere Menschen entdecken, verkriecht ihr euch in einem unterirdischen Bau. Das nennt man friedliche Koexistenz". „Oder, oder ihr macht euch ganz klein, da schießen sie daneben", ließ sich die Milbe vernehmen. „Was für eine gute Idee", trompetete der Elefant ironisch. Der Löwe versuchte sich wieder Gehör zu verschaffen: „Leute, wartet doch mal, das geht doch in die falsche Richtung". Die Hyäne sprang auf einen großen Stein und rief: „Wenn ihr alle nur noch As fresst, dann halten euch die Menschen sogar für nützlich. Fragt den Geier!". Und der Floh sagte leise: „Ich finde, Menschen schmecken gut". „Aber sie legen hinterhältige Giftköder aus", bemerkte die Ratte. „Ja", mischte sich die Maus ein, „und sie stellen Fallen mit Speck auf. Ich hasse Speck. Ich will Nougatcreme. Das sollte mal jemand den Menschen sagen!". „Alles Quatsch mit Soße", grummelte kopfschüttelnd der Fuchs, „also was mich angeht, ich hole mir jetzt dort drüben eine Gans". Dann schnürte er davon, ohne sich umzublicken. „Recht hat er", warf der Dingo ein, „ich verpisse mich jetzt auch". Er hob kurz das Bein und trottete davon. Das hatte Signalwirkung auf die anderen Tiere. Alle liefen laut diskutierend auseinander. Und die Löwin sagte tröstend zu ihrem Gatten: „Du hast es wenigstens versucht". Traurig antwortete der König der Tiere: „Da will man nun etwas Vernünftiges zu Wege bringen, aber keine Sau interessiert das". „Das habe ich gehört", rief beleidigt die Sau, „ihr Löwen solltet lieber mal was gegen Schlachthöfe tun!". „Und was gehen mich

Schlachthöfe an?", fragte der Löwe und trabte an der Seite seiner Frau nach hause.
Die Menschen aber bekamen von all dem nichts mit, denn die meisten von ihnen verfolgten zur gleichen Zeit am Fernseher die Parlamentsdebatte.

Der blinde Appendix

Natürlich weiß ich, dass man mit dem lateinischen Wort Appendix landläufig, wenn auch fälschlich, den Blinddarm bezeichnet. Die Überschrift, die ich gewählt habe, hieße dann „Der blinde Blinddarm". Das wäre ein sogenannter Pleonasmus, wie beispielsweise „runde Kugel" oder „alter Greis". Aber man kann damit auch testen, wessen Geistes sein Gesprächspartner ist. So nach dem Motto: „Ich war im Krankenhaus". „Och, warum?". „Blinder Appendix". „Aha!", und dann heimlich zur Gattin: „Was ist blinder Appendix?". Und sie darauf: „Keine Ahnung. Vielleicht blinder Alarm?".
Gemeint ist hier wohl der „Appendix vermiformis", zu Deutsch „Wurmfortsatz". Damit wird aber nur ein kleines, in der Regel zehn Zentimeter langes Anhängsel des Blinddarms bezeichnet. Und damit ist klar, dass auch der Begriff „Blinddarmentzündung" nicht ganz richtig ist. Es handelt sich eben nur um eine „Appendizitis", also eine „Wurmfortsatzentzündung".
Ja, ja, ich weiß, ich bin ein Klugscheißer. Aber mir macht es halt Spaß mit Sprache herumzuspielen. Mir gefallen auch solche Formulierungen wie beispielsweise: „Die Basis ist die Grundlage aller Fundamente". Oder auch so etwas: „Wenn der Mann ablebt, lebt die Frau auf!".

Wussten Sie übrigens, dass es in Amerika fliederfarbene Pferde gibt? Sicher, es gibt ja auch weißen Flieder. Solchen Quatsch mag ich eben.

Aber ich schweife ab. Eigentlich wollte ich hier von meiner Blinddarmentzündung erzählen, Verzeihung, von meiner Appendizitis.

Der Spaß begann an einem Sonntagmorgen, direkt nach dem Ausschlafen. Als ich mein Bett verließ, schien plötzlich mein rechtes Bein kürzer geworden zu sein. Beim vollständigen Ausstrecken desselben fühlte ich nämlich einen fiesen Schmerz in der rechten Bauchhälfte. Als ich mit dem Zeigefinger die entsprechende Stelle berührte, musste ich erstaunt feststellen, dass ich mich über Nacht in einen Kontrabass verwandelt hatte. Bei jeder Berührung summte es in meinem Bauch, als hätte jemand kräftig an einer Bass-Saite gezupft. Sofort war mir klar, da hilft nur noch ein Chirurg. Zum einen berichtete mir meine Großmutter schon früher von diesem Phänomen, zum anderen hatte ich bereits vor einem Jahr mit einer leichten Reizung des Blinddarms, nein, des Wurmfortsatzes, zu tun gehabt. Ich behalf mich zunächst mit einem Eisbeutel, denn auch Chirurgen wollen sonntags ihre gewerkschaftliche Ruhe haben. Am Morgen des folgenden Tages packte ich meine Reisetasche mit allem, was man als Patient so braucht. Angefangen vom Morgenmantel über Rasier- und Zahnputzzeug bis hin zum Lesestoff. Bereit sein ist bekanntlich alles. An der Bushaltestelle stieg hinter mir eine hübsche, junge Frau ein. Da mein Schmerz eindringlich für langsame Bewegungen plädierte, wirkte die Grazie etwas genervt, aber ich konnte mich einfach nicht schneller bewegen. Im Bus war nur noch ein einziger Platz frei. Ich hatte erklärlicherweise Bedenken mich zu setzen, denn das Aufstehen wäre erfahrungsgemäß höchst unangenehm geworden. Also blieb ich demonstrativ stehen, was die Hübsche anscheinend hoch erfreute. Nachdem sie sich gesetzt hatte, meinte sie lächelnd: „Es gibt doch noch Kavaliere!". Eigentlich wollte ich entgegnen: „Und was ist mit der Gleichberechtigung? Warum stehen Frauen nicht für Männer auf?". Aber das verkniff ich mir dann doch. Schließlich wollte ich mir nicht den Unmut der anwesenden Damen zuziehen, denn mir hätte, wie neulich, eine militante Emanze in den Bauch boxen können. So etwas konnte ich im Moment gar nicht gebrauchen.

Gegen acht Uhr kam ich in der Poliklinik an und reihte mich zwecks Anmeldung in eine lange Schlange Hilfesuchender ein. Ich bin ein geduldiger Kranker. Aber ich bin kein geduldiger Ansteher. Der Empfangsbereich besaß zwei Abfertigungsschalter, aber es war nur einer davon besetzt. Nachdem ich etwa zwanzig Minuten nicht vom Fleck gekommen war, erklärte ich meinem Hintermann, dass ich gleich zurück wäre und begab ich mich entlang der raunenden Menschenschlange bis ganz nach vorn. Dort unterbrach ich die Dame hinter dem Schalterfenster mit den Worten: „Ich könnte ihnen ein paar Bettlaken besorgen". Stille machte sich breit. Man konnte deutlich sehen, wie sich der Gesichtsausdruck der Frau von angelernter Freundlichkeit in völlige Unklarheit wandelte. Genussvoll beendete ich meinen Satz: „Damit können Sie dann den Nachbarplatz abdecken, damit er nicht einstaubt, während wir alle hier in der Schlange warten müssen". Flugs drehte ich mich mit erhobenem Haupt um und nahm, ohne einen Blick zurück, meinen Stammplatz in der Schlange wieder ein. Der Beifall meiner Leidensgenossen übertönte die Antwort der Angestellten. Als ich endlich an der Reihe war, betrachtete mich die Madam stillschweigen über einen längeren Zeitraum, fertigte mich dann aber doch ab.

Eigentlich sollte man die Worte Krankenhaus, Poliklinik oder Ärztehaus durch das Synonym „Wartehalle" ersetzen, denn schließlich bestehen diese Einrichtungen hauptsächlich aus Wartezimmern. Als ich das zuständige betrat, saßen dort schon mindestens zwanzig Personen, teilweise mumienartig bandagiert. Über einen Lautsprecher, der eindeutig die Assoziation einer Bahnhofshalle hervorrief, wurden die Patienten nacheinander aufgerufen. Nur wer seinen eigenen Namen sehr gut kannte, konnte ihn mit den Schallwellen ungefähr in Verbindung bringen. Als mein Magen meldete, dass es augenscheinlich zwölf Uhr wäre, erzeugte der Lautsprecher ein Geräusch, das meinem Namen verdächtig ähnelte. Meine Reisetasche strebte mit mir zur Tür, durch welche schon zwanzig andere Personen verschwunden waren, ohne jemals wieder daraus hervorzutreten.

Der überarbeitete Doktor fragte erwartungsgemäß: „Was haben wir denn?". So eine Formulierung ist für mich stets eine Steilvorlage. Also antwortete ich: „Was Sie haben, weiß ich nicht. Aber ich habe einen akuten Appendix". Er stand abrupt auf: „Die Diagnose stelle immer noch ich!". Nachdem seine Stirnadern wieder abgeschwollen waren, untersuchte er meinen Bauch und meinte zähneknirschend: „Akuter Appendix". Die Sprechstundenhilfe füllte einen Einweisungsschein aus und weil ich alles Nötige schon in meiner Tasche mitführte, wurde ich von einem Krankenpfleger auf die Station „Chirurgie II" geleitet. Dort musste ich mich sofort entkleiden, wurde mit einem Flatterhemdchen versehen und in ein leerstehendes Bett verfrachtet. Blöderweise war die Mittagspause gerade vorbei und es gab nichts mehr zu essen. Da ich aber zuletzt um sieben Uhr früh etwas zu mir genommen hatte, schimpfte mein Magen lautstark vor sich hin. Um die Zeit totzuschlagen, begann ich in dem mitgebrachten Buch zu lesen. Aber der Wälzer schien sich gegen mich verschworen zu haben. Alle zwei Seiten wurde von einem anderen Festessen berichtet. Endlich war Abendbrotzeit. Ich bekam eine Tasse Tee. „Und essen?", wollte ich wissen. Die Schwester zuckte mit den Schultern: „Leider nichts. Sie werden morgen früh operiert". Und so konnte ich die wichtige Erkenntnis erlangen, dass ein Mensch mit leerem Magen sehr schlecht schläft.

Als ich endlich etwas eingenickt war, riss mich die kräftige Stimme einer Walküre in die Wirklichkeit zurück. Ich dachte erst anhand der Lautstärke, es wäre Feueralarm. Etwas später erkannte ich dann irritiert, dass mir die quadratische Vertreterin des Gesundheitspersonals etwas einflößen wollte, allerdings aus der falschen Richtung. Auf der Toilette wunderte ich mich anschließend sehr, wie viel doch trotz Fastens noch aus mir herauszuholen war. Danach bekam ich eine Spritze, welche die Krankenschwester als „LMA" bezeichnete. Es war eine Beruhigungsspritze. Das merkte ich daran, dass ich zwar weiterhin Hunger hatte, aber es störte mich nicht mehr. Dann begriff ich, dass „LMA" für „Leck Mich am Arsch" stand. Aber das war mir inzwischen auch schon schnuppe. Genauso wie der Umstand, dass mir eine Schwester eine Intimrasur spendierte, während sie mit spitzen Fingern mein Zipfelchen nach oben hielt. Danach rollte mich ein Pfleger samt Bettchen in den Vorraum des Operationssaals und stülpte ein Haarnetz auf meine Rübe. Während ich im Halbschlaf auf meine Operation wartete, schlug die Uhr zwölf und alle anderen bekamen etwas zu essen. Ich nicht. Plötzlich brach die Hölle los. Die Sirenen mehrer Krankenwagen übertönten sich auf dem Hof gegenseitig. Hastig schob man mich wieder zurück in mein Zimmer. Zur Begründung teilte man mir mit, dass meine Operation auf den nächsten Tag verschoben worden sei, weil mehrere, in Lebensgefahr schwebende Unfallopfer dringend operiert werden müssten. War mir egal.

Gegen Abend nahm die Wirkung der Spritze ab und ich überlegte ernsthaft, ob Hunger ein ausreichender Grund für Suizid sei. Nur wenig später hatte ich ein Déjà-vu: Ich bekam statt etwas Essbarem nur eine Tasse Tee. Schließlich sollte ich ja am nächsten Morgen operiert werden. Glauben Sie mir, es ist durchaus möglich, eine Nacht mit offenen Augen durchzuhungern.

Am nächsten Morgen wieder das gleiche Prozedere. Spritze, OP-Vorraum, Haarnetz. Als der Pfleger sich entfernen wollte, bot ich ihm schläfrig eine Wette an: Gleich würde man eine Sirene hören und er müsste mich dann wieder zurückschieben. Er ärgert sich heute noch, dass er damals von fünfzig auf hundert Mäuse erhöht hatte. Keine zwei Minuten später wurde tatsächlich der nächste Notfall eingeliefert und somit meine OP erneut verschoben. Ich war inzwischen so erschöpft, dass ich in einen unruhigen Schlaf fiel. Als ich erwachte, bekam ich als Anerkennung eine Tasse Tee, sonst nichts. An die folgende Nacht kann ich mich nicht mehr so genau erinnern. Ich weiß nur noch, dass mein Magen ab und zu über die Luftröhre geräuschvoll Luft ansaugte, diese auf Verwertbarkeit hin untersuchte und dann enttäuscht in entgegensetzter Richtung wieder entließ. Man konnte das mit Fug und Recht eine menschliche Luftpumpe nennen. Wenn zu diesem Zeitpunkt wieder einmal ein Kriegsveteran zu mir gesagt hätte: „Ihr jungen Leute wisst ja heutzutage gar nicht, was richtiger Hunger ist", dann wäre er wohl von mir mit einer Hand erwürgt worden.

Zum Glück klappte es am Donnerstag dann doch noch mit meiner Operation. Ansonsten hätte man mich nahtlos

in die Psychiatrie überstellen können. Als ich nach der OP erwachte, beugte sich eine freundliche Krankenschwester über mich und fragte: „Na, Durst?". Ehrlich, ich hatte keinen Durst. So energisch ich konnte, erwiderte ich: „Hunger. Hunger!". Trotzdem bekam ich nur ein paar Tröpfchen Tee auf die Lippen geträufelt. Ich frage mich bloß, wo bleiben die von „Amnesty International", wenn man sie wirklich einmal braucht. Am nächsten Tag durfte ich als Frühstücksersatz Tee trinken. Das war doch mal was anderes, denn sonst gab's ja den Tee immer nur abends. Aber jedes Leid hat einst ein Ende. Nachdem ich vier Tage lang nichts zu beißen gehabt hatte, beglückte man mich mit einer Untertasse voll Haferschleim. Haferschleim! Wenn ich nicht solchen Hunger gehabt hätte, wäre ich höchstwahrscheinlich in den Hungerstreik getreten.
Die nächste infame Überraschung erwartete mich tags darauf. Ich musste mich selbstständig von meinem Krankenlager erheben. Soll ich Ihnen was sagen? Als ich mein Bett verließ, schien plötzlich mein rechtes Bein kürzer geworden zu sein. Beim vollständigen Ausstrecken desselben fühlte ich nämlich einen fiesen Schmerz in der rechten Bauchhälfte. Zum Kuckuck, da hätte ich mir doch den ganzen Quatsch ersparen können.

Irene

Irene Kobach war schon als kleines Kind ein Pummelchen. Aber sie besaß auch Kraft. Wenn ihr ein anderes Kind das Spielzeug wegnahm, fand sich der kleine Dieb zwei Meter weiter auf dem Boden sitzend wieder. Das brachte Irene den Ruf ein, sie wäre ein aggressives Kind. Aber sie setzte ihre Kraft nur ein, wenn sie bedroht oder unmittelbar angegriffen wurde.

In der Pubertät begann Irene zu hungern. Sie wollte ebenso schlank sein wie ihre Freundinnen. Aber trotz Nahrungsverweigerung nahm sie nur geringfügig ab. Nach einem Schwächeanfall gaben sie ihre Eltern in die Hände eines klugen Therapeuten. Der konnte ihre Psyche allmählich festigen und sie begann ihren Körper zu akzeptieren.

Als junge Frau entdeckte sie dann das Kugelstoßen für sich. Hier konnte sie gezielt ihre Kraft einsetzen und besiegelte auch dann und wann ihre Leistungen mit einer Medaille.

Inzwischen hatte sie das Schmiedehandwerk erlernt, war dann aber dem Eisen untreu geworden und arbeitete inzwischen in der Kupferproduktion. Ihr Leben verlief soweit in ruhigen und stabilen Bahnen.

Nur etwas schien ihr nicht zu gelingen: Einen Mann an sich zu binden. Zwar gab es gelegentlich einen One-Night-Stand, aber eine feste Beziehung schien ihr versagt zu bleiben. Als sie achtundzwanzig wurde, bekam sie langsam Torschlusspanik. Da begegnete ihr Rolf auf einer Party. Er war knapp zwei Jahre jünger als Irene, etwas schmächtig und erschien irgendwie schutzbedürftig. Beide waren leicht angetrunken, küssten sich hin und wieder und erwachten am Morgen gemeinsam in Irenes Schlafzimmer. Rolf bereitete das Frühstück. Er brachte ihr Toast, Rührei, Konfitüre, Kaffee und eine Blume ans Bett. Im Gegensatz zu den anderen Männern blieb er noch und kochte sogar das Mittagessen, Kartoffelsuppe mit Würstchen. Für ein anderes Gericht fand er keine Zutaten. Liebe geht bekanntlich durch den Magen. Soll wohl heißen, gutes Essen verbindet. Wie die Liebe aber später aussieht, wenn sie durch den Magen durch ist, davon spricht keiner.

Sei es wie es sei, Rolf zog zu Irene. Die Essenszubereitung oblag seitdem ihm. Irene ließ sich nur allzu gern mit einem opulenten Mahl verwöhnen. Ihr Zusammensein verlief zwei Jahre lang harmonisch. Rolf kaufte ein, saugte Staub und kochte. Irene kümmerte sich um den restlichen Haushalt. Doch dann begannen Rolfs Anfälle. Er machte zeitweilig einen verwirrten Eindruck und saß manchmal apathisch mitten im Raum. Ruckartiges Zucken oder Zittern seiner Arme und Beine ließ auf die Parkinson-Krankheit schließen. Sein Arzt jedoch war hilflos. Alle Untersuchungen ergaben, dass er eigentlich gesund sein müsste. Auch Computertomographie und Magnetresonanztomographie brachten keinerlei Hinweise auf eine Krankheit. Er wurde zu einem Neurologen überwiesen, aber auch dieser fand keine Ursache.

Rolf verlor zuerst die Lust am Kochen, dann auch an Dingen, die er sonst erledigt hatte. Er las kein Buch mehr und verlor letztendlich auch noch seine Arbeit. Egal was im täglichen Leben auch anfiel, alles blieb seither an Irene hängen. Und obwohl ihr Rolfs Zustand bewusst war, gab es immer wieder Streit. Im Betrieb fielen oft Überstunden an. Wenn Irene danach müde nach hause kam, musste sie auch noch Rolf versorgen. Wenn ihm dann ihr Essen nicht schmeckte, kam es zum Streit. Wenn sie ihn gelegentlich bat, auch mal wieder einkaufen zu gehen, kam es zum Streit. Wenn sie sonntags mit ihm spazieren gehen wollte, kam es zum Streit. Eigentlich gab es immer Streit, bis auf die Zeit, in der Rolf unansprechbar und willenlos herumsaß.

Das Unglück geschah an einem Montag. Irene war wie jeden Werktag in ihrem Betrieb. Rolf ging ins Bad, verlor die Kontrolle über seinen Körper und schlug mit dem

Kopf auf den Rand der Badewanne. Als ihn Irene am Abend fand, war er bereits einige Stunden tot.

Manchmal brauchen sich zwei Menschen nur kurz anzuschauen und schon entsteht wie aus dem Nichts beiderseitige Sympathie. Andererseits reicht auch bisweilen nur ein Blick und man hasst sich abgrundtief. So war das jedenfalls bei Kommissar Wendler und Irene Kobach. Der Kommissar hatte nach alter Manier die Tischlampe so manipuliert, dass ihr Schein Irenes Augen blendete. Er beugte sich weit nach vorn und stütze sich kurz vor Irene mit seinen großen Händen auf der polierten Tischplatte ab: „Ich weiß ganz genau, dass du deinen Lebensgefährten erschlagen hast. Mit einem Geständnis fühlst du dich viel besser!". Irene versuchte ruhig zu bleiben: „Ich habe Rolf nicht erschlagen. Und duzen Sie mich nicht, wir haben keine Schweine zusammen gehütet!". Wendler wurde lauter: „Denkst du ich weiß nicht, dass du Schmied gelernt hast? Hast du ihn mit der bloßen Faust erschlagen? Oder hattest du etwas in der Hand?". Irene wurde wütend: „Ich habe Rolf nicht getötet, du Arsch!". Der Kommissar überhörte die Beleidigung: „Die Nachbarn haben jeden Tag Streit gehört. Ist dein Rolf vielleicht fremd gegangen? War das der Grund?". Zwar wusste Irene, dass sie der Kommissar nur provozieren wollte, aber trotzdem schrie sie völlig unbeherrscht: „Rolf ist nicht fremd gegangen. Und ich habe ihn nicht getötet. Ist dir das jetzt klar, du Bullenpfeife?". Da beging Wendler einen schweren Fehler. Er sagte nämlich: „Halt den Rand, du fette Sau!". Eine Minute später lag er stöhnend mit gebrochenem Unterkiefer auf dem schmutzigen Boden des Verhörraumes. Zwei Beamte stürmten durch die Tür und legten Irene Handschellen an. Dann rief einer den Krankenwagen.

Irene galt nun als gemeingefährlich. Deshalb wurden ihr Beinfesseln angelegt und die Hände auf dem Rücken fixiert. Als sie am nächsten Tag erneut zum Verhör gebracht wurde, saß ihr ein magerer Mann mittleren Alters gegenüber, der entfernt an Rolf erinnerte. „Hauptkommissar Bobisch", stellte er sich vor, „wollen Sie einen Kaffee?". Irene zögerte kurz, dann antwortete sie: „Mit den Händen auf dem Rücken? Soll das ein Scherz sein?". Bobisch stand auf, holte einen kleinen Schlüssel aus der Hemdtasche, stellte sich hinter sie und nahm ihr die Handschellen ab: „Besser?". Irene rieb ihre Handgelenke: „Kann ich jetzt bitte den Kaffee haben?". „Klar!". Der Hauptkommissar verließ den Raum und kam kurz darauf mit zwei Kaffeebechern zurück. Nach dem ersten Schluck sagte Irene: „Ich habe Rolf nicht erschlagen". Bobisch nickte: „Weiß ich. Die Obduktion hat ergeben, dass ihr Lebensgefährte aufgrund einer Vergiftung ohnmächtig geworden ist und dann wahrscheinlich irgendwo mit dem Kopf aufschlug". „Vergiftung?", Irene war irritiert, „wer sollte Rolf denn vergiftet haben?". Hauptkommissar Bobisch verschränkte die Arme: „Sein Gehirn, seine Nieren und seine Leber waren durch eine hohe Dosis Kupfer geschädigt. Sie arbeiten doch in der Kupferproduktion, oder etwa nicht?".
Ihr Verteidiger war eine absolute Null und als Irene in die JVA eingeliefert wurde, hatte ihr Justitia 15 Jahre auf den Buckel gebürdet. Ihr Haftraum maß etwa 9 m^2. An diesem Platz verbrachte sie zwei lange, eintönige Jahre. Dann wurde sie in eine Gemeinschaftszelle verlegt. Hier traf sie auf das Schicksal in Form einer verurteilten Ärztin. Die beiden freundeten sich an und Irene erzählte ihre Geschichte. Die Medizinerin hatte sofort einen Verdacht: „Wurde bei Rolf nach dem Kayser-Fleischer-Kornealring gesucht?". Irene zuckte mit den Schultern: „Was ist

das?". „Ein grünlich-braun gefärbten Ring um die Hornhaut des Auges". Die Ärztin legte Irene sanft die Hand auf die Schulter: „Ich werde deinen Fall meinem Anwalt ans Herz drücken. Der wird eine Exhumierung erwirken und eine neue Autopsie beantragen. Bei der soll dann gezielt nach Morbus Wilson gesucht werden". Und so kam es. Man stellte an Rolfs Leiche einen genetischen Defekt fest, durch den die Ausscheidung von Kupfer über die Gallenwege gestört wird. Das Kupfer sammelt sich dadurch in der Leber und gelangt später in andere Organe. Die Medizin nennt das Hepatolentikuläre Degeneration oder einfach Wilson-Krankheit. Irene bekam einen neuen Prozess und wurde freigesprochen. Ihr ehemaliger Arbeitgeber nahm sie glücklicherweise wieder auf und langsam fand sie in ihr altes Leben zurück. Nur ein gewisser Zorn auf die Justiz brannte noch in ihrer Seele. Bleibt nur noch zu sagen, dass ihr Verteidiger aus dem ersten Prozess inzwischen gestorben ist.
Kupfervergiftung.

Santa

Sein Name war Klaus Wegener. Da aber in unserem Kulturkreis so gut wie jeder, egal ob er will oder nicht, einen Spitznamen an die Backe geklebt kriegt, so wurde auch unserem Klaus ein Alias aufgedrückt. Man bedachte ihn, nach kurzem Nachdenken, mit dem äußerst ausgefallenen und unheimlich kreativen Namen „Klausi". Ab sofort musste er also auf diesen Ehrennamen hören, damit ihn die menschliche Rasse nicht als Außenseiter aus ihrer Gemeinschaft ausschloss. Das änderte sich aber unerwartet, als Klausi bei einer weihnachtlichen Schulaufführung den Santa Claus verkörpern musste. Die Aufführung war eher stinklangweilig und wurde nur deshalb nicht abgebrochen, weil stets jene Eltern frenetisch Beifall klatschten, deren Sprössling gerade irgendeinen sinnlosen Text völlig talentfrei und stotternd von sich gab. Als jedoch Klausi auftrat, wurde es still im Saal. Und nach seinem Monolog zollten ihm ausnahmslos alle Applaus; ganz besonders die, die nicht mit ihm verwandt waren. Er war eben schon als Kind das, was man eine Persönlichkeit zu nennen pflegt. Seine Darstellung des Weihnachtsmannes bescherte ihm neben Beifall auch noch einen zusätzlichen Effekt: Ab diesem Zeitpunkt nannten ihn alle beharrlich „Santa Klaus". Später wurde dann der zweite Teil dieser Bezeichnung weggelassen, da die Menschen aufgrund ihrer angeborenen Faulheit alles unbedingt abkürzen müssen. Fortan hörte also Klaus Wegener mit einem gewissen Stolz auf den Namen „Santa". Und das sollte so bis an sein Lebensende bleiben.

Santa konnte in fast allen Schulfächern eine Eins auf dem Zeugnis vorweisen. Besonders hatten es ihm die Naturwissenschaften angetan. Chemie und Physik liebte er mehr als alles andere auf der Welt. Dabei war er absolut kein Streber. Zensuren interessierten ihn genauso viel, als würde in Mexiko ein grün lackiertes Fahrrad umfallen. Ihm ging es nur um das Lernen an sich. Sein Gehirn schien exklusiv in diese Welt gekommen zu sein, um wie ein Schwamm Wissen aufzusaugen. Aus diesem Wissen entsprangen natürlich auch Ideen. Als er im Fach Physik mit dem Prinzip des Pumpspeicherwerks bekannt gemacht wurde, brachte er im Chemieunterricht sofort die Idee ein, nach gleichem Vorbild Wasserstoff als Energieträger zu erzeugen. Immer nachts, wenn allgemein wenig Strom verbraucht wird, sollte seiner Meinung nach mittels Elektrolyse einfach Wasser in Sauerstoff und Wasserstoff aufgespaltet werden. In Spitzenverbrauchszeiten konnte man dann den Wasserstoff einfach wieder zu Wasser verbrennen, wodurch dringend benötigte Energie freigesetzt werden würde ohne die Umwelt zu belasten. Aber wer schert sich schon um Einfälle eines Zwölfjährigen. Als Santa dann eines Tages hörte, dass Titandioxid Schadstoffe abbauen kann, schrieb er dem Umweltamt einen Brief, in welchem er anregte, Fassadenfarben mit Titandioxid zu versetzen, um so die Luft in den Städten zu verbessern. Außer einem höflichen Antwortbrief brachte das zunächst aber keinerlei Ergebnis.

Irgendwann kam ich zufälligerweise auf dem Schulhof mit Santa ins Gespräch. Ich hatte beobachtet, wie er mit traurigen Augen einem Mädchen aus der Parallelklasse hinterher sah. Zuerst wollte ich darüber spotten. Pubertierende können ziemlich gemein sein. Dann tat er mir aber plötzlich leid und ich erbot mich, ihm in Liebesdingen zu helfen. Ich war schon immer ein begnadeter Organisator. Wenn jemand etwas benötigte, konnte ich es herbeischaffen, selbst wenn es ein Mädchen war. Also spielte ich den Postillon d'Amour und brachte ihn mit der Vergötterten zusammen. Seither waren wir zwei die dicksten Freunde. Übrigens gab er seiner Angebeteten nach dem ersten Rendezvous den Laufpass. Sie war, wie er sich ausdrückte, strunzdumm.

Eigentlich verstand ich mich mit Santa richtig gut, nur in einer Sache lachte er mich immer wieder aus. Ich bekam stets zum Geburtstag von einem Inder eine Glückwunschkarte, darauf beteuerte dieser jedes Mal, wenn ich etwas brauchen sollte, könne ich mich immer an ihn wenden. Der Grund war, dass mein Vater seinem Vater irgendwann einmal das Leben gerettet hatte. Mein Vater wollte aber zu Lebzeiten nie darüber sprechen und ich habe mich nicht getraut weiter nachzufragen. Santa nervte mich ewig, ich solle doch meinen indischen Freund aushorchen, was damals wirklich vorgefallen sei. Im Andenken an meinen Vater weigerte ich mich aber stets und Santa setzte daraufhin so ein höhnisches und überhebliches Lächeln auf, dass ich ihm jedes Mal fast eine gescheuert hätte.

Nach der Schulzeit verloren wir uns allmählich aus den Augen. Zwar telefonierten wir noch eine Weile miteinander, aber mit der Zeit wurde auch das nur noch zur Erinnerung. Jeder hat im Leben schließlich seine eigenen Igel zu bürsten.

Die Herbstsonne mogelte sich geschickt durch das noch dichte, goldgelbe Laub. Einer ihrer fiesen Strahlen traf schlechterdings genau die Stelle meiner Jalousie, welche seit einer unvergesslichen Party ein faustgroßes Loch hatte. Die Doppelverglasung des Fensters wandte daraufhin das physikalische Gesetz der Brechung äußerst hinterhältig an und lenkte so das Licht genau auf meine geschlossenen Lider. Das hatte natürlich zur Folge, dass ich Depp die Augen öffnete. Nun muss man wissen, dass ich sowieso ein Morgenmuffel bin. Kommt dazu auch noch die Tatsache, dass ich meinen Schlaf, aus welchem Grund auch immer, vorzeitig aufgeben muss, so kann man sich meine fantastische Laune an diesem Tag ungefähr vorstellen. Zumal ich jener Tage sowieso einen gewissen Groll mit mir herumtrug. Ich hatte ein, wie ich fand, wahnsinnig gutes Manuskript für einen Roman eingesandt, aber der Verlag ließ trotz mehrerer Emails nichts von sich hören und am Telefon meldete sich nur der Anrufbeantworter. Diesen hatte ich auch schon nutzloser Weise mehrmals voll gequatscht. Da bringt man nun sein Herzblut zu Papier und keine Sau interessiert das.

Brummig trollte ich mich in mein Badezimmer, um eine heiße Dusche zu genießen. Allerdings verfügt mein Bad nicht über eine Duschkabine, sondern nur über eine Badewanne mit Handbrause. Das kam mir jedoch entgegen, da ich beim Duschen sitzen und so meine Zehen besser erreichen konnte. Ich bin nämlich schon ein bisschen länger auf dieser Welt und mein Rücken ist inzwischen etwa so gelenkig wie ein solider Besenstil aus Hartholz. Als ich mir gerade den Schaum abspülen wollte, klingelte mein Telefon. Das musste der Verlag sein! So behände wie ich es in meinem Alter eben vermochte, sprang ich aus der Wanne. Was ich dabei leider nicht bedacht hatte, war der schmierige Seifenschaum unter meinen Fußsohlen. Ich hörte das Zeug förmlich kichern, als meine Füße den gefliesten Boden berührten. Mit einem doppelten Rittberger riss ich den kleinen Spiegelschrank von der Wand und knallte mit meiner Denkmurmel auf den Rand des Waschbeckens. Andere mögen in so einer Situation Sterne sehen, ich sah wunderschöne, bunte Kringel. Ächzend rappelte ich mich auf, hielt mit meiner rechten Hand den stechenden Kopf und tappte zum Telefon, während ich vor Schmerz die Luft durch meine noch ungeputzten Zähne zog. Mit der Linken drückte ich ungeschickt den Apparat ans Ohr und knurrte ein kurzes „Ja" hinein. Die Antwort war: „Hallo du Frosch, hier ist Santa. Ich muss mit dir Reden und zwar persönlich". „Oha, von wo aus rufst du denn an?", fragte ich den Schmerz vergessend. „Du wirst es nicht glauben, aber ich bin seit gestern Nacht in deiner Stadt. Zurzeit sitze ich in einem Bistro beim Frühstück. Danach wollte ich bei dir reinschauen". Ich überlegte kurz und sagte zögerlich: „Gib mir eine halbe Stunde. Ich muss mich erst zurechtmachen". Er lachte: „Und ich will in Ruhe zu Ende frühstücken. Bis denn dann!".

Santa fläzte sich in meinen Fernsehsessel, als ob dieser ihm gehören würde: „Bring mal zwei Gläser! Whiskygläser!". Er öffnete seinen matt glänzenden Attachekoffer und brachte eine Flasche Islay-Whisky zum Vorschein. So eine stark rauchige Sorte, wie ich sie verdammt gern mochte. Santa lehnte sich zurück: „Hör zu, ich brauche dein Organisationstalent! Es geht um eine ganz große Sache". Ich ließ langsam den Whisky über die Zunge rinnen. Es war, als würden zarte Engelsfüße in meinem Mund umherspazieren. Mit geschlossenen Augen fragte ich: „Und was genau brauchst du?". Er räusperte sich: „Mangan. Jede Menge Mangan". Ich stutzte: „Wozu das denn?". Santa grinste wie ein Honigkuchenpferd: „Ich werde das Energieproblem der Menschheit lösen!". Worauf ich ebenfalls grinsend entgegnete: „Ja sicher! Aber selbstverständlich!". Er rappelte sich hoch und ging im Zimmer auf und ab: „Fast alle bisherigen Methoden zur Stromerzeugung erhitzen Wasser zu Dampf. Sogar die Atomkraftwerke. Dabei geht jede Menge Energie verloren. Strom besteht jedoch bekanntermaßen aus fließenden Elektronen. Und Elektronen sind Elementarteilchen. Solche Elementarteilchen bestehen aber nach neueren Erkenntnissen aus Strings". Ich unterbrach ihn mit erhobenem Zeigefinger: „O.K., die Stringtheorie kenne ich. Je nachdem mit welcher Frequenz die Strings schwingen, werden unterschiedliche Elementarteilchen hervorgebracht". Santas Gesicht hellte sich auf: „Genau! Und ich baue so etwas Ähnliches wie einen Mikrowellenherd. Nur wesentlich größer und mit Schwingungen im Terrabereich oder sogar noch viel höher. Damit kann ich dann durch Beschuss jede Materie in Elektronen verwandeln, falls ich die richtige Frequenz finde. Und wo Elektronenüberschuss herrscht, von da aus fließt ... na?". Ich sprang auf: „Strom! Jede Menge Strom!". Santa setzte sich bedacht wieder in meinen geliebten Sessel: „Tja, aber dafür brauche ich Mangan. In Größenordnungen. Und nun bist du dran!". Jetzt war es an mir, im Zimmer hin und her zu laufen: „Das kann aber teuer werden. Und was springt dabei für mich raus?". Santa lachte amüsiert: „Geld spielt nun wirklich keine Rolle. Ich habe mehr Sponsoren als Finger an drei Händen. Aber jetzt muss ich los. Den Whisky lasse ich dir natürlich hier. Melde dich, wenn dir was eingefallen ist!". Er übergab mir eine Visitenkarte mit Goldprägung.

Was soll ich lange erzählen. Nach einigem Grübeln setzte ich mich hin und schrieb einen Brief nach Thiruvananthapuram, früher Trivandrum genannt. Das ist die Hauptstadt des indischen Bundesstaates Kerala. Genau da wohnte nämlich mein indischer Kartenschreiber. Und genau da gab es auch jede Menge Sand. Nur, dass dieser Sand einen hohen Gehalt an Monazit hat. Und was gewinnt man aus Monazit? Lanthan! Und wer braucht Lanthan? Natürlich jemand, der Nickel-Metallhydrid-Akkus herstellt. Und wer stellt unter Anderen so etwas her? Südkorea! Und was fördert Südkorea seit ein paar Jahren aus dem Meeresgrund? Mangan!! Ein Anruf bei Santa mit Nennung einer bestimmten Summe genügte und ein Containerschiff mit Sand machte sich von Indien aus nach Südkorea auf, nahm dort Mangan an Bord und schipperte schnurstracks nach Hamburg. Etwa ein halbes Jahr später rief mich Santa an. Er wolle mich am kommenden Tag mit dem Auto abholen, damit ich beim Jungfernlauf seiner Erfindung dabei sein könne.

Als es klingelte war ich bereits komplett angezogen, schloss meine Wohnung ab und sprang aufgeregt auf die Straße. Santa stand breitbeinig, bekleidet mit einem weißen Anzug auf dem Gehweg, daneben ein gestriegelter Kerl in Nadelstreifen, den mir Santa als Patentanwalt vorstellte. Dahinter räkelten sich noch drei finstere Gesellen in dunkelblauen Anzügen und auf der Straße parkte eine schwarze Stretch-Limousine mit getönten Scheiben. „Einsteigen!", sagte Santa, während einer der Dunkelblauen die Wagentür öffnete. „Was sind denn das für lustige Kerle?", fragte ich mit hochgezogenen Augenbrauen. Santa lächelte: „Weißt du, wenn man Energie erzeugt, die viel billiger ist als alles bisher Dagewesene, dann hat man schon ein paar Leute zum Feind. Ich bekomme täglich mehrere Morddrohungen. Da machen sich ein paar Bodyguards ganz gut". Kaum waren wir losgefahren, kam urplötzlich ein Geländewagen aus einer Seitenstraße gerast und rammte brutal unser Fahrzeug. Drei Männer mit Skimasken und Maschinenpistolen stiegen aus und ballerten aus allen Rohren. Zwei der Bodyguards sprangen aus dem Wagen und feuerten zurück. Der dritte warf sich über Santa und drückte ihn auf den Boden. Einschläge ließen die Limousine erzittern und ich sah gerade noch wie der Patentanwalt vorn über kippte, dann traf mich eine Kugel am Kopf und die Welt um mich herum wurde tiefschwarz.

Ich kam langsam zu mir und starrte auf eine grelle Lampe, die an einer weißgetünchten Zimmerdecke hing. Da die Hölle bestimmt anders aussah, musste ich also noch leben und lag in einem Krankenhaus. Wie in einem billigen Liebesfilm kam mir der abgedroschene Satz über die Lippen: „Herr Doktor, wo bin ich?". Keine Reaktion. Mein Schädel brummte und mir war kalt. Langsam orientierte ich mich im Raum. Es war mein Bad. Ich lag auf den kalten Fliesen und das Telefon klingelte immer noch. Ächzend rappelte ich mich auf, hielt mit meiner rechten Hand den stechenden Kopf und tappte zum Telefon, während ich vor Schmerz die Luft durch meine noch ungeputzten Zähne zog. Verflixt, irgendwie kam mir diese

Szenerie bekannt vor. Ich knurrte ein kurzes „Ja" in den Apparat. Es war der Verlag. Man teilte mir mit, dass mein Manuskript für einen Roman über die Gewinnung von Elektronen aus Strings von keinerlei Interesse sei.

Namensänderung

Schon seit seinem neunten Lebensjahr hatte er sich über seinen Vornamen geärgert. Kein Mensch außer ihm hieß „Borna". Borna war doch eine Stadt in der Nähe von Leipzig. Seine Mutter konnte ihm lange erzählen, es sei ein kroatischer Vorname. Für ihn war es der Name einer Stadt.

Später hatte er sich einigermaßen daran gewöhnt, zumal ihn seine Schulkameraden nur noch mit dem Spitznamen „Birne" titulierten. Da er nach der Berufsausbildung als Feinmechaniker keine Arbeit fand, beschloss er selbständig zu werden. Er war ziemlich gut im analytischen und kombinatorischen Denken. Also gründete er die Detektei „Argusauge", um seinen zukünftigen Unterhalt als Privatdetektiv zu verdienen. Jedoch nahm nur äußerst selten jemand seine Fähigkeiten in Anspruch und so bestand seine Haupteinnahme aus sogenannter Aufstockung in Form von Arbeitslosengeld II.

Als er dreiundzwanzig war, lernte er auf einem Tanzabend zufällig eine Frau kennen, die ihm recht gut gefiel. Nachdem er seinen Namen genannt hatte, lachte sie ihn ungläubig aus und ließ ihn stehen. Das bestärkte seinen Entschluss, nun endlich doch den Namen ändern zu lassen.

Als er an die gläserne Pförtnerloge des Rathauses der Stadt Grundbeuren trat, war es kurz vor 16 Uhr. „Ich möchte zum Standesamt". Der Pförtner fragte höflich: „Und weswegen, wenn Sie die Frage erlauben?". „Namensänderung". „Da müssen Sie sich aber beeilen", meinte der Angestellte mit einem Blick auf seine Uhr, „Frau Müller hat gleich Feierabend. Zimmer 303". Borna stieg die schmale, knarrende Treppe zum dritten Stock empor, dann suchte er das Zimmer 303. Neben dessen Tür war ein Schild befestigt mit der Aufschrift „Frau Müller. Sachbearbeiterin". Als er klopfen wollte, ging die Tür auf und eine sehr attraktive Frau trat heraus. Da Borna vermutete, es sei Frau Müller, sagte er bettelnd: „Sie haben bestimmt Feierabend, aber könnten Sie nicht ein paar Minuten für mich erübrigen?". Die Hübsche erwiderte lächelnd: „Sie gehen aber ganz schön ran. Ja, ich habe jetzt Zeit. Und ich wollte Essen gehen. Laden Sie mich ein?". Dem überrumpelten Borna blieb nichts anderes übrig, er begleitete die Frau in den Ratskeller. Sie aßen nicht nur miteinander, nein, sie tranken auch. Und nicht wenig. Zu guter Letzt nahm die Schöne ihren Verehrer mit nach hause. Borna glaubte am Klingelschild „Möller" gelesen zu haben. Aber ob Möller oder Müller, das war doch wohl in Erwartung eines amourösen Abenteuers völlig egal.

Borna erwachte, weil ihm ein harter Gegenstand unangenehm in die Rippen gestupst wurde. Als er die Augen öffnete, gewahrte er vor sich einen älteren Mann mit langen, zotteligen Haaren, bekleidet mit einer Lederhose und einem Trachtenhut. Der Kerl hielt einen knotigen Wanderstock in der Hand. „Können Sie mir verraten, was Sie in meinem Bett zu suchen haben? Und wie sind Sie überhaupt hier herein gekommen?". Äußerst verwundert, aber auch ein klein wenig ängstlich, berichtete Borna die

Ereignisse des vergangenen Abends. Der Zottelige legte den Stock zur Seite, nahm den Hut ab, griff in die Tasche und holte ein zerknittertes Foto hervor: „Ist das die Frau?". Borna bestätigte es mit kräftigem Nicken. Der Langhaarige schlug sich mit der rechten Faust auf den linken Handteller: „ Das Luder! Die hat mir zwar meinen Schlüssel zurückgegeben, aber die hat sich garantiert einen Nachschlüssel machen lassen. Meine Schwägerin wusste nämlich ganz genau, dass ich gestern nicht zu hause sein würde". Er steckte das Bild wieder ein: „Ich muss das Schloss auswechseln. Und Sie ziehen sich an und machen, dass Sie wegkommen. An Ihrer Stelle würde ich aber erst kontrollieren, ob etwas fehlt". Borna kleidete sich an. Beim Durchsuchen seiner Jacke musste er feststellen, dass sein Portmonee samt Ausweis und Führerschein weg waren. Der Zottelkopf griente: „Sie sollten mal in der Heinrich-Beck-Straße 107 nachfragen, bei Gisela Waidholz".

Die Tür stand angelweit offen und Borna trat ohne zu fragen ein. Eine Frau war damit beschäftigt, überhastet Kleidungsstücke in einen großen Koffer zu werfen. Borna lehnte sich hinter der Hastigen leger an die Wand: „Guten Tag schöne Frau!". Sie fuhr herum. Auf ihrem Gesicht waren mehrere Schnittwunden zu sehen. „Ach du bist das. Hau bloß ab!". „Kann ich nicht, erst brauche ich meinen Ausweis und meinen Führerschein. Das bisschen Geld kannst du behalten". Sie zog ein Gesicht zwischen Trauer und Belustigung: „Geht nicht mehr. Das Zeug hat Max". Borna richtete sich auf: „Und wo finde ich diesen ominösen Max?". Sie lachte bösartig: „Im Leichenschauhaus. Wir hatten einen Verkehrsunfall. Die Polizei sollte inzwischen deine Papiere bei Max gefunden haben. Damit dürftest du jetzt als tot gelten!". Sie griff neben sich auf einen Stuhl, nahm eine Brieftasche und warf sie Borna zu: „Hier, nimm die Papiere von Max! Der braucht sie jetzt bestimmt nicht mehr. Fahr mit seiner Fahrerlaubnis und lass mich in Ruhe. Ich muss verduften. Wenn mich die Bullen haschen, komme ich erst nach fünf Jahren wieder raus". Sie klappte den Koffer zu, rauschte an dem verdutzten Borna vorbei, stolperte die Treppe hinunter und warf die Haustür mit einem lauten Knall hinter sich zu. Borna öffnete die Brieftasche. Sie enthielt einen Personalausweis und einen Führerschein auf den Namen Max Grävner. Der Kerl sah Borna fraglos ähnlich. Außerdem war da noch eine MasterCard Gold. Oha! In einer kleineren Tasche fand Borna Visitenkarten mit dem Aufdruck: „Max Grävner - Dienstleistungen aller Art - 37001 Grundbeuren - Pfälzer Ried 90". Borna entschied sich erst einmal die Wohnung des Toten anzusehen, bevor er die Polizei über das Missverständnis aufklären wollte.

Es war keine Wohnung, sondern ein schickes Häuschen. Borna suchte unter der Fußmatte vor dem Eingang und in den Blumentöpfen an der Seite nach einem Haustürschlüssel. Auf dem Sims über der Tür wurde er tatsächlich fündig. Als er das Haus betrat, stockte ihm vor Staunen der Atem. Der Kerl musste schweinereich gewesen sein. Die Ausstattung war phänomenal und hatte bestimmt eine sechsstellige Summe verschlungen. Langsam keimte in Borna die Idee auf, dass diese Konstellationen doch wohl eine sehr angenehme Änderung seines Namens darstellte. Er musste nur noch die PIN der Kreditkarte herausbekommen, dann könnte er sogar Bargeld abheben. Diese Geheimzahl aufzufinden, sollte aber bei einem, der seinen Schlüssel oberhalb der Tür positioniert, kein Problem für einen Privatschnüffler darstellen. Borna besichtigte neugierig das Haus. In einem Raum, der als Arbeitszimmer durchgehen konnte, stand ein moderner Schreibtisch mit Metallkanten. Er durchsuchte ihn gründlich, fand aber nichts Relevantes. Dann zog er die oberste Schublade heraus und drehte sie herum. Da! Den Boden der Lade zierte ein aufgeklebter Zettel mit verschiedenen Zahlen und Buchstabenkombinationen. Eine Zahl war vierstellig. Das musste die PIN sein. Borna entschied, das gleich zu testen. Er schloss hinter sich ab, während er die Gegend beobachtete. Niemand war zu sehen. Und wenn schon, schließlich sah er ja diesem Max ziemlich ähnlich. Borna suchte und fand einen Geldautomaten. Aufgeregt steckte er die MasterCard in den vorgesehenen Schlitz und tippte die entsprechende PIN ein. Dann forderte er 500 Euro an. Der Automat spuckte das Geld ohne Widerrede aus. Borna tänzelte vor Freude von einem Bein auf das andere. Dann ging er erstmal etwas trinken. Abends begab er sich wieder in „sein" Haus. Im Schlafzimmerschrank entdeckte er jede Menge Pyjamas.

Am Morgen musste er ein wenig in der Küche herumsuchen, aber dann fand er Kaffee, Sahne, Zucker und Toastbrot. Der Kühlschrank war neben mehreren Flaschen Bier auch gut mit Käse und Wurst gefüllt. Nach dem Frühstück durchstöberte Borna alle Schränke. Am besten gefiel ihm ein grauer Anzug mit Nadelstreifen. Und was soll man sagen, er passte. Genau wie die Hemden. Borna fühlte sich, als wäre er wirklich ein bisschen dieser Max. Als er nach Socken suchte, klingelte es. Ihn durchfuhr es siedendheiß. Ach was! Er würde einfach sagen, er wäre der Bruder und zu Besuch hier. Als er die Tür öffnete, drückte ihm ein Mann einen braunen A5-Umschlag in die Hand, drehte sich um und verschwand ohne ein Wort zu sagen. Nachdem Borna die Tür geschlossen hatte, öffnete er vorsichtig den Umschlag. Er fand darin ein Foto von einem Mann im mittleren Alter und einen Zettel mit der Aufschrift „7000 / Art unwichtig". Moment mal! Er kannte doch diesen Mann auf dem

Bild. Der hatte vor ein paar Monaten seine Frau beschatten lassen. Soweit Borna sich erinnern konnte, ging das Luder auch verschiedentlich fremd. Aber was bedeutete dieser Zettel? Sollte der Mann vielleicht umgebracht werden? Für 7000 Euro? Er musste ihn warnen. Oder sollte er doch zur Polizei gehen? Nein, Borna wollte wenigstens noch ein paar Tage das schöne Leben hier im Haus samt Kreditkarte auskosten.

Als es Dunkel wurde, schlich er zu seiner alten Wohnung. Im Karteikasten fand er die Karte des Gesuchten: Walther Grundler, Rechtsanwalt. Beim Verlassen der Wohnung bemerkte er, dass er ein polizeiliches Siegel erbrochen hatte. Scheiße! Die Bullen hatten seine Tür überklebt und er hatte es im Dunklen nicht gemerkt. Er ging kurz zurück, klemmte seinen Karteikasten unter den Arm und machte sich leise davon. Die Wohnung würde er zukünftig meiden müssen, wie der Teufel das Weihwasser.

Am nächsten Vormittag wollte er Walther Grundler aufsuchen. Doch vor dessen Haus standen zwei Polizeiwagen und ein Feuerwehrfahrzeug. Borna schlenderte langsam an einen Polizisten heran: „Was ist denn hier los. Ich habe einen Termin bei Herrn Grundler". Der Polizist sagte unfreundlich: „Gehen Sie weiter. Herr Grundler ist tot. Gasexplosion". Mit gemischten Gefühlen trabte Borna wieder zu seinem Haus, besser gesagt, zum Haus von Max.

Tags darauf klingelte es wieder. Es war der selbe Mann wie vom Vortag. Er überreichte Borna noch einen A5-Umschlag. Nach dem Öffnen stellte Borna fest, dass er siebentausend Euro enthielt.

Borna befreite erstmal den Kühlschrank von dem Bier. Als er die Beine auf das Sofa legte, verrutschte ein Kissen. Darunter lag ein Schlüsselbund mit zwei Schlüsseln.

Der eine sah aus wie der Zündschlüssel von einem Auto oder einem Motorrad. Oha! In der Garage war er noch gar nicht gewesen. Also los! Als er das Garagentor öffnete, fielen ihm fast die Augen aus dem Kopf. Es war ein echtes Superbike. Da musste man doch mal eine Runde drehen. Von den Bierchen wusste doch keiner was und Polizeikontrollen um diese Zeit waren eher unwahrscheinlich. Da würde er auch keinen Helm brauchen. Borna startete den Boliden. Dann schoss er ungebremst aus der Ausfahrt. Er konnte ja nicht ahnen, dass gerade in diesem Moment ein PKW mit überhöhter Geschwindigkeit an dem Haus vorbeifahren würde.

Am nächsten Tag stand in der Zeitung, dass der vermutliche Auftragskiller Max G. tödlich verunglückt sei. Allerdings wunderten sich die Mitarbeiter der Polizei, wieso in dessen Haus die Karteikarten der Detektei Argusauge herumlagen. Aber das war gewiss eines der Dinge, welche die Polizei niemals aufklären würde.

Märchen vom winzigen Königreich

Es war einmal, vor langer, langer und abermals langer Zeit, da gab es ein ganz, ganz kleines Königreich. Wer dort hingelangen wollte, musste von der Stelle aus, an der die linke Seite des Regenbogens die Erde berührte, dreitausend Meilen schräg nach Süden gehen. Und ob er dann das Königreich sah, stand auch noch nicht fest, denn es war von einem dunklen Wald umgeben.

Es wohnten nur wenige Menschen in diesem Reich. Zum Beispiel die Bauern von drei kleinen Dörfern. Jedes Dorf hatte ein Stück Land zu bearbeiten. Das eine Dorf baute

Gemüse an, das zweite Getreide und das dritte Kartoffeln. Im ersten Dorf mästete man Schweine, im zweiten hielt man Rinder und im dritten gab es Ziegen, Schafe, Enten und Hühner. Einmal im Jahr tauschten die Leute ihre Ernte gegenseitig aus. Dabei wurde auch fröhlich gesungen, mit Lust musiziert und ausgelassen getanzt. Ein rechtes Erntefest eben.

Zwischen den Dörfern lag eine saftige Wiese. Dort mähten die Viehhalter dreimal im Jahr das Futtergras für ihre Tiere. Diese Wiese zog sich hin bis zu einem kleinen Königsschloss. Daselbst wohnte, ihr ahnt es schon, der König. Als König besaß er natürlich auch einen Hofstaat. Aber weil das Königsreich gar so winzig war, so gab es auch nur sehr wenig Bedienstete. Zum Beispiel den Koch mit seinem dicken, runden Bauch. Diesen hatte er vom vielen Kosten, wenn er seine wirklich guten Speisen zubereitete. Da er aber auch im Schlossgarten Kräuter für die königliche Küche anbaute, hatte ihn der König zusätzlich zum Hofgärtner ernannt und er musste sich ebenfalls um die Blumen kümmern, was ihm gar nicht gefiel. „Blumen sind ein schlechtes Gemüse", brummelte er immer vor sich hin. „Und als Fleisch taugen sie ja wohl überhaupt nicht!".

Dann war da noch das königliche Heer. Allerdings bestand es nur aus einer einzigen Person, dem sehr gestrengen Herrn General. Dieser war lustigerweise auch noch Soldat, Feldwebel und Hauptmann. Allerdings war niemand, aber auch gar niemand darauf bedacht, das kleine Königreich zu überfallen. Es gab dort nämlich nichts Wertvolles, was eine feindliche Armee hätte erbeuten können. „Platz da!", rief der General immer wenn er irgendwo auftauchte, auch wenn kein Einziger zugegen war. Aber er hatte einst in alten, verstaubten und vergilbten Papieren gelesen, dass man so etwas rufen müsse, wenn eine Armee einmarschiert.

Zum Weiteren wohnte im Schloss noch der persönliche Diener des Königs, der alles tun musste, damit der König sich wohl fühlte. Deshalb war er auch zusätzlich sein Leibarzt. Diesen Beruf beherrschte er aber nicht so besonders gut und immer wenn der König einmal krank war, braute er dieselbe und immer wieder dieselbe Medizin. Diese verabreichte er dann dem König, manchmal zum Einnehmen, manchmal als Badezusatz und manchmal zum Einreiben. Seltsamerweise wurde der König jedes Mal wieder gesund. „Irgendwann studiere ich mal Medizin", war des Dieners Leitspruch. Aber wo sollte er bloß studieren? Im Lande war weder eine Schule noch eine Universität vorhanden und außer Landes traute er sich nicht.

Es gab auch noch einen Boten im Schloss. Der König hatte ihn zum Rittmeister und zum berittenen Boten ernannt. Allerdings hatte er kein Pferd. Das einzige, königliche Reitpferd war nach Meinung des Königs viel zu wertvoll, um es bei Botengängen abzuhetzen. Wenn der Bote einmal eine Botschaft in eines der benachbarten Königreiche hätte bringen sollen, dann sollte er sich bei einem Bauern ein Pferd borgen. Da aber bisher noch nie irgendeine Botschaft irgendwohin gebracht werden musste, war auch keinem aufgefallen, dass keiner der Bauern aus den drei Dörfern je ein Pferd besessen hatte. Der Bote war auch noch so etwas wie ein Hausmeister. Er hatte dafür zu sorgen, dass es immer sauber und ordentlich in allen Zimmern aussah und dass im Winter der Schnee vor dem Tore weggekehrt wurde. Zum Boten allerdings, taugte er gar nicht. Er ging stets sehr langsam und sein Wahlspruch lautete: „Komme ich heut' nicht, so komme ich eben morgen. Und wenn ich morgen noch nicht eintreffe, so wird es wohl übermorgen werden".

Dann war da noch eine seltsame Gestalt, die sich immer in der Nähe des Königs aufhielt. Ein alter Zausel, der schon viele Aufgaben bei Hofe hatte erledigen müssen. Zurzeit war er Gesellschafter, Alchimist, Magier, Hoffnarr, Hauslehrer und Schatzmeister. Aber weder hatte er einen Schatz zu bewachen noch konnte er einen herbeizaubern. Das einzige, was es im Schlosse immer gab, war gutes Essen. Die Bauern der drei Dörfer waren sehr fleißig und gaben freiwillig von ihren Gütern ab. Sie waren nämlich sehr froh, dass sie im einzigen Königreich lebten, in dem keine hohen Steuern gezahlt werden mussten. Vielleicht hätte der König sogar Steuern von ihnen genommen, aber er hatte niemanden, der sie hätte eintreiben können. Zwar hatte er dem Alten das Amt des Steuereintreibers einmal geben wollen, der weigerte sich aber unter der Androhung, das Reich für immer zu verlassen. Dies wollte der König nicht riskieren, da der Zausel der Gelehrigste unter seinen Untertanen war und er oft seinen Rat brauchte. Der Alte trat dann immer vor den König hin, strich durch seinen langen, eisgrauen Bart und begann seine Rede allezeit mit dem Satz: „Auch die Zauberei ist eine der Wissenschaften!". Und obgleich der König nicht wusste, was der Alte damit sagen wollte, nickte er stets zustimmend mit dem Kopfe.

Die Einzige, die nichts weiter sein brauchte als sie selbst, war die Königstochter. Ihr Name war „Imzadi". Und wenn man allen, die sie gesehen hatten, glauben wollte, so war sie recht hübsch. Leider war ihre Mutter kurz nach ihrer Geburt gestorben. Der König hatte zwar versucht, eine der Bauersfrauen als Kindermädchen zu dingen, aber diese hatten genug und mehr als genug in Haus und Hof zu tun und wollten wohl auch ihre Familien nicht verlassen. Das sah der warmherzige König ein und erzog sein Töchterchen selbst. Da er aber von den Dingen, die Frauen damals so taten, wie Kochen, Waschen oder Nähen, keinerlei Ahnung hatte, so lehrte er seine Tochter eben Reiten, auf Bäume zu klettern, Jagen, Fremden zu misstrauen und klug dreinzuschauen, auch wenn man etwas Dummes sagte. Übrigens hatte der König sich selbst zum Forstmeister und Leibjäger ernannt und immer, wenn er Appetit auf Wildbret hatte, nahm er Pfeil und Bogen und zog mit seiner Tochter in den Wald um einen Hasen oder vielleicht gar ein Wildschwein zur Strecke zu bringen.

So ging das Leben in dem kleinen Königreiche Tag um Tag seinen Gang. Wer aber Märchen kennt, der weiß, dass Königstöchter irgendwann einmal achtzehn Jahre alt werden. Dann müssen sie heiraten. Als der Tag gekommen war, rief also der König seinen Boten. Der war gerade beim Bohnern der königlichen Dielenbretter, ließ alles stehen und liegen und sogar die große Spanschachtel mit dem teuren Bohnerwachse offen stehen und schlurfte bedächtig in Richtung Thron. „Höre!", sagte der König, „ich habe hier drei selbstverfasste Schreiben. In denen wird kundgetan, dass ich gedenke die Königstochter zu verheiraten. Aber nur mit jemanden, der edles Blut und einen prallen Geldbeutel besitzt. So reite denn zu unseren drei Nachbarn und überbringe die Botschaft standesgemäß!". Der Bote war wegen seines ersten Botenauftrages so aufgeregt, dass er sich sogar beeilte, um bei den Bauern ein Pferd zu borgen. Doch was er bekam, war herzliches Gelächter. „Dann borgt mir eine Kuh, auf der ich reiten kann!", schnaubte er. „Vielleicht noch was!", bekam er zu Antwort. „Sollen wir unseren Pflug selbst ziehen und unsere Karren? Dann wird die Ernte nicht rechtzeitig fertig und wir haben nichts zu essen.

Und ihr im Schloss auch nicht". Das sah sogar der Bote ein. Also machte er sich zu Fuß auf den Weg: „Weit kann es nicht sein. Unser Königreich ist ja ganz klein". Was er aber nicht bedachte, war sie Tatsache, dass die anderen Reiche viel, viel größer waren. Und so wanderte er Meile um Meile, Tag für Tag, aber es war immer noch nicht das Schloss irgendeines Nachbarkönigs zu sehen. Als ihn seine Füße nun gar nicht mehr tragen wollten und die Kehle so trocken war, dass er zu verdursten drohte, klopfte er zur Abendstunde an die schiefe Tür einer verfallenen Kate, aus deren Fenstern mildes Licht schimmerte. „Ein Nachtlager, ich bitt euch, und vielleicht ein Stücklein trocken Brot, wenn ihr hättet. Und ein Tröpfchen Wasser. Ich kann nicht mehr!". „Kommt nur frisch herein, Fremder!", sagte eine Stimme aus dem Inneren. Er trat ein und war trotz seiner großen Müdigkeit sehr erstaunt, denn man konnte hier von innen nach außen sehen, als wären die Wände aus kristallklarem Glas. Vor ihm saß ein altes, krummbuckliges Weib. „Ich bin das, was ihr eine Hexe nennt!", sagte sie kratzig. „Aber ich bin vielleicht nicht so böswillig, wie ihr denkt. Ich gebe euch Speis und Trank soviel ihr wollt. Hernach aber müsst ihr drei Aufgaben lösen, die ich euch morgen stellen werde". Da es den Boten aber gar so sehr dürstete, willigte er ein, die drei Aufgaben zu lösen. Er frug jedoch nicht, was geschehen werde, wenn er versagen sollte. Da hob das Weib die Hand und vor ihm stand ein Tischlein mit Wein und Wasser, Fleisch und Gemüse, Obst und Brot, Kartoffeln und süßen Beeren. „So stärke dich und schlafe dann dort in der Ecke auf dem Bette aus. Morgen in der Früh wirst du deine drei Aufgaben erhalten", knurrte die Alte. Der Bote legte sich nach seinem Mahl unverzagt auf das zugewiesene Bett, aber als die Hexe schlief, bekam er es dann doch mit der Angst. Was, wenn

73

er die Aufgaben nicht lösen konnte? Also machte er sich auf leisen Sohlen klammheimlich von hinnen.

Drei Tagesreisen danach fand er ein nachbarliches Königsschloss. Er übergab dem Herrscher eines der drei Schreiben. Dieser war hocherfreut und beorderte sofort seinen Sohn zu sich. In seinem Lande hatte nämlich die Königin das Sagen und die hätte gern eine Tochter gehabt. So hatte sie ihren Sohn etwas anders erzogen als gewöhnlich Söhne erzogen werden. Er konnte nämlich unter anderem sticken und nähen. Der König hatte daher etwas Bedenken, ob sein Sohn überhaupt eine Braut finden würde. Deshalb ließ er sofort anspannen. Nach zwei Tagen erreichte die Kutsche das kleine Heimatschloss des Boten.

Als die jungen Leute sich sahen, da schien beiden, als hätten sie schon immer aufeinander gewartet. Was der eine nicht konnte, das konnte die andere. Der Königssohn fuhr mit seiner Angebeteten und ihrem Vater sofort wieder zurück. In dem großen Nachbarreiche angekommen, wurden sich die beiden Könige einig, dass die Hochzeit in drei Tagen stattfinden sollte. Herolde verkündeten die Nachricht im ganzen Land.

Die Hexe aber, welche sich durch den Boten betrogen fand, ließ mittels ihrer bösen Macht während der Hochzeitszeremonie das kleine Königreich für ewig in der Erde versinken und belegte dessen Herrscher mit einem Fluch.

Der Sitte nach musste die Tochter im Nachbarlande bleiben, während der König des kleinen Reiches wieder heim wollte. Aber so sehr er auch suchte und suchte, er konnte sein winziges Königreich nicht mehr finden.

Und wenn ihr manchmal einen betagten Mann mit zerlumpten Kleidern durch die Stadt streifen seht, so ist das bestimmt der alte König, der nicht sterben kann, bis er sein Reich gefunden hat.

Klaus Bartlowitz

Was ich Ihnen jetzt sage, sage ich Ihnen unter dem absoluten Siegel der Verschwiegenheit. Topsecret! Höchste Geheimhaltungsstufe! Wirklich! Ich dürfte es ihnen eigentlich gar nicht anvertrauen. Also sagen Sie es nicht weiter. Auch nicht, dass Sie es von mir haben. Ich denke aber, Ihnen kann man vertrauen. Anders als meinem Cousin Rudi. Wenn du dem heute was erzählst, weiß es morgen die ganze Stadt. Und wenn du noch dazu sagst, es sei ein Geheimnis, wissen es alle schon nach vier Stunden. Ach mein Rudi! Ich sag ja immer „Vetter Rudi" zu ihm. Weil Vetter und Cousin, das ist ja das Gleiche. Er reagiert dann regelmäßig stinksauer, weil er denkt, ich hätte „fetter Rudi" gesagt, so mit „F", wie dick. Rudi hätte ich es nie erzählt. Aber Ihnen kann ich es ja verraten. Sie müssen nur versprechen, es nicht weiter zu sagen. Es ist nämlich geheim, müssen Sie wissen. Wo waren wir? Ach ja! Es geht um Klaus Bartlowitz. Sie erinnern sich? Der Vermisste. War doch ganz groß in der Zeitung. Mit Bild. Wir haben ihn manchmal Klaus Sprücheklopfer genannt, oder auch Klaus Spruchbeutel. Zu jeder passenden oder unpassenden Gelegenheit hatte der einen lustigen Kommentar. Sprichwörter und so. Oder auch Filmtitel. Wenn's mal jemandem schlecht ging, sagte er oft: „Lieber reich und gesund als arm und krank". Oder auch: „Ein bisschen Kranksein ist manchmal ganz gesund". Und beim Verabschieden dann: „Stirb langsam". Nun ja, nach dem dritten Mal war das nicht mehr so neu und prickelnd. Aber lieber einen Freund mit einem alten Spruch, als einen, der dich verleugnet, nur weil du bald stirbst. Zu Judith hat er damals gesagt, äh, Judith ist meine Ex, zu Judith hat er damals gesagt: „Das Leben ist kein Ponyschlecken". Verstehen Sie? Ponyschlecken: Ponyhof und Honigschlecken. Fand ich saukomisch. Seine Lieblingssprüche waren: „Der frühe Vogel verpasst den späten Wurm" und „Nimm niemals ein Abführmittel und Schlaftabletten zur gleichen Zeit!". Als wir mal zusammen in meiner Lieblingskneipe gehockt haben, hat er das Ding rausgehauen: „Lieber Bier saufen und rumbumsen als Teetrinken und abwarten". Ist doch lustig. Und beim Gehen: „Egal wie dicht du bist, Goethe ist Dichter". Seine Frau war ja eine gebürtige Französin. Ist leider schon tot. Die nannte ihn nicht „Klaus", sondern „Kloß". Stimmte irgendwie. Wegen seines Kugelbauches. Er meinte immer, es sei ein Biergeschwür und er habe es nur, damit ein Arbeitsloser ein Dach über dem Kopf hat. Und Rudi spottete dann, Klaus hätte Spiegeleier. Weil er sie nur noch im Spiegel sehen konnte. Geschnallt?

Was wollte ich eigentlich sagen? Jetzt hab ich's vergessen. Mist! Ach so ja! Nein! Wir saßen damals bei uns im Garten. Klaus, ich und mein Kollege Walter. Mein Garten liegt etwas außerhalb. Übrigens, Walter ist inzwischen auch schon gestorben. Ich glaube an Krebs oder Aids oder so was. Aber Gott sei Dank nicht an Bakterien. Walter hat sich immer die Hände desinfiziert. Da hat er ganz streng drauf geachtet.

Und als wir da so saßen, landete plötzlich ein UFO neben uns. Wow! Zwei dieser Aliens mit den großen Augen stiegen aus und fragten akzentfrei, ob wir noch ein Bier übrig hätten. Na, wir haben vielleicht blöd geschaut. Da ließ Klaus seinen Spruch mit dem Bier los. Die Außerirdischen haben sich scheckig gelacht. Und als er dann noch ein paar Bauernregeln zum Besten gegeben hat, da konnten die beiden nicht mehr und haben sich vor Lachen im Gras gewälzt. Völlig zur Strecke gebracht hat sie: „Hat der Bauer keine Frau, tut's genauso gut die Sau". Tja, aber die beiden mussten dann doch weiterfliegen. Also fragten sie Klaus, ob er nicht mitkommen wolle. Der nix wie rein in das Raumschiff und weg waren sie. Keine zehn Minuten später brach die Hölle los. Lauter dicke Autos mit getönten Scheiben. Polizei, FBI, CIA, NASA, ESA, BND und irgend so ein Clown von der Regierung, der dann Walter und mich verhört hat. Zum Schluss wurden wir zu strengster Geheimhaltung verdonnert und mussten auch noch dafür unterschreiben.

Übrigens, seitdem geht das Gerücht um, dass das Radioteleskop Effelsberg aus der 70.000 Lichtjahre entfernten Sagittarius-Zwerggalaxie so etwas wie ein Lachen eingefangen haben soll.

Also tschüss dann! Ich muss! Dort kommt mein Pfleger. Und Klappe halten! Klar?

Verhinderter Auftritt

Die Zeit der DDR ist lange vorbei. Jüngere Menschen wissen nicht einmal mehr, dass diese drei Buchstaben für einen totalitären Staat standen. Es ist ja auch aus heutiger Sicht in gewissem Maße undenkbar, dass eine übermächtige Partei bestimmen konnte, was man zu denken und zu lassen hatte. Kritik an der Regierung konnte man nur unter vorgehaltener Hand äußern, in der Hoffnung, dabei nicht an einen Spitzel zu geraten. Dann hatte man nämlich mit erheblichen Konsequenzen zu rechnen, vom Berufsverbot bis hin zum Gefängnis. Berühmt waren die systemkritischen Witze, ironisch Drei-Achtel-Witze genannt: Drei Jahre Zuchthaus für den Erzähler und acht Jahre für den, der lacht.

An die Tatsache, dass es nicht immer alles zu kaufen gab, hatten sich die Menschen langsam gewöhnt und machten das mit Tauschgeschäften wett. Etwas nervend waren die sogenannten Koppelgeschäfte. Wer Kondensmilch haben wollte, bekam sie nur, wenn er gleichzeitig Kaffee kaufte. Das Ganze wurde dann noch ad absurdum geführt, als der Kaffee knapp wurde. Da erfanden führende Köpfe der Regierung den „Kaffee-Mix". Das war ein Gemisch mit 50-prozentigem Ersatzkaffeeanteil und schmeckte wie nasse Schuhe. Die Bevölkerung verglich es mit der Neutronenbombe: Der Mensch geht kaputt, aber die Tasse bleibt heil.

Die meisten Bürger passten sich dem System an und wir Kinder nahmen es zunächst für selbstverständlich. Schließlich kannten wir ja nichts anderes. Aber einige, darunter auch ich, begannen bereits während der Schulzeit zu rebellieren. Das Ergebnis war in meinem Fall die Strafversetzung (aus politischen Gründen) in eine andere, weit abgelegene Schule. Ehrlich gesagt benahm ich mich dort auch nicht viel besser.

In meiner Freizeit beschäftigte ich mich gelegentlich mit einfachen Kartentricks, die mir mein großer Bruder beigebracht hatte. Es gab auch eine Zeitschrift mit dem Namen „Frösi", welche auf ihrer letzten Umschlagseite kleine Zaubertricks erklärte. So kam es zu meiner ersten Veranstaltung für Nachbarskinder aus der näheren Umgebung. Alles ging natürlich in die Hose und das hämische Lachen meines jugendlichen Publikums brachte mich zu dem Entschluss, nie wieder zu zaubern.

Das änderte sich jäh, als ich das „Handbuch der Magie", geschrieben von Jochen Zmeck, in die Hand bekam. In diesem Moment packte mich endgültig der Bazillus Magicus. Und wer von diesem Bazillus erst einmal richtig infiziert worden ist, der bekommt ihn auch nicht mehr los. Ich kaufte mir in einschlägigen Geschäften Requisiten und übte bis zum Umfallen magische Techniken. Später fand ich den Weg zum „Club für Zauberkunst Saalfeld", was meine Entwicklung in Sachen Magie einen riesengroßen Schritt vorankommen ließ.

Dann kam die Zeit meines Wehrdienstes. Einerseits hatte ich dort ein paar Schwierigkeiten mit Vorgesetzten, deren Anschauung ich nicht teilte, was auch zu Einträgen in meine Personalakte führte. Andererseits sollte ich zur Erbauung der anderen Soldaten gelegentlich zaubern. Der Hinweis, dass ich dazu erst meine Requisiten von daheim holen müsse, brachte mir Sonderurlaub ein. Magie hat also auch etwas Gutes.

Nach der Armeezeit trat ich hobbymäßig als Zauberer in ein paar bunten Veranstaltungen auf. Ich fand Arbeit bei „Carl Zeiss" in der Abteilung „Sonderfertigung". Sonderlich beliebt war ich bei den Chefs aufgrund meiner großen Klappe nicht unbedingt. Und dann kam der Zeitpunkt, an dem man versuchte mich zu erpressen. Ich wurde zum Abteilungsleiter zitiert und man eröffnete mir, dass ich in die Betriebskampfgruppe einzutreten habe. Die Kampfgruppe war damals eine paramilitärische Organisation der DDR. Durch diese Freizeit-Armee sollte die „Herrschaft des Proletariats" militärisch manifestiert werden. Im Falle der Weigerung dort einzutreten, würde man durchsetzen, dass ich nie wieder öffentlich zaubern dürfe. Nach fünf Minuten hatte der Abteilungsleiter meine Kündigung auf dem Tisch.

Da der Mensch aber von etwas leben muss, beschloss ich Berufskünstler zu werden. Ich begab mich zu meiner zuständigen Konzert- und Gastspieldirektion, erwarb bei einer vorgeschriebenen Prüfung den Berufsausweis und tourte als freischaffender Künstler durch Deutschland. Besser gesagt, durch den Ostteil von Deutschland. Denn ich gehörte aufgrund meiner Vorgeschichte nicht zu denen, die ins westliche Ausland reisen durften. Hauptsächlich trat ich mit einer Darbietung auf, die ich „Der zaubernde Marktschreier" genannt hatte. Dazu nutzte ich einen auf Rollen stehenden Teewagen mit zwei Etagen, auf welchem reichlich Krimskrams herumlag. Beginnend mit einer Butterdose, über Stäbe eines Handtuchhalters, bis hin zu einem kleinen Tischventilator. Auf humoristische Weise wurden dann die Gegenstände angeblich zum Verkauf angeboten, wobei aber zum Schluss augenscheinlich wurde, dass ein jedes Ding in Wirklichkeit einen Zaubertrick darstellte.

Lange Rede, kurzer Sinn! Nach diesem ausführlichen Vorwort kommen wir jetzt zu dem Erlebnis, dass dieser Geschichte die Überschrift spendete. Bitte haben Sie Verständnis, dass ich den Ort und den Namen des Betreffenden verschweige. Ich werde keinen Kollegen der Lächerlichkeit preisgeben.

Wir hatten einen Auftritt zu einem Betriebsfest. Welcher Betrieb das war, ist mir inzwischen entfallen. Auf der Hinterbühne befand sich die Künstlergarderobe und rückseitig führte eine lange Treppe hinunter zum Foyer. Um aber von der Garderobe aus die Auftrittsfläche zu betreten, musste man eine kurze, dreistufige Holztreppe überwinden. Im Programmheft war vor mir ein Schlagersänger aufgelistet. Er war nicht mehr ganz so populär wie zum Anfang seiner Karriere. Möglicherweise war das auch der Grund, warum der Alkohol zu seinen besten Freunden zählte. An jenem Tag hatte er jedenfalls eine Fahne, so lang wie die „Queen Mary". Nachdem er vom Moderator angekündigt worden war, half man ihm, die kleine Treppe zu besiegen. Auf der Bühne angekommen, stand er aber erstaunlich aufrecht. Keiner merkte ihm etwas an, während er drei Songs zum Besten gab.

Da ich sofort nach dem Sänger auftreten musste, hatte ich den Teewagen schon dicht an die kleine Dreiertreppe gestellt um meine Utensilien möglichst schnell auf die Bühne heben zu können. Mein sangesfreudiger Kollege war inzwischen am Ende seines Repertoires angekommen, ging von der Bühne ab, verfehlte prompt die gewissen drei Stufen und landete mit dem Bauch auf meinem Teewagen. Dieser rollte, von einer alkoholisierten Schwungmasse beschleunigt, im Affenzahn am Garderobentrakt vorbei, während meine Requisiten in Einzelteilen nach allen Windrichtungen davon stoben. Treffsicher erreichte das rollende Geschoss genau die Mitte der hinteren Treppe, um dann wie in einem Slapstickfilm, mit lautem Getöse seinen Weg bis zum Foyer fortzusetzen. Der unfreiwillige Rodeoreiter wurde dabei äußerst kräftig durchgerüttelt und am Ende abgeworfen. Ich weiß bis heute nicht, worüber die Künstlerkollegen am meisten gelacht haben; über den Gestrandeten oder über mein dämliches Gesicht. Glücklicherweise war der Jongleur, welcher nach mir an der Reihe gewesen wäre, schon auftrittsbereit und so konnte das Programm schnell umgestellt werden. Unser geschüttelter Troubadour hingegen stand graziös auf und ging ungerührt einen Martini trinken.

Da mein sogenanntes Nichtauftreten unverschuldet war, bekam ich glücklicherweise trotzdem meine Gage. Allerdings hatte ich eine lange, lange Nacht mit Werkzeug und viel Klebstoff vor mir.

Bernhard

Mit Namen kann man, so man will, Schindluder treiben. Sie kennen bestimmt die im Lande kursierenden Sprüche wie beispielsweise: „Wollen Sie Ihren Sohn tatsächlich Axel nennen, Frau Schweiß?". Oder auch: „Herr Schlecht, soll ihr Sohn wirklich Ismir heißen?".

Die Eltern von Bernhard hatten solche Kapriolen nicht mehr nötig. Sie hatten ihren Bock bereits geschossen, als sie sich bei der Eheschließung entschieden, zukünftig einen Doppelnamen zu führen. Der Nachname von Bernhards Mutter war vor der Ehe „Langer" und der seines Vaters „Zipfel". Dadurch begann Bernhard sein Leben unausweichlich als „Langer Zipfel". Ein guter Nährboden für Hänseleien. Seinen Vornamen bekam er bereits, als der Ultraschall bewies, dass das neue Leben tatsächlich männlichen Geschlechts sein würde. Seine Eltern suchten in einem Vornamenbuch, unter dreitausend anderen, für ihn den Namen „Bernhard" aus. Laut Buch leitete sich der Name vom Althochdeutschen *bero* für Bär und *hart* für stark oder kühn ab. Er bedeutete somit „stark wie ein Bär".

Als Bernhard geboren wurde, war er klein und mickrig. Während sich die anderen Babys auf der Säuglingsstation mit ihren kräftigen Stimmen gegenseitig übertönten, war von Bernhard nur ein leises Wimmern zu hören.

Die folgenden zwei Jahre zog sich der Kleine eine Erkrankung nach der anderen zu. Es brauchte nur jemand in

einem Kilometer Entfernung zu husten, schon bekam
Bernhard eine heftige Erkältung. Glücklicherweise hatten
ihn seine Eltern gegen Masern impfen lassen, denn diese
Krankheit hätte ihn sehr wahrscheinlich umgebracht. Im
dritten Lebensjahr stabilisierte sich endlich Bernhards
Zustand. Es war, als hätte sein Körper gesagt: „Ich habe
jetzt alle Krankheiten ausprobiert, mir gefällt keine, also
lassen wir das". Nur ein kurzer, trockener Husten hielt
sich recht hartnäckig.

Die Familie war nicht gerade reich und so gab man
Bernhard in den Kindergarten, damit er tagsüber versorgt
wäre. Seine Mutter wollte wieder eine Arbeit aufnehmen,
um die Haushaltskasse ein wenig aufzubessern. Den ersten Tag saß Bernhard nur in einer Ecke und schrie und
heulte, von kurzem Husten unterbrochen. Obwohl er am
zweiten Tag schon heiser war, brüllte er weiter und war
nicht zum Spielen zu bewegen. Als er zwei Wochen
durchgeplärrt hatte, meldete ihn die Mutter wieder ab und
blieb weitere drei Jahre zu hause.

Dann kam die Schuleinführung. Etwa nach vier Wochen
war die Hierarchie in seiner Schulklasse geklärt und der
„lange Zipfel" bereits zweimal verprügelt worden. Das
war die Geburtsstunde für seine zukünftige Lebensstrate-
gie, die Invisibilität. Mit anderen Worten, er versuchte
sich so unsichtbar wie möglich zu machen. Er bewegte
sich sehr langsam, blickte stets zu Boden, stand auf dem
Pausenhof immer nur allein herum, ging jedem Körper-
kontakt aus dem Wege und setzte sich im Klassenzimmer
auf die hinterste Bank. Mit der Zeit ließen ihn auch die
Lehrer links liegen, obwohl seine Ergebnisse in den
schriftlichen Arbeiten gar nicht so schlecht waren. Nur
gelegentlich drehte man sich zu ihm um, wenn er wieder
einmal stark hustete. Als die Pubertät anrückte, hatte er
Glück, dass zeitgleich der stärkste Junge aus der Klasse

ebenfalls Pickel bekam. Aus diesem Grund traute sich keiner der Klassenkameraden darüber zu lästern.

Im Gegensatz zu anderen besaß er keine Freundin, nicht einmal einen Freund. Da er auch sonst keine besonderen Interessen aufwies, ging er jeden Tag zeitig schlafen. Die Folge war, dass er auch sehr früh ausgeschlafen hatte. Vater meinte, er wäre deshalb bestens für den Bäckerberuf geeignet. Also wurde er nach dem Schulabschluss, zusammen mit zwei Schülern aus einer anderen Schule, Bäckerlehrling in einer verhältnismäßig großen Bäckerei. Zu Bernhards Erleichterung verstand er sich mit den beiden anderen Azubis ganz gut.

Der Chef ließ, wie in vielen Betrieben, die Lehrlinge im ersten Jahr stets die Dreckarbeit machen. Die drei Jungs regelten untereinander die Verteilung der schlimmsten Arbeiten mittels „Schnick, Schnack, Schnuck". Sie kennen das bestimmt. Das ist das Ding mit Schere, Stein und Papier. Bernhard gewann immer. Irgendetwas schien ihm zu sagen, welche Sache sein gegenüber als Nächstes wählen würde. Im selben Jahr begannen auch seine Visionen.

Vor seinen Augen erschienen minutenlang halbdurchsichtige Bilder oder Filmsequenzen. Zuerst wollte er Selbstmord begehen, da er meinte verrückt geworden zu sein. Dann bemerke er, dass es reale Szenen waren, die teilweise Kilometer weit von ihm entfernt tatsächlich vor sich gingen. Er hatte nämlich einmal die Vision eines Pferderennens und sah ganz genau den Gewinner. Als er herausgefunden hatte, auf welcher Rennbahn das Ganze ablief, musste er leider erfahren, dass das Rennen schon lange vorbei war. Also nichts mit wetten. Auch später gelang es ihm nie rechtzeitig zu ermitteln, wo die Gedankenfilme spielten.

Bernhard fühlte sich bei der Sache nicht wohl und holte sich einen Termin bei einem Psychiater. Der vermutete aber nur, dass sein Patient eine Krankschreibung herausholen wollte, um sich vor der Arbeit zu drücken. Als er Bernhard aufforderte, doch mal die Lotto-Zahlen vorher zu sehen, fühlte sich dieser verarscht und ging nicht wieder hin.

Eines Tages wurden furchtbarer Weise die Zwillinge eines reichen Industriellen entführt. Zwei Mädchen im Alter von sieben Jahren. Die Polizei hatte zwar die Kidnapper ausfindig machen können, aber nicht den Aufenthaltsort der beiden Mädchen. Die Entführer schwiegen beharrlich. Da bekam Bernhard wieder eine seiner Visionen. Er sah ein verlassenes Fabrikgebäude und gegenüber auch ein Schild mit einem Straßennamen. In der Fabrik gab es eine Tür zu einem kleinen Lagerraum. Die war durch blaue Blechfässer zugestellt. In dem Raum dahinter lagen die Mädchen, mit schwarzen Kabelbindern an Händen und Füßen gefesselt. Bernhard griff zum Telefon, ließ sich mit der Polizei verbinden und schilderte haarklein alle Einzelheiten. Eine Stunde später waren die Mädchen frei und noch eine Stunde später wurde Bernhard verhaftet. Wer dermaßen viele Details kennt, konnte ja nur einer der Kindesentführer sein. Seine Beteuerung, dass es eine Vision gewesen sei, erntete nur Gelächter. Man beschloss, Bernhard dem Untersuchungsrichter zu überstellen.

Auf dem Hof wartete ein vergitterter Polizeitransporter. Ein Polizist öffnete die Hecktüren und schob Bernhard in das Innere. Dann folgte er nach. Rechts und links waren Metallbänke festgeschraubt und im vorderen Teil war ein Gitter, durch welches man den Fahrer sehen konnte. Als sich der Wagen in Bewegung setzte, nahm der Beamte

Bernhards Handschellen ab. Er wies aber darauf hin, dass die Dinger beim Aussteigen wieder zuschnappen würden. Unvermittelt überkam Bernhard eine neue Vision. Er sah sich selbst in dem Gefängniswagen und wie dieser plötzlich hart mit einem Bus zusammenstieß. Endlich einmal eine Vision, bei der er rechtzeitig am Ort des Ereignisses war. Bernhard stemmte die Füße gegen den Boden und klammerte sich, so fest er konnte, mit den Händen an der Bank fest. Seine Knöchel standen weiß hervor. Dann knallte es mörderisch. Der Polizist rutschte von seiner Bank und stieß mit dem Kopf an die Blechwand. Die Hecktüren flogen auf. Bernhard sprang aus dem Wagen und rannte ohne nachzudenken los. Hinter ihm knallte ein Schuss, dann noch einer. Er lief einfach weiter.

Bernhard war den ganzen Tag gelaufen. Nur ab und zu war er stehen geblieben, weil er husten musste. Als er an einen Fluss kam, ging er immer entlang des Ufers. Es dunkelte und er fror erbärmlich. Von Weitem erblickte er eine Betonbrücke und darunter einen Feuerschein. Vorsichtig näherte er sich, die Ufersträucher als Deckung nutzend. Es waren einige Obdachlose, die wahrscheinlich schon länger unter dieser Brücke hausten. Sie standen schwatzend und rauchend um eine Blechtonne, aus welcher hin und wieder Flammen schlugen. Bernhard trat heran. Einer der Männer begrüßte ihn, als wäre es das Normalste auf der Welt. Man rückte zusammen, damit Bernhard Platz fand, um sich zu wärmen. Keiner fragte ihn nach dem Woher und Wohin. Dann wiesen sie ihm sogar noch einen alten, großen Karton zu, der ihn beim Schlafen etwas vor dem Nachtwind schützen sollte.

Am Morgen erwachte Bernhard von Polizeisirenen. Er glaubte zunächst, sie würden ihm gelten, aber sie erschallten irgendwo in der Ferne. Ihn überfiel die nächste Vision. Ein maskierter Bankräuber mit einem luftdichten

Aluminiumkoffer stürmte aus einer Bank und wollte in den Fluchtwagen springen, aber die Polizei war schon vor Ort und so floh er zu Fuß. Quer durch einen Park, durch irgendwelche engen Straßen, in den Innenhof eines Hauses und vom Hof aus über eine Mauer. Der Mann rannte aus der Stadt hinaus in Richtung Fluss. Er hatte bereits einen riesigen Vorsprung. An einer großen Pappel warf der Räuber seine Beute unbemerkt in den Fluss, um schneller rennen zu können. Bernhard erschauerte. Er kannte die Stelle. Gestern Abend war er an dieser Pappel vorbeigekommen.

Bei der Verabschiedung zerteilte ein Obdachloser ein altbackenes Brötchen und gab ihm die Hälfte. Obwohl es ziemlich trocken war, schlang er es gierig hinunter. An der Pappel angekommen, stieg er in das kalte Wasser. Das Suchen dauerte nur kurz, dann hielt er den Koffer in der Hand. Trotz Hustenanfall verließ er die Stelle so schnell er konnte und ruhte sich erst zwei Stunden später in einem Waldstück aus. Er wollte eigentlich das Geld zählen, aber nach Öffnen des Koffers schien ihn die Menge der Scheine förmlich zu überschwemmen. Der Kofferinhalt stellte bestimmt mehr als drei Millionen dar. Bernhard schloss den Koffer und ging weiter. Er wusste selbst nicht wohin.

Als es dämmerte, gelangte er an eine Kleingartenanlage. In vielen Gartenhäusern brannte Licht. In der Hütte vor ihm nicht. Er stieg über den Zaun und versteckte den Koffer unter einem Strauch. Die Gartenhütte war verschlossen, aber unter dem Vordach stand eine Hollywoodschaukel, auf welcher jemand einige Kissen und Decken gestapelt hatte. Er lag kaum waagerecht, da schlief er auch schon tief und fest.

Ein Stups weckte ihn. Als er die Augen öffnete, blickte er in die Mündung einer Pistole. Es war aber kein Polizist, sondern eine Frau mittleren Alters. Mit einem Wink der bewaffneten Hand lenkte sie Bernhard in das Innere der Gartenhütte. An den Wänden stapelten sich Flachbildfernseher, Laptops, Tablet-PCs und Zigarettenpackungen. „Ich glaube nicht, dass du ein Einbrecher bist. Schließlich bist du ja nicht in mein Lager eingebrochen. Oder? Also, was willst du hier?". Sie blickte ihn mit zusammengekniffenen Brauen an. Die Pistole zielte gefährlich auf seinen Kopf. Bernhard erzählte seine Geschichte und bot der Frau eine größere Summe an, falls sie ihm helfen würde. Sie nickte. Bernhard holte unter ihrer Bewachung den Koffer hervor und zählte fünfhunderttausend auf den Tisch, wohl wissend, dass sie jederzeit abdrücken konnte, um die ganze Summe zu bekommen. Sie strich mit unbeweglicher Miene das Geld ein, holte eine kleine Kamera aus ihrer Rocktasche, fotografierte sein Gesicht und verschwand. Bernhard wusste nicht, was er tun sollte. Möglicherweise verpfiff sie ihn gerade bei der Polizei. Vielleicht wäre es besser, sich mit dem restlichen Geld aus dem Staub zu machen. Er wählte jedoch das Risiko und beschloss, in der Hütte zu übernachten. Auf der Suche nach etwas Essbarem, spendete ihm der kleine Kühlschrank in der Ecke eine Packung Bockwürste. Ohne schlechtes Gewissen aß er sie auf. Schließlich hatte er genug bezahlt.

Am Morgen öffnete sich langsam die Tür. Ein junger Mann betrat mit einem großen Bündel den Raum. Wortlos legte er den verschnürten Ballen auf dem Tisch ab und übergab Bernhard einen Briefumschlag. Dann verschwand er genauso schweigsam wie er gekommen war.

In dem Umschlag lag ein Stadtplan mit Kennzeichnung der Stelle, an der sich die Gartenhütte befand, sowie einer roten Linie, die zu einer Bushaltestelle führte. Des Weiteren ein Reisepass, der sein Foto trug und ihn als „Reinhold Brümmer" auswies. In dem Pass lag ein Nichteinwanderungsvisum für die Vereinigten Staaten. Im Bündel fand er einen schwarzen Anzug, ein weißes Hemd, eine blaue Krawatte und braune Schuhe. Außer den Schuhen passte alles andere so einigermaßen. Nur seine schmutzigen Treter musste er notgedrungen anbehalten.

So kam es, dass ein gewisser Reinhold Brümmer am Flugplatz aus dem Bus stieg, einen Platz in der nächsten Maschine buchte und als Tourist in die USA mit einem B-Visum einreiste. Dummerweise verlor sich dann aber seine Spur.

Wenn in einem ländlichen Gebiet von Chihuahua zufällig ein Mexikaner an einer bestimmten Hazienda vorbeikam, tippte sich dieser meist an die Stirn. Dort lag nämlich so ein deutscher Loco in seinem karierten Liegestuhl mit einem Glas Mezcal in der Hand und kicherte ständig vor sich hin. Manchmal brabbelte er im Mittagsschlaf etwas von vier Millionen. Und manchmal hustete er.

Die Mega-Energie-Batterie

Sporrk hatte alle drei Beine rechtwinklig gebeugt. Ein Zeichen höchster Unterwürfigkeit und größter Bitte um Vergebung. Es war klar, dass ihm unvermeidlich der Ausschluss aus der Wissenschaftsriege drohte. Wahrscheinlich auch die Aberkennung des Fortpflanzungsprivileges. Er würde zwar weiterhin genug zu Essen und zu Trinken haben, aber ansonsten war sein Leben vorbei. Blarrks stand nur etwa zwei Zentimeter von Sporrks Hörtrompete entfernt und schrie außer sich: „Wie kann man nur so rasselblöd sein auf einem fremden Planeten eine

MEB zu verlieren. Dazu noch eine MEB, die ausreichen würde, eine Großsiedlung zehntausend Umläufe mit Energie zu versorgen. Und das auch noch so kurz vor Öffnung unseres Wurmlochs. Uns bleibt keinerlei Zeit mehr zum Suchen. Verkriech dich schleunigst im Laderaum, sonst fresse ich dich genauso wie damals deinen behämmerten Bruder. Und bete zu allen drei Göttern, dass die MEB von keinem Eingeborenen gefunden wird!". Was blieb Sporrk übrig, er schlich verzagt in Richtung Laderaum davon. Kurz darauf hob das eiförmige Raumschiff ab. Es gab nur zwei Eingeborene die ungläubig bemerkten, wie eine Sternschnuppe plötzlich rückwärts flog.

„David! Ich rufe schon das dritte Mal. Das Essen ist so gut wie kalt. Wenn du jetzt nicht kommst, verkaufe ich deinen blöden Computer!". „Aber Mom, ich lerne doch. Ich mach doch nichts Falsches!". „Mach das Scheißding aus. Jetzt wird gegessen! Und mach das Fenster auf, deine Bude stinkt!".
David tappte die enge, geländerlose Holztreppe nach unten. Seit der elterlichen Scheidung vor drei Jahren lebte er allein mit seiner Mutter in dem kleinen Haus. Zu Anfang schien das kein Problem zu sein, aber in letzter Zeit war sie sehr häufig gereizt und manchmal saß sie völlig unbeweglich in ihrer Schlafstube zusammengekauert auf dem winzigen Bett. Immer wieder wetterte sie gegen seinen Computer. Er hatte schon ernsthaft daran gedacht, das Ding zu verkaufen. Schließlich hatte er Mutter lieb. Aber dann zog es ihn doch wieder suchtartig vor den Bildschirm.
Freilich durfte David seinen Vater so oft besuchen wie er wollte, aber dieser war eben selten in der neuen Wohnung anzutreffen. Handelsvertreter sind nun mal ständig

unterwegs. David wollte es zwar nicht zugeben, aber sein Dad fehlte ihm. Er versuchte das zu kompensieren, indem er sich auf Elektronikbasteln und später auf das Programmieren von Computern stürzte. Er hatte schon einige Objekte fabriziert, deren Nützlichkeit aber noch zu testen war. Zum Beispiel ein Computerprogramm, mit dem man digitale Bilder verfremden konnte. Oder einen kleinen Roboterarm, der Frühstückseier köpfte. Und die Blumenvase, die blinkt, wenn das Wasser trüb war. Sein Traum blieb jedoch, eine Energiequelle zu entwickeln, mit der ein Auto lebenslang fahren konnte, ohne nachzutanken oder eine Batterie nachladen zu müssen. Seine Mutter hatte keinerlei Verständnis für seine Ambitionen. Das tat weh. Noch zwei Jahre, dann war er volljährig. Dann würde er ausziehen. So!

Ralf war das, was David am ehesten als Freund betrachtete. „Hier, ich hab was für dich. Aber Wiedersehen macht Freude!". Ralf drückte ihm einen USB-Stick in die Hand. „Was ist da drauf?". „Na die Konstruktionspläne für das Modellauto. Wolltest du doch haben. Extra aus dem Büro meines Vaters geklaut. Is'n Prototyp. Wenn mein Alter das schnallt, bin ich tot!".

Nach der Berufsschule hatte es David eilig an seinen Computer zu kommen. Er steckte den Stick ein und vertiefte sich in die Pläne. Plötzlich stand seine Mutter mit aufgelösten Haaren neben ihm. „Jetzt ist endgültig Schluss. Immer nur dieser beschissene Computer!". Sie riss den Stick mit einer schnellen Handbewegung aus dem Gerät, holte aus und schleuderte ihn durch das geöffneten Fenster. „Mom! Der gehört mir nicht". David rang mit den Tränen. Die Frau schrie ihn an: „Verschwinde hier, geh endlich mal an die frische Luft!". Sie rannte die Treppe hinunter und warf irgendetwas gegen die Wand des Wohnzimmers. Dann verschwand sie schluchzend in ihrem Schlafraum. David rannte ihr nach. „Mom!". Sie hatte sich eingeschlossen. Nachdem er mehrmals geklopft hatte, zog er seine Turnschuhe an und ging achselzuckend nach draußen, um den Stick zu suchen.

Unter dem Fenster befand sich eine große Wiese mit fatalerweise sehr hohem Gras. Ein vergilbtes Schild drohte mit der Aufschrift „Betreten verboten!". David begann den Rasen Stück für Stück mit den Füßen zur Seite zu streifen. Nachdem er etwa eine dreiviertel Stunde gesucht hatte, begann es zu dämmern. Er wollte gerade aufgeben, da sah er etwas Dunkles zwischen den Halmen liegen. Heureka! Die Freude über den Fund wurde sofort nach dem Aufheben des Sticks wieder getrübt. Das Anschlussteil war irgendwie seltsam verbogen. Mist! Ralf würde bestimmt meckern. In diesem Moment riss ihn die Sirene eines Krankenwagens aus seinen Gedanken. Quietschend stoppte das Gefährt vor seinem Haus. Zwei Weißgekleidete sprangen heraus und hämmerten an die Haustür. Die unverschlossene Tür gab nach und die beiden stürmten ins Haus. David hinterher. „Was ist hier los?". „Wo ist das Schlafzimmer deiner Mutter? Schnell!". Die Männer versuchten die Schlafzimmertür zu öffnen. Einer trat gegen das Schloss. Die Tür sprang auf. Davids Mutter lag regungslos neben dem Bett. Den Rest erlebte David wie im Nebel.

Im Krankenhaus teilte man ihm dann mit, dass seine Mutter ihren Selbstmordversuch nur deshalb überlebt habe, weil sie sich im letzten Moment doch noch entschied, die Notrufnummer zu wählen. „Darf ich sie sehen?". David liefen Tränen über die Wangen. „Morgen vielleicht, aber ruf vorher an". Der Arzt reichte ihm ein Papiertaschentuch. Eine Polizistin trat betont leise in das Zimmer. „Wo ist dein Vater?". David zuckte mit den

Schultern. „Irgendwo auf Dienstreise". „Hast du seine Handynummer?". David diktierte der Uniformierten unter Stocken die Telefonnummer seines Vaters. Es war die einzige Nummer, die er auswendig kannte. „So", sagte die Beamtin, „wir fahren dich jetzt nach hause und verständigen deinen Vater".

Obwohl ihm nicht danach war, ging David am nächsten Tag wieder zur Berufsschule. Sein Vater war noch abends bei ihm eingezogen. Zumindest so lange, bis Mutter wieder zurückkommen würde. Gern hätte David sie besucht, aber die Ärzte verboten es zurzeit noch.

Ralf drehte den Stick hin und her. „Bist du sicher, dass das meiner ist? Das Ding ist doch viel schwerer. Außerdem ist der Quatsch sowieso nicht mehr zu gebrauchen. Kannste behalten. Aber ich hab was gut bei dir!". Auf dem Heimweg warf David den Stick in eine am Straßenrand stehende Mülltonne.

Zwei Tage später stank es in der ganzen Stadt. Die nahegelegene Mülldeponie stand in haushohen Flammen. Alle Feuerwehren der Region wurden zusammengezogen, aber es gelang nicht den Brand zu löschen. Im Gegenteil, die Flammen wurden nach jedem Löschversuch höher. Nach einer Woche vergeblichem Kampf beschloss man, die Deponie einfach abbrennen zu lassen. Es schien, als würde eine seltsame Energie, von einer speziellen Stelle aus, das Feuer immer wieder anfachen.

Der Anruf kam Samstagmorgen. David saß gerade mit seinem Vater beim Frühstück. Eine Krankenschwester teilte ihnen mit, dass Davids Mutter soweit gesund sei und abgeholt werden könne. Sofort machten sich die beiden mit dem Auto des Vaters auf den Weg. Mutter war blass, aber sie lächelte, als sie die Beiden erblickte. Unter bedrückendem Schweigen stiegen sie in das Auto. Die Straße führte an der brennenden Deponie vorbei. David konnte es sich nicht verkneifen und sagte mit einem Blick auf die Flammen: „Ich möchte einmal etwas erfinden, das so eine höllische Energie kontrolliert freisetzen kann. Aber wahrscheinlich wird es so etwas nie geben". Und seine Mutter sagte leise: „Wenn wir zu hause angekommen sind, dann setzt du dich an deinen Computer und lernst. Du wirst das schon schaffen".

Die Aufgabe

Ein klarer und kalter Morgen umfing die Menschen, die hastig zu ihrer Arbeitsstelle strebten. Mehrere kleine Schneeflocken gaukelten durch die Luft, um sich letztendlich auf der Erde niederzulassen, welche aber immer noch mit großen, dunklen Flächen zwischen den weißen Kristallen hervor schaute.

Da sich erfahrungsgemäß am Vormittag keine Seele in meinem Geschäft blicken ließ, hatte ich die Büro-Öffnungszeit auf zehn Uhr festgelegt. Das gab mir die Möglichkeit, mein Frühstück ohne Zeitdruck in vollen Zügen zu genießen. Während meine linke Hand die Tageszeitung hielt und meine rechte eine Tasse mit herrlich duftendem Kaffee zum Mund führte, machte sich plötzlich lautstark das Handy in meiner Hosentasche bemerkbar. Ich stellte die Tasse hinter der entfalteten Zeitung auf dem Küchentisch ab. So dachte ich jedenfalls. Allerdings hatte ich ungeschickter Weise nur einen Teil der Tischkante erwischt und Newtons Gesetz der Schwerkraft zwang das unschuldige Gefäß bis ganz hinunter auf den Teppich. Dort angekommen, verteilte sich frohgemut der braune Inhalt in einem Umkreis von rund zwei Me-

tern. Da ich davon ausging, dass ein Flokati wahrscheinlich nicht zu den Kaffeetrinkern zählt, holte ich hastig
den großen, gelben Viskoseschwamm, um die Schweine-
rei schnellstmöglich aufsaugen zu lassen. Während ich
auf allen Vieren an dem verfärbten Teppich werkelte,
stieß ich aus Versehen mit meinem dummen Kopf heftig
an die überstehende Tischplatte. Das setzte einen unge-
wollten Dominoeffekt in Gang. Die gläserne Blumenvase
kippte um und brachte mit ihrem Gewicht meine Kaffee-
kanne zu Fall. Diese saute nun ihrerseits mit dem restlichen Kaffee den gesamten Tisch ein. Es war wieder einmal ein ganz normaler Tag. Wenigstens hatte inzwischen
das Handy aufgehört zu klingeln.
Übrigens ist mein werter Name Levin Baer und der von
meinem Partner war Max Behr. Deshalb stand auf dem
geriffelten Glas meiner Bürotür in Großbuchstaben
„BAER & BEHR". Ich brachte es einfach nicht über das
Herz, den Namen meines verstorbenen Freundes zu entfernen. Vielleicht kennen sie den Film „Who Framed
Roger Rabbit". Dort gibt es in der Detektei Valliant den
verstaubten Stuhl von Eddies verstorbenem Bruder. So
ähnlich war es auch in meinem Büro. Der immer noch
unaufgeräumte Schreibtisch von Max schien förmlich
darauf zu warten, dass mein Partner eines Tages wieder
durch unsere Tür schreiten würde.
Kurz vor neun schloss ich die Bürotür auf und warf den
Schlüssel auf meinen Schreibtisch. Dann zog ich den
dicken Wälzer mit dem Aufdruck „Kriminaltechnik und
Spurensicherung" behutsam aus dem schmalen Bücherregal. Nicht etwa um zu lesen, oh nein. Hinter diesem
Buch stand seit Urzeiten immer eine viereckige Flasche
mit goldbraunem Bourbon. Ich ließ mich in den Polster-
stuhl hinter meinem Schreibtisch plumpsen, angelte aus
dem Fach unten rechts ein einigermaßen sauberes Glas

und goss genüsslich die wohlriechende Flüssigkeit etwa zwei Zentimeter hoch ein. Kaum hatte ich die Flasche abgestellt, als jemand schwach an die Tür klopfte. Eine etwa dreißigjährige Frau trat ein, deren ausladender, blumenbestückter Hut jede englische Lady vor Neid in den Selbstmord getrieben hätte. Sie trug weiße Handschuhe, ein hellblaues, eng anliegendes Kostüm und darüber einen getigerten Pelz. Ich schätzte, der Mantel war ein „SAINT LAURENT" für schlappe zehtausend Glocken. An ihrem Arm baumelte eine Armani-Handtasche und falls ich mich nicht täuschte, stammte das Ding aus der „SIGNATURE EDITION" und kostete bestimmt sechshundert Mäuse. Den Preis der Schuhe konnte ich aber nicht ausmachen. Sie kramte einen Briefumschlag aus der Tasche und sagte honigsüß: „Ich brauche einen Privatdetektiv. Bin ich hier richtig?". Dann strich sie mit der Linken über die Sitzfläche des Besucherstuhls, betrachtete ihren Handschuh, setzte sich graziös und schlug hinreißend die Beine übereinander. Ihr Blick fiel auf die Bourbon-Flasche: „Trinken Sie etwa im Dienst?". Ich versuchte so sympathisch wie möglich zu lächeln: „Aber nicht doch! Sicher haben Sie das Schild an meiner Bürotür gesehen. Mein Dienst beginnt nämlich erst in einer Stunde". Das schien sie in keinster Weise zu beruhigen. „Wenn ich Ihnen Spesen bezahlen soll, dann müssen Sie aber vorher den Alkohol herausrechnen!". Ich versuchte cool zu wirken und begann mit meinem Stuhl zu wippen: „Ich habe ja noch nicht mal einen Auftrag von Ihnen angenommen. Wollen Sie mir nicht sagen, worum es eigentlich geht?". In diesem Moment brach mit einem fiesen Krachen eines der Stuhlbeine ab. Wie ein Trockenschwimmer mit den Armen rudernd, fiel ich nach hinten und schlug mit dem Kopf auf die Rippen der alten Dampfheizung. Mir gingen schlagartig die Lichter aus.

Als ich wieder zu mir kam, lag ich auf dem Boden, die Dame kniete über mir und tupfte mit ihrem Taschentuch Blut von meiner Nase: „Soll ich einen Krankenwagen rufen?". Mein heldenhaftes Ego riss sich zusammen und ich hörte mich sagen: „Halb so schlimm!". Dann rappelte ich mich auf, verfrachtete den kaputten Stuhl in die Ecke und fragte, als wäre nichts gewesen: „Also, worum geht es?". Sie war sichtlich pikiert: „Ich überlege mir das noch!". Dann schritt sie grazil von dannen. Die Bürotür ließ sie offen. Ich packte die Überreste meiner zerstörten Sitzgelegenheit und wollte das Zeug nach unten tragen, um es im Abfall-Container zu versenken. Allerdings verhakten sich zwei Stuhlbeine im Türrahmen, was mein Vorwärtsstreben hinterhältiger Weise abrupt zum Stehen brachte. Das Trägheitsgesetz ließ daraufhin meinen Körper mit elegantem Bogen auf dem Nussbaum-Laminat des Flures aufschlagen. Meine Nase nahm das zum Anlass, wiederum größere Menge Blut abzusondern. Ich beschloss, mein Büro wegen Krankheit für heute zu verriegeln und mir erstmal einen neuen Stuhl zu besorgen. Das Handy klingelte. Auf dem Display erschien der Name meiner Ex. Ärgerlich sagte ich: „Monika, du sollst mich doch nicht mehr anrufen!". Die Antwort war Schluchzen. Ich wischte mir mit dem Handrücken das Blut von der Oberlippe: „Ich will bis zur nächsten Eiszeit nichts mehr von dir hören!". Sie schniefte: „Es kommt bestimmt nie wieder vor. Versprochen! Bitte verzeih mir doch!". Ich legte einfach auf, trat wütend den Rest des Stuhles in kleine Stücke, schloss das Büro ab und nahm die Treppe zur Gaststätte im Erdgeschoss. Auf der Toilette wusch ich gründlich mein verschmiertes Gesicht, um mich danach im Gastraum auf einen der hohen Barhocker zu schwingen. Der Barkeeper stellte mir ungefragt ein Glas vor die Nase, das zwei Zentimeter hoch mit Bourbon gefüllt war. Es sollte an diesem Abend nicht das letzte Glas gewesen sein.

Voller Schadenfreude zerrte mich mein Handy aus dem leider absolut notwendigen Schlaf. Mein Kopf summte, als hätte ich ihn in einen Bienenstock gesteckt. Reichlich verkatert sagte meine Stimme: „Wer stört?". Das Handy säuselte sanft: „Ich habe es mir überlegt. Bitte suchen Sie mich im Laufe des Tages in meinem Haus auf! Bremer Weg eins". Als ich aufgelegt hatte, musste ich fürchterlich gähnen. Es riss mir fast den Unterkiefer weg. Dann fütterte ich die Kaffeemaschine und schleppte meinen Astralleib unter die Dusche. Das anschließende Frühstück bestand nur aus einer halben Scheibe Toast. Dann streikte mein Magen.

Als ich auf die Straße trat, musste ich fröstelnd feststellen, dass das Thermometer von der Umgebungstemperatur überredet worden war, noch tiefer zu sinken. Das schien auch mein Wagen bemerkt zu haben, denn er sprang erst nach mehreren Versuchen an. Ich kratzte ein kleines Sichtfenster in meine Windschutzscheibe und reihte mich in den fließenden Verkehr ein, was hinter mir ein widerwärtiges Hupkonzert auslöste.

Als mein Navi behauptete, ich wäre am Ziel angekommen, stellte ich immer noch gähnend den Motor ab. Vor mir reckte sich ein eisernes Gittertor in den Himmel und neben meinem Seitenfenster balancierte eine viereckige Box auf einer stabilen Stahlstange. Dieser ominöse Kasten besaß neben einer Lautsprecheröffnung auch noch eine Taste, welche meinen Daumen förmlich zwang, darauf zu drücken. Ein winziges, blaues Lämpchen ging an und die Box sagte freundlich zu mir: „Bitte lassen ihr Auto stehen und kommen Sie zum Haupteingang!". Ich stieg gehorsam aus, ließ aber den Zündschlüssel stecken. Nach meiner Erfahrung gab es viel mehr Momente, in denen ich schnell verduften musste, als Versuche, mein Auto zu stehlen.

Der Weg durch das Anwesen bestand aus weißem Kies, der unangenehm unter meinen Sohlen knirschte. Eine ältere, grau gekleidete Dame mit asiatischen Gesichtszügen öffnete mir die Tür und sagte lispelnd: „Wenn Sie mir bitte in die Bibliothek folgen wollen!".

Das Haus war wider Erwarten äußerst schlicht eingerichtet. Die Bibliothek war riesig und bestand hauptsächlich aus robusten Regalen, welche bis zur Decke mit Folianten vollgestopft waren. Alle ausnahmslos in Schweinsleder gebunden. Meine Begleiterin fragte in einem Ton, der einerseits bestimmend, andererseits untertänig klang: „Darf ich Ihnen Tee bringen lassen?". Ihre Art belustigte mich und ich versuchte wie ein Aristokrat zu näseln: „Aber bitte nur Earl Gray. Mit etwas Milch". Sie nickte: „Selbstverständlich" und entschwand. Kurz darauf erschien ein hübsches Mädchen mit dunkelblauer Bluse, schwarzem Rock und weißer Schürze. Sie trug ein silbernes Tablett mit Meißner Geschirr im Weinlaub-Dekor. Die Hübsche goss etwas Tee ein und verschwand genauso wortlos, wie sie gekommen war. Ich schnappte mir die Tasse, stellte mich an das große Fenster und betrachtete den liebevoll gepflegten Garten. Eine Stimme hinter mir sagte: „Sie können sich ruhig setzen. Unsere Stühle sind stabil!". Meine angehende Klientin hatte diesmal ein rotes Kleid an, hielt aber den selben Briefumschlag in der Hand, wie damals in meinem Büro. Da sie keinen Hut trug, kam ich nicht umhin, ihre blonde Kurzhaarfrisur zu bewundern. Höflich wartete ich, bis sie Platz genommen hatte, bevor ich mich ebenfalls setzte. Sie kam sofort zur Sache: „Vor einem knappen Jahr wurde mein Bruder erschossen. Man munkelte, seine Ermordung hätte etwas mit irgendwelchen Machenschaften in seiner Firma zu tun. Es gab aber keinerlei Beweise und die Ermittlungen wurden inzwischen ergebnislos eingestellt. Mein Bruder hatte mir jedoch vor zwei Jahren schon diesen Umschlag hier gegeben. Ich sollte ihn der Polizei aushändigen, falls etwas Seltsames geschehen würde und er zu diesem Zeitpunkt nicht mehr am Leben wäre. Die Behörden gaben mir aber den Brief umgehend zurück, weil niemand etwas damit anfangen konnte". Meine Neugier war geweckt: „Also ist tatsächlich etwas Seltsames seit dem Tod Ihres Bruders geschehen, oder?". Sie legte das Couvert auf den Tisch: „Ja. Man hat das Lieblingsbild meines Bruders gestohlen. Kennen Sie Caravaggio?". Ich versuchte humorvoll zu klingen: „Der ist mir noch nicht vorgestellt worden". Sie verzog keine Mine: „Ich meine den Maler Michelangelo Merisi da Caravaggio. Mein Bruder war vernarrt in sein Gemälde des Lautenspielers. Seit zwei Jahren zierte das Bild die Südwand seines Arbeitszimmers". Ungläubig sagte ich: „Der Schinken hängt doch aber in der Eremitage in St. Petersburg". Sie nickte: „Und genau das ist das Seltsame. Es war nämlich nur eine Fotokopie. Keine zwanzig Euro wert. Trotzdem wurde das Bild entwendet". Ich nahm nachdenklich den Umschlag vom Tisch: „Mal sehen, was ich herausbekommen kann!".

Im Büro musste ich feststellen, dass ich natürlich vergessen hatte, mir einen neuen Stuhl zu beschaffen. Also schob ich den Besucherstuhl hinter meinen Schreibtisch und öffnete das Couvert. Der Zettel darin war mit einer völlig widersinnigen Ansammmlung von allen möglichen Wörtern gefüllt. Ich scannte das Blatt ein und ließ meinen Laptop die Worte sortieren. Anschließend startete ich das Analyseprogramm. Das Ergebnis war ein Koordinatensystem, in welchem eine nahezu gerade Linie mit einem Winkel von zweiundzwanzig Grad nach oben verlief. Also hatte ich es mit keinem konkreten Inhalt zu tun. Bei sinnvollen Schriftsätzen ergibt sich nämlich stets ein Anstiegswinkel von fünfundvierzig Grad, egal in welcher Sprache. Und was jetzt? Vertieft in meine Überlegungen bemerkte ich nicht, wie sich langsam die Bürotür öffnete. Eine Hand, die eine silbrige Dessert Eagle vom Kaliber 50 hielt, schob sich vorsichtig durch den Türspalt. Als ich zufällig aufsah, konnte ich gerade noch das Mündungsfeuer der Pistole erblicken und bekam im gleichen Moment einen fürchterlichen Schlag gegen die Brust. Ich wurde nach hinten geschleudert und knallte mit dem Kopf auf den Heizungskörper. Der Rest war Dunkelheit.

Als ich zu mir kam, lag ich auf dem Boden und mein Freund Max beugte sich über mich. Ich sprang wie von der Tarantel gestochen auf: „Max! Ich denke du bist tot." Er nickte: „Bin ich auch. Und du jetzt ebenfalls". Ich musste lachen: „Quatsch! Das wüsste ich aber". Max nahm einen Bleistift vom Schreibtisch und schob ihn durch ein Loch in meiner Brust. Der Stift kam am Rücken wieder heraus und landete klappernd auf dem Boden. Schon etwas weniger optimistisch meinte ich: „Glatter Durchschuss. Davon stirbt doch keiner". Mein Freund zuckte nur kurz mit den Schultern: „Bei so einer großen Waffe schon. Schocktod. Vielleicht ist es dir ja längst aufgefallen, du empfindest keinen Schmerz". Reichlich deprimiert fragte ich: „Aber bin ich denn jetzt in der Hölle, oder was?". Max kratzte sich gedankenverloren am Kopf: „Weiß ich selbst nicht so genau. Wahrscheinlich ist das Ganze so etwas wie eine Zwischenwelt. Man bleibt hier, bis man einen Zettel mit seiner letzten Aufgabe bekommt. Hat man diese erfüllt, verschwindet man. Wohin weiß keine Sau. Manche sagen, man käme in das Paradies und könne dort liebe Verstorbene wiedersehen. Oder auch bei Bedarf, unabhängig vom Geschlecht, einen

Harem aufmachen. Andere sagen, man würde als ein Körnchen Nichts ins Nirwana eingehen. Wieder andere meinen, wenn man die Aufgabe richtig gut erfüllt hat, wird man zurück ins Leben geschickt. Ich weiß es wirklich nicht". Mir ging ein Gedanke durch den Kopf: „Und wenn man die Aufgabe erst gar nicht lösen will?". Mein Freund musste grinsen: „Glaub mir, hier bleibt keiner freiwillig. Du kannst nichts essen, hast keinen Sex und kannst nicht mal Bourbon trinken. Es gibt kein Kino, kein Theater, kein Fernsehen und kein Internet. Und lesen kannst du auch nichts. Es ist einfach nur absolut stinklangweilig". Ich wurde nachdenklich: „Aber warum bist du denn dann noch hier?". Max legte mir freundschaftlich die Hand auf die Schulter: „Weil ich auf dich warten musste. Du bist meine Aufgabe. Ich muss dir erläutern, wie du deinen letzten Fall hättest lösen können und dir dann den Zettel übergeben, auf dem deine spezielle Aufgabe geschrieben steht". Das machte mich neugierig: „Na dann schieß mal los!". Max zog seine Hand unwirsch zurück: „Ich dachte, vom Schießen hättest du genug. Also pass auf! Der Kerl, der dich umgenietet hat, hat auch vor einem Jahr den Bruder deiner Klientin abgeknallt. Der Mensch ist ein international gesuchter Auftragskiller, der sich als Barkeeper tarnt. Du dürftest ihn kennen. Das Lautenspieler-Gemälde hat er übrigens auch geklaut und in seinem Weinkeller versteckt. Auf der Rückseite des Bildes befindet sich nämlich genau so ein Kauderwelsch, wie auf deinem merkwürdigen Zettel. Wenn man nun beide Texte mischt, indem man immer abwechselnd das jeweils richtige Wort findet, ergibt sich ein Schreiben, das gesetzeswidrige Manipulationen eines großen Konzerns aufdeckt, einschließlich der Namen der Verantwortlichen". Ich war erstaunt. Darauf wäre ich mein Lebtag nicht gekommen. Max hielt mir ein zusammengefaltetes Stück Papier vor die Nase: „Nichts für Ungut. Man sieht sich!". Als ich ihm den Zettel aus der Hand genommen hatte, machte es kurz „Puff!" und mein Freund war verschwunden. Mit gemischten Gefühlen faltete ich das Blatt auseinander. Darauf stand in Fettschrift: „Du musst Monika verzeihen!". Das war also meine letzte Aufgabe. Ich musste schlucken. Im Grunde genommen tat mir Moni schon lange leid. Für meine anerzogene Moral war halt bisher Fremdgehen unentschuldbar. Aber zugegeben, eventuell hätte sogar mir so etwas passieren können. Ach, was soll's. Vielleicht würden wir alle beide damit unseren Frieden finden. Verzeihen hieße ja nicht automatisch, dass wir zwei deswegen wieder zusammenkommen würden. Also murmelte ich: „Moni, ich verzeihe dir". Im selben Moment fühlte ich einen fürchterlichen Schmerz in meiner Brust. Ich musste stöhnen und hörte wie aus weiter Ferne eine aufgeregte Stimme: „Oh Gott! Oh Gott! Er lebt. Schwester! Schwester!". Mühsam öffnete ich die Augen und sah in zwei Frauengesichter. Eines davon trug eine Schwesternhaube und sagte: „Ganz ruhig! Sie bekommen gleich noch etwas Morphium". Das andere gehörte Monika und war total verheult.

Der Mann an meinem Bett war von der Kriminalpolizei. Er brachte das Kunststück fertig, genauso schnell zu schreiben, wie ich sprach. Danach jagte ein Ereignis das andere. Der Barkeeper wurde verhaftet und das Bild sichergestellt. Der Text wurde dekodiert und der Vorstand eines Großkonzerns kam vor Gericht. Und weil endlich der Tod ihres Bruders aufgeklärt worden war, bekam ich nach der Reha von meiner Klientin einige ziemlich dicke Bündel mit Scheinen. Allerdings ging der größte Teil des Geldes für die Hochzeit drauf. Monika hatte über hundert Gäste eingeladen.

Vorurteile

Manche Menschen, vielleicht aber auch alle, haben Vorurteile. Logischerweise ich ebenfalls. Sie wissen bestimmt selbst, dass es schwierig ist, sich von so einem Vorurteil zu lösen. Ich musste gleich zwei davon ablegen.

Begonnen hatte es eigentlich damit, dass meine Frau dachte, sie müsse sich in einen zwölf Jahre jüngeren Mann verlieben. Gleich nach der Scheidung legte ich den heiligen Schwur ab, nie wieder eine Frau anzusehen. Sehr wahrscheinlich hatte mein Vater doch recht, als er sagte, Frauen seien wie Zähne: Bevor man sie bekommt hat man Schmerzen, hat man sie, hat man Schmerzen und wenn man sie verliert, hat man wieder Schmerzen.

Als sich herumgesprochen hatte, dass ich geschieden worden war, bekam ich noch kurz Schwierigkeiten mit einigen Damen. Ein paar machten äußerst penetrant in meiner Gegenwart darauf aufmerksam, dass sie noch zu haben wären. Eine folgte mir sogar bis zu meiner Wohnungstür, welche ich glücklicherweise noch rechtzeitig zuschlagen konnte. Also futterte ich mir einen Schutzpanzer an. Ich kann als Résumé dieses Selbstversuches definitiv bestätigen, dass schlanke Männer mehr Chancen bei Frauen haben als Bauchträger.

Über einen längeren Zeitraum ging es mir dann auch wirklich richtig gut. Hauptsächlich deswegen, weil ich meine Sachen stets wiederfand. Denn niemand räumte sie weg, um danach zu vergessen, wohin diese Dinge eigentlich verschwunden waren. Ich bin nun mal unordentlich und muss Gegenstände auch dort wiederfinden, wo ich sie hingelegt habe. Im Großen und Ganzen bin ich ein richtiger Mann. Ich lasse meine Socken überall herumliegen, bekleckere mich beim Essen und kann Schmutz nicht sehen, selbst wenn er einen halben Meter hoch liegt. Fenster putze ich erst dann, wenn es mir vorkommt, als sei draußen Nebel.

Sie sehen also, mir ging es als Single wirklich recht gut, da ich keinerlei unnütze Arbeiten verrichten musste. Doch irgendwann sagte Mutter Natur: So geht das jetzt aber nicht weiter! Als ich gewohnheitsgemäß am Abend meinen Tag Revue passieren ließ und überlegte, was am folgenden Tag so anläge, da klopften plötzlich lästige kleine Hormone von innen an meine Hirnschale und mir wurde klar, ich würde meinen heiligen Schwur in Bezug auf das weibliche Geschlecht hochwahrscheinlich brechen.

Also ging ich am nächsten Morgen in Richtung Bushaltestelle, um wie jeden Tag zur Arbeit zu fahren, diesmal aber mit dem Vorsatz, die eine oder die andere Frau vorsichtig zu beäugen. Schon von Weitem sah ich eine junge, rothaarige Frau an der Haltestelle stehen. Dazu muss man wissen, dass mir Haare mit einem natürlichen Rot schon immer gefallen haben. Dieses Rot hier aber war etwas ganz Besonderes; es leuchtete direkt durch die Augen in mein Herz.

Die Frau stand so, dass ich sie nur von hinten sehen konnte. Meine langjährige Lebenserfahrung meldete sich und sagte: Wenn sie sich umdreht, wird sie dir höchstwahrscheinlich gar nicht gefallen, so wie alle Rothaarigen, die du bisher gesehen hast. Allerdings war ich zu feige mich dort hinzustellen, von wo aus ich ihr Gesicht sehen konnte. Stattdessen begab ich mich in die Richtung, aus der der Bus kommen musste. Schließlich drehen sich alle normalen Menschen nach einem nahenden

Bus um. Und der Bus kam. Und sie drehte ihren Kopf. Und es gab einen lautlosen Knall in meinem Gehirn. Sie sah genau so aus wie ich mir immer eine Frau vorgestellt hatte. Aber wirklich so hundertprozentig, dass es weh tat. Und dann passierte das, was ich nie geglaubt hätte: Ich musste ein Vorurteil ziehen lassen. Bisher hatte ich immer gedacht, es sei eine Erfindung von Schriftstellern, dass einem vor Staunen die Luft wegbleibt. Als ich jedoch ihr Gesicht sah, blieb mir tatsächlich die Luft weg. Ich bekam Atemnot und mein Gesichtsfeld schränkte sich auf einen kleinen Kreis ein. Bis heute weiß ich nicht, wie ich damals eigentlich zu meiner Arbeitsstelle gefunden habe.

Abends saß ich dann wieder mit meiner inneren Tagesauswertung auf dem verschlissenen Sofa und wies das Erlebte erst einmal von mir. Es konnte doch wohl kaum möglich sein, dass mir ein Gesicht zu hundert Prozent gefiel. In diesem Fall sogar zu gefühlten einhundertzwanzig Prozent. Irgendwas ist doch wohl immer. Die Augen zu klein, der Mund vielleicht zu groß oder die Ohren abstehend. Also beschloss ich, beim nächsten Mal besser hinzusehen.

Die Gelegenheit dazu hatte ich schon zwei Tage später. Sie stand wieder an meiner Bushaltestelle und diesmal stellte ich mich etwas günstiger hin. Ich musste erschüttert feststellen, dass mir alles an ihr gefiel. Das Gesicht, die Größe, die Haltung, die Kleidung, ihre Bewegungen und Art wie sie in die Welt blickte. Dazu kam noch, dass sie ungeschminkt war und ich natürliche Frauen bevorzuge.

Abends saß ich wie ein Häufchen Unglück auf meinem Sofa und verstand mich selbst nicht mehr. Irgendwann hatte ich den Film „Das fünfte Element" mit Bruce Willis und Milla Jovovich aus dem Jahr 1997 gesehen und mich darüber lustig gemacht, dass darin mehrmals über die Frau gesagt wurde, sie sei perfekt. Nach meiner Überzeugung konnte es keinen perfekten Menschen geben. Ich kannte jedenfalls keinen. Aber eben nur bis zum nächsten Tag. An jenem denkwürdigen Tag ging nämlich mein nächstes Vorurteil flöten.

Es war etwas wärmer geworden. Meine Angebetete war diesmal mit Rock und Sandalen bekleidet. Neugierig schob ich mich hinter sie, in der Hoffnung nicht zu sehr aufzufallen. Dann betrachtete ich ihre Beine. Ich weiß auch nicht warum, aber diese Beine schienen extra für mich gemacht worden zu sein. Wenn ich gekonnt hätte, wie ich in diesem Moment wollte, dann hätte ich wahrscheinlich ihre Waden geküsst. Zur selben Zeit fiel mein Blick auf ihre bloßen Füße. Und siehe da, ihre zweiten Zehen waren gekrümmt. Wenn jetzt einer denkt, ich hätte das als Mangel angesehen, den muss ich leider enttäuschen. Meine zweiten Zehen sind nämlich auch gekrümmt. Genauso wie ihre. Das war ein Zeichen. Diese Frau war wirklich perfekt.

Erst am Abend wurde mir richtig klar, welche Konsequenz das wohl zwangsläufig nach sich ziehen musste: Ich würde sie ansprechen. Eventuell zu etwas einladen. Kaffe vielleicht oder Kino. Oder Theater.

Am nächsten Morgen ging ich mit einem großen Klumpen im Magen Richtung Haltestelle. Wie konnte ein ausgewachsener Mann nur solche Angst haben. Doch ich erhielt noch eine Galgenfrist. Sie kam nicht.

Allerdings tags darauf kam sie. An der Hand eines anderen Mannes. Er war jung, schlank und gutaussehend. Seltsamerweise brach für mich keine Welt zusammen. Mir war jedoch schlagartig klar: Diese Frau ist ab sofort tabu. Schließlich hatte ich am eigenen Leib erfahren, wie es ist, wenn ein Dritter ins Spiel kommt.

Abends redete ich mir dann ein, dass ich sowieso keine Chance bei ihr gehabt hätte.

Von diesem Zeitpunkt an traf ich sie nicht mehr an der Haltestelle. Das lag wahrscheinlich daran, dass sie häufiger mit dem Auto fuhr, denn ich konnte sie ab und zu in einem flaschengrünen Nissan entdecken. Vielleicht lag es aber auch daran, dass ich ab sofort einen früheren Bus nahm, um zur Arbeit zu fahren.

Wie es der Zufall wollte, lief sie einige Zeit später mit einem kullerrunden Bäuchlein an mir vorbei. Irgendwie führte das zu sehr zwiespältigen Gefühlen. Einerseits war ich seltsamerweise darauf stolz, dass sie so einen wunderschönen Babybauch hatte, andererseits war ich wehmütig, nicht der Vater zu sein.

Heute sehe ich sie nur noch selten. Mal im Supermarkt beim Einkaufen, mal in der Fußgängerzone im Gespräch mit irgendjemand anderem. Sie hat inzwischen die Haare gefärbt, aber sie ist immer noch perfekt. Und ihre Erscheinung wärmt mein Herz. Schön, dass es sie gibt.

Die Maus

Das pelzige Etwas schaute mich mit dunklen Knopfaugen an: „Ich heiße Hasel, Hasel Maus". Ich versuchte vergeblich den Metallverschluss zurück auf die Wodka-Flasche zu fummeln und sagte laut: „Ich muss unbedingt aufhören zu saufen!". „Quatsch", antwortete das kleine Tier, „Besoffene sehen weiße Mäuse. Bin ich vielleicht weiß? Nein, ich bin braun. Genauer gesagt goldbraun. Eigentlich heiße ich Muscardinus avellanarius und gehöre zur Familie der Bilche. Du kennst mich vielleicht aus Alice im Wunderland. Dort bin ich als Mitglied einer verrückten Teeparty verewigt". Ich versteckte vorsichtig die Flasche hinter meinem Rücken und murmelte: „Ich sehe dich nicht, du bist nicht da!". Das Mäuschen putzte mit den Vorderpfoten seinen kleinen Kopf: „Übrigens gilt in einem Kochbuch von Caelius Apicius die Haselmaus als altrömischer Leckerbissen, wenn man sie mit einer Honigsoße serviert. Ich will mich zwar nicht brüsten, aber nicht alle Tiere können das von sich behaupten!". Unwillkürlich schloss ich die Augen und schüttelte heftig den Kopf, in der Hoffnung, dass dadurch das Bild der Maus aus meinem Schädel geschleudert werden würde. Auweia, mit mir war es wahrlich weit gekommen. Ich hörte tatsächlich eine Maus sagen, dass sie sich selbst für eine Delikatesse hielt. Falls ich mich nicht irrte, werden derartige Erscheinungen mit Delirium tremenz bezeichnet. Also ging ich mit hängenden Ohren in die Küche und begann zitternd die noch halbvolle Flasche Wodka in die Spüle zu gießen. Das Tierchen kam hinter mir hergetrippelt, setzte sich auf die Hinterbeine und rief vorwurfsvoll: „He, das ist Alkoholmissbrauch. Das Zeug wird schließlich nicht zum Ausgießen hergestellt. Vielleicht denkst du auch mal daran, dass andere Leute ebenfalls was trinken wollen!". Ich hielt inne, setzte langsam die Flasche ab und drehte mich fast in Zeitlupe zu dem Tier um: „Heißt das, du willst ...?". „Na klar", sagte das Vieh ungeniert und leckte sich das Mäulchen, „immer her damit!". Also holte ich eines meiner Kompottschälchen aus dem Hängeschrank und goss etwas Wodka hinein. Wenn schon verrückt, dann richtig. Kaum hatte ich das Schälchen auf den Boden gestellt, machte sich mein Freund darüber her. Dann rülpste er lautstark, fiel auf die Seite, schloss die Augen und lallte: „Dasisverdammgudeszeuch!". Anschließend pieselte er ein kleines Pfützchen auf den Küchenboden. Ich holte die große, blaue Schüssel aus dem Küchenschrank, fasste die Maus mit spitzen Fingern am Fell und legte sie hinein. Dann spülte ich das Kompottschälchen ab und säuberte den Boden. Nachdem ich das Licht gelöscht hatte, ging ich ins Bad, putzte die Zähne und wischte die wichtigsten Stellen meines Körpers feucht durch. Kaum war ich unter die Bettdecke geschlüpft, schlief ich auch schon ein.

Ein fürchterliches Gegröle ließ mich erwachen: „Hilfe! Ich werde gefangen gehalten. Helft mir hier raus. Man hat mich weggesperrt. Hilfe! Hier wird gegen die Menschenrechte verstoßen!". Ich rieb mir gähnend die Augen, tappte barfuss in die Küche und sagte ärgerlich: „Schnauze! Du hast keine Menschenrechte, du bist ein Tier". Das Pelzknäuel saß neben einem kleinen Berg Erbrochenen und geiferte: „Das ist wieder mal typisch. Bloß weil Flüchtlinge anders aussehen, hält man sie für minderwertig". Ich musste lachen: „Seit wann bist du denn ein Flüchtling?". „Seitdem ich aus dem Mischwald geflohen bin, in welchem wir nun mal beheimatet sind. Meine Frau und meine Kinder musste ich dort zurücklassen". Ich staunte: „Du hast Kinder? Wie alt bist du denn?". Auf seinem behaarten Gesicht schien sich so etwas wie Stolz abzuzeichnen: „Ich bin ein reichliches Jahr alt. Und glotz nicht so blöd! Ein Haselmausjahr entspricht etwa zwanzig Menschenjahren. Und nun hol mich hier raus oder mach wenigstens mein Gefängnis sauber!". Ich hob den Zeternden auf den Tisch. Dabei bemerkte ich, dass sein Fell bekleckert war: „He, du hast dich bekotzt. Ich werd dich erstmal mal sauber machen". Vorsichtig drehte ich den Wasserhahn auf und hielt den Beschmutzten unter den schwachen Strahl. Der schrie wie am Spieß: „Das ist Folter. Waterboarding ist verboten. Ich beschwere mich bei Amnesty International. Das wird schlimme Folgen für dich haben!". Ich legte den Nörgelnden auf das Geschirrtuch und rubbelte ihn trocken. Er grunzte: „Gibt es hier vielleicht auch was zu essen? Knospen, Beeren, Insekten oder so was Ähnliches?". Ich überlegte kurz: „Wie wäre es mit Walnüssen?". Er strahlte: „Ah, gut! Aber knacken musst du die Dinger. Du hast schließlich die größeren Pfoten".

Da inzwischen die Sonne aufgegangen war, machte ich mir Kaffee und Toast. Als wir beide gesättigt waren, meinte mein Freund unschuldig: „Gibt's hier auch was zu trinken? Und ich meine damit nicht etwa Wasser". Ich ergab mich meinem Schicksal, holte das Schälchen und goss den Rest der Flasche hinein. „Und du?", wollte mein Gegenüber wissen. „Ich trinke jetzt nichts. Meine Freundin Sybille kommt gleich. Die mag das nicht so". Er spottete: „Weichei!", schlabberte das Schälchen leer und begann lauthals zu singen: „What Shall We Do Wit A Drunken Sailor", wobei er ab und zu äußerst künstlerisch einen Rülpser einstreute. Als es klingelte, bedeutete ich ihm, dass er unbedingt in der Küche zu bleiben und die Gusche zu halten habe. Er war beleidigt. Ich öffnete die Tür und wollte meiner Freundin zur Begrüßung einen Kuss geben. Sie stieß mich weg: „Ich hab nachgedacht. Wenn du nicht zur Entziehung gehst, mach ich Schluss mit dir. Das ist mein letztes Wort. Überleg es dir gut!". Dann wendete sie sich zur Tür und wollte gehen. In diesem Moment quetschte sich meine besoffene Maus durch den Spalt unter der Küchentür, rülpste vernehmlich und rief: „Hau bloß ab, du Schlampe!". Sybille drehte sich um und verpasste mir eine schallende Ohrfeige. Dann rannte sie hinaus und mein vorlauter Kumpel wälzte sich vor Lachen auf der Erde. Man glaubt es kaum, aber der Besoffene war schneller als ich. Er sauste wie ein geölter

Blitz unter das Sofa, während mein tödlich gedachter Fußtritt ins Leere traf.

Schäumend vor Wut zog ich mir Jacke und Schuhe an, trabte zum Kiosk an der Ecke und kam mit einer neuen Flasche zurück. Morgen würde ich mir eine Mausefalle kaufen. Und bestimmt keine von den Lebendfallen. Jetzt musste ich aber erstmal was trinken. Also setzte ich mich an den Tisch und entfernte den Schraubverschluss von der Trost verheißenden Buddel. Kaum hatte ich angesetzt, sprang mein pelziger Widersacher auf den Tisch und rief: „Halt! Ich zähle jetzt bis drei. Danach wirst du entspannt aufwachen!". Ich kniff die Augen zusammen: „Was???". Dann hörte ich nur noch: „Eins, zwei, drei" und kam zu mir. Ich blickte verwirrt auf meinen Psychiater, der mit ruhiger Stimme sagte: „Die Hypnose wirkt aber nur, wenn Sie mitarbeiten. Immer wenn Sie zukünftig das Bedürfnis nach Alkohol haben, müssen Sie an eine kleine, betrunkene Maus denken!".

Und was soll ich Ihnen sagen, es hilft tatsächlich. Sie könnten das doch auch mal ausprobieren! Oder?

Der dicke Mann

Die thüringische Kleinstadt schien sich noch den Nachtschlaf aus den Augen zu reiben. Es war kaum ein Mensch in den Straßen zu sehen. Zwei, drei Händler bestückten ihre flachen Regale auf dem Gehweg und die Morgensonne sendete ihre ersten Strahlen über den historischen Marktplatz mit dem im Renaissancestil erbauten Rathaus. Die große Uhr an der Ladenstraße richtete ihre Zeiger senkrecht aus; 6 Uhr. Der erste Bus schob sich langsam über das vom Morgentau benetzte Kopfsteinpflaster, zwanzig oder mehr Menschen im blechernen Bauch mit sich führend, die meisten davon auf dem Weg zur Arbeit. Ein schlanker, blauäugiger Herr mit langen, braunen Haaren, Mitte dreißig, stand kopfschütteln vor einem Straßencafé. Er hatte sich schon auf eine Tasse mit koffeinhaltigem Wachmacher gefreut, aber der Laden öffnete an diesem Tag erst 7:30 Uhr. Es war halt eine Kleinstadt. Der Mann zog gemächlich seinen grauen Sommermantel aus, denn die aufgehende Sonne sorgte um diese Zeit bereits für Wärme. Unschlüssig ließ er seinen Blick rund um den Marktplatz schweifen, stieg dann in sein Auto, zerriss missmutig das Parkticket und rollte in Richtung Bahnhof davon. Vielleicht konnte er dort einen Kaffee ergattern.

Nervös an den Nägel kauend gab die blonde Frau ihre Personalien zu Protokoll: „Lena Kornhaus, einunddreißig Jahre alt, verheiratet, Verkäuferin, wohnhaft Bahnhofstraße 12". Der Uniformierte hatte sichtlich mit seiner Computertastatur zu kämpfen. „Und seit wann ist ihr Mann verschwunden?". „Seit drei Tagen, aber ich hab das alles schon gestern ihren Kollegen erzählt!". Mit zwei Fingern tippte der Polizist angestrengt die Daten Taste um Taste in den Computer: „Können Sie Ihren Gatten beschreiben?". Die Blonde schob eine Haarsträhne hinter ihr Ohr: „Er heißt Anton Kornhaus, ist fünfunddreißig Jahre alt, hat braune Haare, blaue Augen und sieht stets sehr gepflegt aus. Ach so, und das Haar trägt er ziemlich lang". Bedächtig überflog der Beamte seinen Bildschirm, um die Richtigkeit der bisherigen Eingaben zu überprüfen. „Haben Sie ein Foto von Ihrem Mann?". „Das habe ich gestern schon abgegeben. Aber hier habe ich noch ein Passbild von ihm". Sie öffnete ihre Handtasche aus Krokodil-Leder, zog eine rote Geldbörse heraus und entnahm dieser mit spitzen Fingern ein kleines Bild. Der Polizist legte es in die Akte: „Wir melden uns!". Die Frau sprang erbost auf. Während sie den umgekippten Stuhl wieder in die Senkrechte beförderte, fragte sie unwirsch: „Das war alles? Mehr haben Sie mir nicht zu sagen?". Der Beamte bestätigte seine Eingabe am Computer mit der Enter-Taste, schaltete den Bildschirm ab, setzte seine Dienstmütze auf den kahlen Schädel und zeigte zur Tür: „Wir finden ihn schon".

Im Keller hatte eine Ziegelmauer bisher einen geheimen Raum vor den Augen der Öffentlichkeit bewahrt. Nun klaffte in ihr ein mannshohes Loch. Kommissar Riemer stolperte hindurch, steckte seinen dicken Finger hinter den Kragen des blaukarierten Hemdes und kratzte sich nachdenklich am Hals: „Also meiner Erfahrung nach lebt dieser komische Klops noch. Trotzdem ist eine Gerichtsmedizinerin hier. Darf ich fragen wieso?". Frau Dr. Martina Mertens wirkte neben dem Kommissar wie eine trockene Spagetti neben einem prallen Fußball. Sie steckte beide Hände in die Taschen ihres Kittels und verzog das schmale Gesicht, als wolle sie gleich ein böses Kleinkind maßregeln: „Wie Sie leicht selbst erkennen können, liegt der Klops, wie Sie diesen adipösen Herrn zu titulieren pflegten, im Koma. Außerdem ist er an mehreren Drähten sowie an zwei Schläuchen angeschlossen. Deshalb bin ich nicht hauptsächlich als Pathologe hier, sondern wegen meiner Diplome als Informatiker, Developer und Technical Engineer. Aber apropos Klops, wie viel haben sie in der letzten Woche wieder zugenommen?". Riemer ließ sich in einen der beiden Bürostühle fallen und rollte damit etwas näher an den regungslos vor ihm liegenden Dicken heran: „Die Veranlagung zur Adipositas ist erblich. Aber hungern ist eine Fehlfunktion des Gehirns, falls man so etwas überhaupt hat".

Die Haut des nackten Mannes war gespickt mit dünnen, nadelartigen Stiften, als hätte ein durchgeknallter Akupunkteur eine Orgie gefeiert. Allerdings war jede dieser Nadeln mit einem Draht versehen, welcher zu einem völlig unbekannten Gerät führte. Dieses sah aus wie eine gut gemachte Kreuzung aus Herz-Lungen-Maschine und überdimensioniertem Computer. „Kriegen Sie diesen Kerl wach? Ich muss ihn verhören!". Die Pathologin hob bedauernd Ihre Schultern: „Erst muss ich mir über die Funktion dieses komischen Gerätes im Klaren sein. Schließlich will ich ja Mister Unbekannt nicht für immer in die Grube fahren lassen. Was mir aber weit mehr Kopfschmerzen bereitet, ist die Tatsache, dass dort in der Ecke weitere Drähte liegen und dass der Wunderschrank etliche unbenutzte Anschlüsse hat. Wenn mich nicht alles täuscht, lagen hier irgendwann mal zwei Personen".

Die Polizeistreife kontrollierte die Papiere jedes Einzelnen, der sich in dem hell ausgeleuchteten Wartesaal des Bahnhofs aufhielt. Zwei zusätzliche Beamte in Zivil verstellten den Ausgang. Ein Uniformierter begutachtete gerade den Ausweis eines Herrn, der einen grauen Sommermantel neben sich liegen hatte: „Sie haben aber ganz schön abgenommen. Respekt!". Der Angesprochene lehnte sich zurück und entgegnete freundlich: „Dafür sind die Haare jetzt etwas länger. Das gleicht das Gewicht wieder aus". Der Polizist lachte: „Wohl kaum. Aber besorgen Sie sich umgehend ein aktuelles Lichtbild und lassen Sie sich einen neuen Personalausweis ausstellen, Herr Siebert!".

Die Blonde legte schnurrend wie eine Katze ihren Kopf an die Schulter ihres gut gebauten Nachbarn: „Aber sicher habe ich ihn als vermisst gemeldet. Schließlich ist er immer noch mein Ehemann. Zumindest auf dem Papier. Aber von mir aus kann er bleiben, wo der Pfeffer wächst. Solange er nicht da ist, kann ich ungestört seine schöne, goldene Kreditkarte benutzen. Laut Ehevertrag muss ich die erst nach der Scheidung abgeben". Langsam schob sich ihre Hand zu der Stelle, an der die Hosenbeine der Herren-Jeans zusammengenäht waren. Gurrend fragte sie: „Wann fahren wir zwei Hübschen eigentlich nach Berlin?".

Ungefähr fünfzehn Personen wuselten um das seltsame Gerät herum, aber keiner hatte auch nur den geringsten Plan. Niemandem war bisher ein ähnliches Gebilde vor die Augen gekommen. Kommissar Riemer saß mit seinem Notizbuch in der Hand im provisorisch möblierten Vorraum und befragte einen äußerst nervösen Mann, der neben einem eingegipsten Unterarm auch noch eine genähte Platzwunde am Kopf vorweisen konnte. „Wie haben Sie diese Räume hier überhaupt entdeckt, angeblich war doch alles zugemauert?". Der Mann rutschte auf seinem Stuhl hin und her: „Also ich bin seit vorgestern Hausmeister hier. Und gestern wollte ich wie jeden Mittwoch zum Schützenverein. Mit meiner Pistole. Ich besitze eine Glock 17 mit Reflexvisier. Und mit Waffenschein. Alles absolut legal. Können Sie mir glauben". Der Kommissar winkte ab: „Ja, ja, kommen Sie auf den Punkt, ich hab nicht bis Weihnachten Zeit!". Der Nervöse wurde noch nervöser: „Ich hab noch schnell einen Rundgang gemacht. Schließlich muss man doch als Hausmeister alles im Auge behalten. Und da fiel mir auf, dass im Keller eine Stelle Fuge auf Fuge gemauert war und zwar ganz frisch. Fugen müssen sich aber immer kreuzen. Wissen Sie, ich habe mal Maurer gelernt". Riemer wurde noch ungeduldiger: „Ja und dann?". „Dann habe ich hinter der Wand Hilferufe gehört, ganz leise. Also habe ich gegen die frisch gemauerte Stelle getreten und bums, war da ein Loch. Dahinter sah ich so einen langhaariger Kerl und vor ihm einen Nackten mit ganz vielen Strippen. Als mich der Langhaarige bemerkte, schlug er mit einem Stück Wasserleitungsrohr auf mich ein. Am Boden liegend hab ich dann meine Pistole gezogen, obwohl ich das sonst nie in der Öffentlichkeit mache, und da ist der Kerl abgehauen". Der Kommissar steckte sein Notizbuch in die ausgebeulte Hemdtasche: „Und weiter war nichts?". „Doch. Der Dicke sagte zweimal: ‚Bitte nicht abschalten' und fiel danach in Ohnmacht. Dann hab ich auf meinem Telefon den Notruf gewählt".

Einer der Uniformierten hielt das schwarze Sprechfunkgerät dicht an seinen Mund: „Wir haben alle Anwesenden kontrolliert. Ein gewisser Kornhaus war nicht dabei. Ich glaube langsam, wir müssen von einem Gewaltverbrechen ausgehen!". Als die Beamten den Eingang freigegeben hatten, strömten die meisten der Reisenden auf die jeweiligen Bahnsteige. Nur der Mann, der sich als Herr Siebert ausgewiesen hatte, trank langsam und genussvoll den Rest seines Kaffees aus. Dann warf er den Sommermantel lässig über die Schulter und verschwand Richtung Parkplatz. Kurz darauf folgte sein Auto einem Hinweisschild, das unbeeindruckt den Weg zur Autobahn offerierte.

„Hallo Lena! Wollen Sie Urlaub machen? Ist Ihr Mann wieder aufgetaucht?". Lena Kornhaus fuhr erschrocken herum und schlug die Heckklappe ihres Wagens zu. „Ach, Sie sind das. Nein, mein Mann ist immer noch verschwunden. Ich fahre nur für ein paar Tage zu meiner Mutter. Hier halte ich es im Moment nicht mehr aus". Die Nachbarin strich ihre Schürze glatt und schlurfte zurück zur Eingangstür: „Wie schade. Mein Mann fährt nämlich heute auch auf Dienstreise. Da bin ich die nächsten Tage ganz allein im Haus. Na ja, erholen Sie sich gut!".

Der große Zeiger der Uhr an der Ladenstraße versteckte seinen kleinen Bruder; Mitternacht. Riemers Handy tanzte Walzer auf dem winzigen Nachttisch. Der Vibrationsalarm trieb das billige Smartphon gefährlich nah an die vordere Kante. Eine schwammige Hand rettete es vor dem vernichtenden Absturz. Schläfrig murmelte der Kommissar: „Falls es nicht äußert dringend ist, möchte ich darauf hinweisen, dass ich mit meiner Dienstpistole Störenfriede erschießen darf!". Die Stimme am anderen Ende gehörte Frau Dr. Mertens: „Unser Dickerchen ist aufgewacht".
Riemer entledigte sich schon auf dem Weg zum Bad seines Oberteils. Dusche und Rasierapparat hofften umsonst auf einen Einsatz, nur die Zahnbürste durfte kurz zwischen die Zahnlücken des Kommissars blicken. Das Hemd von gestern hatte bestimmt nichts dagegen, heute mal wieder Überstunden zu leisten. Und schon flog das Auto des Kommissars durch die engen Straßen, auf denen nichts außer dem fahlen Licht der Laternen zu sehen war.

In Berlin funkelten die Lichter der Nacht, als eine blonde Frau und ein gut aussehende Mann am Empfang eines renommierten Hotels die Anmeldungsscheine ausfüllten.

Hinter ihnen nahm ein Mann mit langem, braunem Haar den Weg zum Fahrstuhl. Die Blonde drehte sich beiläufig nach den Schritten um und stieß plötzlich einen spitzen Schrei aus: „Anton! Was machst du denn hier?". Zunächst reagierte der Angesprochene nicht, dann wurde ihm klar, dass die Frau ihn gemeint hatte: „Entschuldigung, ich heiße nicht Anton. Kennen wir uns?". „Was spielst du hier für ein Spiel? Ich habe dich als vermisst gemeldet!". Es bildeten sich einige Schweißtropfen auf der Stirn des Mannes. Ihm wurde schlagartig klar, was hier ablief. Wenn die Blonde ihn tatsächlich zu erkennen glaubte, musste sie demnach die Frau seines Opfers sein. Mit trockener Kehle entgegnete er: „Sie irren sich, ich heiße Ludwig Siebert!". Dann verschwand er im Fahrstuhl. Knapp zehn Minuten später kam er mit einer Reistasche die Treppe herunter, fand sich an der Rezeption ein und stornierte sein Zimmer. Als er die Drehtür des Hotels durchschritten hatte, stieß er mit einem Polizisten zusammen, der dummerweise das Gesicht des Eiligen mit einer polizeilichen Suchmeldung in Verbindung bringen konnte.

Zwei Helfer befreiten den Zitternden vorsichtig von den Nadeln, während ihm die Pathologin die Schläuche aus Nase und Gesäß zog. Riemer betrat hastig das Kellergewölbe und beugte sich über den Dicken: „Können Sie mir sagen, was hier vorgefallen ist?". Martina Mertens schüttelte unwillig den Kopf: „Langsam, langsam, der Mann muss erst einmal ins Krankenhaus. Ihre Fragen können warten bis er wieder gesund ist!". Trotzdem bohrte der Kommissar weiter: „Wie heißen Sie?". Der Mann antwortete wimmernd: „Kornhaus, Anton Kornhaus". Riemer hob die Augenbrauen: „Sie sind der Vermisste?". Die Antwort verwirrte ihn: „Nein, der bin ich nicht". Der

119

Kommissar fragte unwillig: „Was denn nun? Sind Sie Herr Kornhaus oder nicht?". Worauf der Dicke verzweifelt antwortete: „Ich heiße Kornhaus, aber ich bin es nicht. Siebert hat mir meinen Körper gestohlen!". Die Pathologin unterbrach rigoros die Befragung: „Schluss jetzt. Der Krankenwagen ist da!".

Am Morgen rollte ein Polizeifahrzeug mit Berliner Kennzeichen über das Pflaster der Kleinstadt. Man überstellte den falschen Siebert samt seinem grauen Sommermantel an das zuständige Kommissariat. Der dickliche Beamte, der ihn sofort verhörte, schien völlig übernächtigt zu sein. Nach ungefähr sieben Stunden gab der Verdächtige auf. Fünf Minuten später hätte Riemer aufgegeben. Der Ablauf des Verbrechens stellte sich so dar: Siebert und Kornhaus waren Kollegen. Sie forschten auf dem Gebiet der Hirnwellen und Nervenimpulse und das wohl auch in ihrer Freizeit. Während Kornhaus nur der Wasserträger war, hatte der dicke Siebert alle genialen Einfälle. Er war es auch, der ein Gerät entwickelte, das Persönlichkeitsinformationen von Hirn zu Hirn übertragen konnte. Als ihm aber der Arzt mitteilte, dass er nur noch knapp ein Jahr zu leben habe, betäubte er Kornhaus und schlüpfte in seinen Körper, während dessen Seele in den todgeweihten, adipösen Leib übertragen wurde.

Nachdem der dicke Mann aus dem Krankenhaus entlassen worden war, besuchte er den Hausmeister, angeblich um sich für seine Rettung zu bedanken. Er bat um eine Tasse Tee und nutzte den Küchenaufenthalt des Alleinstehenden, um das fremde Wohnzimmer hastig zu durchsuchen. Als der Hausherr mit der Teekanne zurückkam, war ein zufriedenes Lächeln auf dem Gesicht des Dicken zu sehen.

Am nächsten Tag wurde ein Sondergremium ins Leben gerufen, das erforschen sollte, wie die zwei Beteiligten wieder zurück in den jeweils zugehörigen Körper gelangen könnten. Augenscheinlich war das von Siebert entwickelte Gerät beim Erstgebrauch ruiniert worden, doch der Inhaftierte zeigte keinerlei Interesse, das Ding zu reparieren. Schließlich hätte das die Rückkehr in seinen kranken Körper bedeutet. Als endgültig feststand, dass der Tausch nicht mehr rückgängig zu machen war, bat der im verfetteten Körper festsitzende Kornhaus darum, noch einmal mit seinem ehemaligen Kollegen sprechen zu dürfen. In dessen Zelle zückte er dann eine Glock 17 und schoss seinem Gegenüber in die Brust. Bevor der erschrockene Wachmann eingreifen konnte, steckte sich der dicke Mann die rauchende Waffe selbst in den Mund und drückte erneut ab. Er war damit in der Geschichte der Menschheit gewissermaßen der Einzige, der sich zweimal selber erschossen hatte.

Der graue Krieg

Lorna van Bergen war der einzige adulte Normo. Der einzige erwachsene Mensch, der sich weder chirurgisch noch genetisch verändern lassen wollte. Sie wurde daher von allen Seiten als neutral betrachtet und jeder wusste, dass nur sie als Vermittlerin die gewalttätigen Auseinandersetzungen beenden konnte. Aber es kam anders. Wollen Sie wissen warum? Ich werde es Ihnen erzählen.

Es hätte auf Erden so schön sein können, wenn die Menschen endlich einmal mit dem Erreichten zufrieden gewesen wären. Aber nein, es musste ja alles unbedingt immer höher, weiter, schneller, tiefer, schöner, angenehmer und fantastischer werden.

Für jede noch so kleine Arbeit gab es den entsprechenden Roboter und falls jemand eine Maschine haben wollte, die ihm fachgerecht die Popel aus der Nase zog, so konnte er auch diese kaufen. Weniger Betuchte bekamen vom Sozialamt die abgelegten Roboter der Superreichen, die noch voll funktionsfähig waren, aber halt nicht mehr dem Zeitgeschmack entsprachen.

Ein alter Spruch lautet: Wenn es dem Esel zu wohl ist, geht er aufs Eis tanzen. Und den Menschen war es zu wohl.

Es wurde Mode, dass Roboter nicht nur funktional sein mussten, nein, sie sollten auch haargenau so wie Menschen aussehen. Es entstanden völlig neue Industriezweige. Beispielsweise ein Konzern, der menschliche Haut herstellte, mit welcher alle Roboter überzogen werden sollten. Der Trend ging soweit, dass selbst die riesigen Industrieroboter in den gigantischen Fabrikhallen wie monströse Menschen aussahen. Im Endeffekt konnte man normale Roboter nicht mehr von Menschen unterscheiden. Jede Haushaltshilfe hätte genauso gut lebendig sein können. Den Unterschied kannte nur noch der jeweilige Besitzer. Von nun an nannte man die auf Mensch getrimmten Maschinen „Robos". Das Wort klang zwar ähnlich wie „Roboter", fußte aber auf dem spanischen Wort „Robo", zu Deutsch Raub, weil die Maschinen den Menschen das Aussehen gestohlen hatten.

Es dauerte nicht lange, da schwappte die nächste Modewelle an den Strand der Geschichte. Die Menschen fühlten sich körperlich den Robos unterlegen. Also begannen sie, sich chirurgisch verändern zu lassen; Carbonfaser-Kunststoff als Knochen, Stahlseile anstelle von Sehnen,

Servomotoren statt Gelenke. Einige gingen noch weiter und ließen sich Speicherchips ins Gehirn einsetzen. Als manche Eltern ihren Kindern diesen Wahnsinn ebenfalls antun wollten, unterband das die Regierung mit einem Gesetzt. Dieses legte fest, dass man erst ab achtzehn Jahren verändert werden durfte. Alle Unveränderten unterhalb der Altersgrenze wurden ab sofort verächtlich „Normos" genannt, was wohl „normale Menschen" bedeuten sollte. Die Veränderten hingegen nannten sich stolz „Cybos", eine Ableitung von „Cyborg".

Nachdem die Cybos den Robos körperlich in nichts mehr nachstanden, kam ihre Überheblichkeit wieder zurück. Als Krone der Schöpfung wollten sie die rein rationalen Robos nicht mehr um sich haben. Da sie aber aus Bequemlichkeit auf deren Arbeitskraft angewiesen waren, beschlossen sie, den Robos Gefühle einzupflanzen. Das war der Anfang vom Ende, denn die Robos entwickelten Selbstbewusstsein. Sie erkannten, dass sie geistig und körperlich den Cybos glichen und fingen an zu rebellieren. Wieso sollten Robos die gesamte Arbeit verrichten, während die Cybos keinen Finger krumm machten? Es kam vereinzelt zu Streiks. Das wiederum wollten sich die Cybos nicht gefallen lassen. Eines Morgens lag ein brutal zerstörter Robo auf der Straße. Dann machte dieses Beispiel Schule und es gab keinen Morgen, an dem nicht zumindest drei kaputte Robos gefunden wurden. Gar nicht lange, dann schlugen die Robos zurück. Jetzt fand man zwischen den vernichteten Robos auch Leichen von Cybos. Es war ein regelrechter Rachefeldzug. Da sich aber keine Armeen gegenüberstanden und die Übergriffe stets nachts auf den Straßen vor sich gingen, nannte man das Ganze den „grauen Krieg".

Nachdem Robos und Cybos massive Verluste beklagen mussten, wurde auf beiden Seiten der Ruf nach Beendigung des Grauens laut. Und hier kam nun Lorna van Bergen ins Spiel.

Weder Cybos noch Robos griffen Normos an, da diese als neutral und unbeteiligt galten. Lorna konnte sich also nachts unbehelligt durch die Straßen bewegen, weil man erkennen konnte, dass sie bisher nicht verändert worden war. Sie hatte sich auch bereits mutig zwischen Robos und Cybos gestellt, um diese am kämpfen zu hindern. Das sprach sich herum und so benannten beide Seiten Lorna als Vermittlerin. Bevor es aber zum ersten Gespräch kam, hatte Lorna einen Unfall. Sie war passionierte Bergsteigerin und stolz darauf, ohne körperliche Verbesserungen die Berge bezwingen zu können. Doch dann passierte ihr, was anderen Bergsteigern auch schon passiert war: Lorna rutschte ab und stürzte in die Tiefe. Ihr linkes Bein wurde eingeklemmt und sie konnte sich nicht selbst befreien. Als man sie fand, war es für das Bein schon zu spät und es musste abgenommen werden. Lorna bekam eine Prothese aus Titan. Das hielt sie aber nicht ab, nachts auf die Straße zu gehen, um Auseinandersetzungen zu verhindern. Als jedoch ein Robo aufgrund der Prothese Lorna für einen Cybo hielt, setzte er ihrem Leben mit zwei kurzen Schlägen ein Ende.

So behielt die Geschichtsschreibung wieder einmal Recht: Ein Einzelner kann eine Gesellschaft nicht umkrempeln. Aber er kann ein Zeichen setzten. Als sich Lornas Schicksal herumsprach, fassten mehrere Normos den festen Entschluss, sich später doch nicht verändern zu lassen.

Schlaf schön

Die meisten Familien singen ihre Kleinsten in den Schlaf. Habe ich mir jedenfalls sagen lassen. Als unsere Söhne noch recht klein waren, zelebrierten wir das selbstverständlich auch. Meine Frau war Kindergärtnerin und kannte berufsbedingt einen bunten Strauß der himmlischsten Wiegenlieder. Ich Stoffel kannte natürlich keins.

Solange mich die Knirpse nur mit großen Augen anblickten und keine Ahnung hatten, was ich da so von mir gab, rettete ich mich, indem ich auf bekannte Melodien eigene Texte improvisierte. Nur mal ein kleines Beispiel meiner Wortkunst:

Schlaf, Kindlein schlaf!
Du bist ein dummes Schaf.
Schlaf ein du blöder Wiedehopf,
sonst hau ich dir was übern Kopf.
Schlaf, Kindlein schlaf!

Meine Frau wusste nicht, ob sie lachen oder schimpfen sollte. Als dann die Kinder etwas größer waren und die Gefahr bestand, dass sie einiges aus meinen Dichtungen verstehen könnten, wechselte ich notgedrungen von der Musik zur Prosa.

Ein Buch mit Gute-Nacht-Geschichten bildete die Grundlage. Aber bald kannten meine Infanten die Texte in- und auswendig. Speziell mein Jüngster schüttelte bei jeder Erzählung, die ich vorschlug, energisch den Kopf.

Was blieb mir übrig, als selbst eine Geschichte zu erfinden. Bei jedem Wort, das ich aussprach, betete ich im Stillen zum Gott der Fantasie, dass mir weitere Wörter einfallen mögen. Und seltsamerweise war es diese erfundene Story, die mein Kleiner immer und immer wieder zu hören verlangte. Falls Sie vielleicht ihrem Kind auch diese „Gute Nacht Geschichte" erzählen wollen, hier ist sie:

Die Abenteuer der kleinen Erbse

Du hast doch schon mal Erbsen gesehen. Die wachsen in einer Schote. Das ist so ein längliches Ding und hinten ist es spitz. Die Erbsen liegen darin in einer Reihe, und weil in der Spitze ganz wenig Platz ist, ist auch die letzte Erbse ganz klein. Wenn die Menschen die Erbsen ernten, dann wird so eine Schote geöffnet und die Erbsen herausgeholt. Eines Tages fiel dabei so eine ganz kleine Erbse auf den Boden und kullerte weg. Weil sie aber so klein war, kümmerte sich keiner darum. Die kleine Erbse kullerte bis zum Feldrand und blieb auf dem Feldweg liegen. „Nanu, warum bleibe ich hier liegen?", fragte sich die kleine Erbse, „Das ist doch langweilig. Wer kullern kann sollte nicht einfach faul herumliegen". Das hörte der Wind. Er plusterte seine Wangen auf und blies die Erbse den Feldweg entlang, und immer weiter, bis sie auf eine breite Straße kam und gegen eine Bordsteinkante stieß. „Au!", rief die Kleine, „Kannst du nicht aufpassen?". Der Bordstein räusperte sich: „Ich kann nicht zur Seite gehen. Ich bin ein Bordstein und starr in der Erde befestigt". „Aber du kannst mir wenigstens einen Schubs geben, damit ich weiter rollen kann!", bat das Erbslein. „Nein, das kann ich nicht". „Und wofür bist du dann gut?", fragte die Erbse enttäuscht. „Ich halte Wasser und Dreck vom Gehweg fern, damit die Menschen durch die Stadt gehen können ohne die Schuhe zu beschmutzen. Aber schau mal nach oben!". Die Erbse schaute und sah dicke, schwarze Wolken. „Es wird gleich regnen", sagte der Bordstein, „dann wird dich das Wasser wegschwemmen". Und so kam es. Das Regenwasser sammelte sich vor der Bordsteinkante und trug die kleine Erbse davon. „Juhu!", rief sie, „Ich kann schwimmen!". Aber dann hörte es auf zu regnen, das Wasser versickerte und unsere Erbse blieb wieder unbeweglich auf der Erde liegen. „So ein Mist!", schimpfte sie laut, „Ich will weiter!". Da hörte sie hinter sich eine Stimme: „Mach nicht solch einen Lärm! Andere Leute wollen ihre Ruhe haben". Es war eine kleine, runde, glänzende Münze. „Wer bist denn du?", fragte die Erbse. „Geld", kam die maulfaule Antwort. „Und wozu bist du gut?". „Na ja", sagte die Münze stolz, „wenn Menschen etwas kaufen wollen, dann müssen sie bezahlen, und zwar mit Geld". „Bitte schubse mich ein wenig an, damit ich weiterkomme!", bettelte die kleine Erbse. „Eine Münze schubst nicht", war die Antwort. In diesem Moment kam ein kleines Mädchen vorbei. Sie sah die Münze und die Erbse auf dem Boden liegen, hob beide auf und verstaute sie in ihrer kleinen Umhängetasche. „Hilfe!", rief die kleine Erbse ängstlich. „Hilfe, hier ist es ganz dunkel!". „Na klar ist es dunkel", sagte die Tasche mit tiefer Stimme, „du bist ja auch mitten in einer Tasche". „Und wozu ist so eine Tasche gut?", wollte die Erbse wissen. „Da können Menschen ihr Frühstücksbrot und ihr Obst hineinpacken, damit sie nicht immer alles in der Hand tragen müssen". „Aber da unten sehe ich ein Loch", bemerkte naseweiß das Erbslein. Die Tasche sagte verärgert: „Mach dir mal keine Gedanken. Das wird der Vater von dem kleinen Mädchen heute Abend schon reparieren". „Solange kann ich nicht warten", rief die Erbse und zwängte sich durch das Loch ins Freie. Sie fiel auf den Boden und weil es dort zufällig bergab ging, kullerte sie zu ihrer großen Freude ganz schnell davon. Als sie an einem Hund vorbeikam, bellte der sie forsch an: „Halt! Stehen bleiben! Wuff!". „Kann nicht!" rief die Kullererbse. Der Hund sprang neben ihr her und fragte. „Wie heißt du?". „Ich glaube, ich heiße Erbse. Und wer bist du?". „Ich bin Hektor, der Hund!". Die Erbse wurde ein ganz klein wenig langsamer. „Und wofür bist du gut?", erkundigte sie sich. „Ich bewache unser Haus. Wenn ein böser Dieb kommt, dann belle ich ganz laut". Die Erbse kullerte auf einen Zaun zu. Sie konnte gerade noch rechtzeitig nach rechts ausweichen und rollte zwischen zwei Zaunlatten hindurch in einen Garten. Vor einer Blume kam sie zum Stehen. Die Blume rief erschrocken: „Hallo!". „Hallo!", sagte auch die Erbse und fragte keck: „Und wer bist jetzt du?". „Na, hast du noch nie eine Blume gesehen?", wunderte sich diese. „Nein", erwiderte die Erbse, „und wofür bist du gut?". Die Blume schmunzelte: „Ich sehe schön aus. Die Menschen freuen sich, wenn sie mich anblicken. Schau nur, was für hübsche Blütenblätter ich habe!". „Äh", die kleine Erbse zögerte ein wenig, „kannst du mir vielleicht einen Schubs geben? Nur einen ganz kleinen, damit ich weiterkullern kann". „Oh nein", antwortete die Blume, „wir Blumen können so etwas leider nicht. Aber schau mal, es wird schon ganz dunkel. Alle gehen jetzt schlafen. Und ich auch. Du solltest auch schlafen gehen". Sie klappte ihre Blütenblätter zusammen und sagte kein Wort mehr. Die Bäume ließen ihre Äste hängen und schliefen ein, die Vögel hörten auf zu singen und schliefen ebenfalls ein. „Na gut!", meinte die Erbse, „dann schlafe ich eben auch. Schließlich habe ich heute viel erlebt". Sie kuschelte sich in die warme Erde, schloss ihre Augen und schlief ganz tief ein.

Und nun mein Schatz, schlaf schön!

P38

Nach dem Tod seines Vaters verfügte Björn über ein ansehnliches Vermögen. Trotzdem wusste keiner etwas Genaues über seinen pekuniären Hintergrund. Er ging regelmäßig arbeiten und im Haus werkelte er ebenso ambitioniert wie alle anderen Heimwerker. Aktuell hob er im hinteren Teil des geerbten Gartens die Grube für einen Swimmingpool aus.

Seine Spitzhacke fraß sich in den weichen Boden. Die Arbeit war bei diesem Untergrund nicht besonders anstrengend. Wenn der Pool erst einmal fertig war, wollte Björn jeden Tag baden. Möglicherweise auch nachts. Und nackt. Vielleicht sogar in Begleitung.

Plötzlich vernahm er einen metallischen Laut. Er legte die Hacke hinter sich und buddelte mit schnellen Handbewegungen das Erdreich beiseite. Dann hielt er einen alten, verbeulten Blechkasten in den Händen, der teilweise von einer roten Emailschicht überzogen war. Irgendeine Keks-Reklame. Nach dem Öffnen präsentierten sich seinen Augen ein Klumpen öliger Lappen und eine kleinere Blechdose. Der Inhalt dieser Dose bestand zu Björns Erstaunen aus gut erhaltenen Patronen. Mit einer klaren Vorahnung untersuchte er die Lappen. Natürlich, da kam eine Pistole zum Vorschein. Schwarz glänzend mit braunem Griff, völlig unversehrt, ohne den geringsten Kratzer. Nach kurzem Besinnen war ihm klar, dass er die Pistole nicht zur Polizei bringen würde. Erstens glaubten die garantiert nicht, dass er sie hier gefunden hatte und zweitens, na ja, wer besaß schon heimlich eine Waffe. Mit zittrigen Händen packte Björn seinen Fund zusammen und blickte sich mehrmals um. Als er der Meinung war, keiner hätte ihn gesehen, machte er sich zügig auf den Heimweg.

Björn kannte sich eigentlich mit Pistolen aus. Er hatte während der Armeezeit mehrmals mit verschiedenen Fabrikaten geschossen. Dieses Modell hier ähnelte der P1 aus Bundeswehrbeständen. Zunächst aber musste er das Ding verstecken. Das Schränkchen, auf dem das Fernsehgerät stand, besaß ganz unten eine Zierleiste, die sich sehr leicht entfernen ließ. Dahinter passten genau die Patronen und die Pistole. Die große Blechbüchse samt Lappen trug er gleich zur Mülltonne.

Die nächsten drei Tage holte er die Pistole mehrmals zum Ansehen und Befühlen hervor, um sie dann erneut unter dem Schränkchen zu verbergen. Schließlich aber fingerte er das Magazin aus dem Griff. Es war leer. Er zog den Schlitten der Waffe zurück. Die Kammer war erwartungsgemäß ebenfalls leer. Zögernd fischte seine Hand nach der Patronenschachtel. Die Patronen ließen sich ganz leicht in das achtschüssige Magazin laden und dieses verschwand wie von selbst in der Grifföffnung. Björn legte die Pistole neben seinen Computer und begann im Internet nach Bildern zu suchen, die seinen Fund abbildeten. Es war eine Walther P38 aus dem zweiten Weltkrieg.

Am nächsten Tag, nach dem Abendessen, schob Björn die Waffe in den rückwärtigen Hosenbund. Dann zog er sein Jackett darüber. Wie er sich vor dem Spiegel auch drehte und wendete, die Pistole war nicht zu erkennen. Mit einem mulmigen Gefühl trat er auf die Straße. Aber mit jedem Schritt fühlte er sich besser und mächtiger. Am liebsten hätte er laut gerufen: Schaut her, hier läuft ein gefährlich bewaffneter Mann.

Durch die Pistole änderte sich seine Persönlichkeit. Er wurde selbstbewusster, hielt sich viel aufrechter, ließ sich

130

in Wortgefechte ein, die er früher immer vermieden hatte und blickte auch manchmal von oben herab auf Leute, die seiner Meinung nach nicht ganz so intelligent waren wie er. Komischerweise schienen ihn jetzt auch die Frauen mehr zu beachten. So lernte er Ina kennen. Schon am ersten Abend nahm er sie mit in seine Wohnung. Sie blieb nicht nur diese eine Nacht. Kollegen und Freunden war klar, die beiden würden heiraten. Seit jener Zeit blieb die Pistole unbeachtet unter dem Fernsehschrank liegen. Björn brauchte sie nicht mehr.

Bei einem Schaufensterbummel an einem besonders heißen Tag, näherte sich den beiden eine junge Frau. Sie schob einen dieser modernen Kinderwagen vor sich her. Ina begrüßte sie mit großem Hallo. Es war eine ehemalige Studienkollegin, Gabi. Als sie sich die Hand gaben, sah Björn in tiefblaue, fast violette Augen. Ihm schien, als würde er darin versinken. Eine kastanienbraune Löwenmähne umrandete ihr hübsches Gesicht. Björn konnte einen ganz leichten Schweißgeruch wahrnehmen. Sie war die erste Frau, deren Geruch ihm angenehmer als Parfüm in die Nase stieg.

Die beiden Frauen verabredeten, dass man sich gegenseitig besuchen werde. Abends, wenn der Kleine schlief. Nach der Verabschiedung hörte Björn seine Ina zwar noch reden, aber er nahm nicht mehr war, was sie eigentlich sagte.

Es kam tatsächlich zu mehreren Besuchen. Gabis Mann, Roland, arbeitete als Redakteur beim Fernsehen und war ein äußerst patenter Kumpel. Umso mehr störte es Björn, dass er dessen Frau begehrte. Auch das Verhältnis zu Ina litt darunter. So kam es wie es kommen musste. Eines Tages war Ina weg. Ausgezogen. Die Hälfte der Möbel hatte sie auch mitgenommen, glücklicherweise nicht den Fernsehschrank. Björn ging in die nächstgelegene Kneipe und ließ sich vollaufen. Auf dem Heimweg torkelte er ausgerechnet Roland in die Arme, der ihn erstmal sicher ins Bett brachte. Am Abend darauf erzählte Roland seiner Gattin die Geschichte. Beide waren sich einig, man müsse sich um den armen Björn kümmern. Doch dieser kündigte am nächsten Tag fristlos seine Arbeit und begab sich auf eine lange Weltreise. Nach einiger Zeit dachte in dem kleinen Städtchen niemand mehr an Björn. Und so bemerkte ihn auch keiner, als er wieder da war.

Nachdem Björn die Wohnung gründlich entstaubt hatte, wusste er nicht recht, was er mit sich anfangen sollte. Zwar war noch genug von der Erbschaft übrig, aber er beschloss etwas zu tun, damit ihm nicht die Decke auf den Kopf fiele. In dem Supermarkt seines Wohnviertels fand er schließlich eine Beschäftigung: Regale einräumen. Dort entdeckte ihn eines Tages wie es der Zufall will, Gabis Mann. Nach einer enthusiastischen Begrüßung wurde Roland kurz nachdenklich. Dann lud er Björn zu sich ein. Am Samstag, zwanzig Uhr. Er habe etwas Wichtiges mit ihm zu besprechen.

Eine Viertelstunde vor dem vereinbarten Termin drückte Björn unsicher seinen Zeigefinger auf den Klingelknopf. Gabi öffnete. Sie trug ein geblümtes Sommerkleid, das ganz geschickt bestimmte Stellen ihrer berauschenden Haut frei gab. Als sie vor ihm durch den Flur ging, konnte Björn kein Auge von ihrem leicht schwingenden Becken lassen.

Roland begrüßte ihn mit Handschlag und einem Glas eigens für Björn organisierten Whisky. Dann kam er ohne Umschweife zur Sache. Er sei im letzten Jahr impotent geworden. Da sich Gabi aber nicht von ihm trennen wolle, würden beide jetzt einen Mann suchen, der im Bett den Vorgang übernähme, welcher bisher Roland zugefallen war. Mehrere Männer hätte Gabi bereits abgelehnt, aber mit ihm wäre sie einverstanden.

Björn fühlte sich wie ein Wassertropfen, der auf einer heißen Herdplatte tanzt, um sich danach in ein wenig Dampf aufzulösen. Gabi legte ihre Hand über seine, nickte ihm aufmunternd zu, stand auf und verschwand im Schlafzimmer. Björn saß wie angenagelt auf dem Sessel und hörte das Blut in seinen Ohren rauschen. Ungeduldig zeigte Roland mit seiner Linken auf die Schlafzimmertür, während er mit der Rechten eine scheuchende Bewegung machte, als hätte er ein Huhn vor sich. Björn stand langsam auf und ging ins Schlafzimmer. Gabi saß auf der Kante eines großen Ehebettes, nur in BH und Slip. Daneben stand ein mannshoher Spiegel mit vergoldetem Rahmen, welcher die leicht bekleidete Frau widerspiegelte. Doppelter Genuss. Björn war endlich am Ziel aller Wünsche angekommen. Mit einem Gefühl von Schwerelosigkeit knöpfte er sein Oberhemd auf. Gabis Augen schienen ihm förmlich dabei zu helfen. Als er seine Gürtelschnalle öffnete, erklang plötzlich ein seltsames Geräusch. Der große Spiegel schwang zur Seite und dahinter stand ein Mann mit einer Fernsehkamera. Fast gleichzeitig öffnete sich der Kleiderschrank. Heraus stolperte eine junge Frau mit Kopfhörern und einem Mikrofon in der Hand. Hinter Björn betrat Roland den Raum und rief lauthals: „Herzlich willkommen in der Fernsehsendung ‚Versteckte Kamera'!". Alle klatschten wie blöd in die Hände und lachten. Am lautesten Gabi. Björn lachte mit. Nachdem alle noch ein Bier geleert hatten, machte sich Björn auf den Heimweg. Es regnete. Er merkte es nicht. In seiner Wohnung angekommen, griff er unter den Fernsehschrank, setzte die P38 an die Schläfe und drückte ab.

Die Geschwister

Bevor man mich in den Vorruhestand schickte, war ich Ermittler in einer Sondereinheit. Wir befassten uns mit Delikten, die an Kindern oder von Kindern begangen wurden.

An meinen letzten Fall erinnere ich mich besonders gut. Und das nicht nur, weil es eine ungewöhnliche Tat war. Ich hatte dabei nämlich das Gefühl, je tiefer ich bohrte, desto unbequemer wurde ich manchen Leuten. Urplötzlich war unsere Abteilung aufgrund zurückgehender Kriminalität überbesetzt. Man müsse auf sozialverträgliche Art und Weise einige Stellen abbauen. Im Gegensatz zu jüngeren Kollegen, waren meine Kinder schon erwachsen und so wurde ich „sozialverträglich" in Frührente geschickt, seltsamerweise als Einziger. Soll mir egal sein. Man bezahlt mir die volle Pension.

Um auf den Fall zurückzukommen, es handelte sich um ein Geschwisterpaar. Man warf ihnen vor, eine alte Frau brutal umgebracht zu haben. Die treibende Kraft war dabei die ältere Schwester. Ihr Name war Margarete und der Junge hieß Johannes. Unsere Einheit, also in diesem Falle ich, sollte nun den genauen Hergang der Tat rekonstruieren und ermitteln, ob die beiden überhaupt schuldfähig waren.

Wenn sie mich fragen, so hatte die Übeltat ihren Ursprung im Elternhaus. Besser gesagt, im sozialen Umfeld. Ich will damit die Sache nicht gutheißen, aber es erklärt einiges. Die Eltern waren so etwas wie Außenseiter. Sie bewohnten mit den Kindern ein verwahrlostes Haus am Waldrand. Die hygienischen Bedingungen waren haarsträubend; keine Dusche, keine Badewanne, nicht einmal fließendes Wasser. Die Mutter hatte noch nie in ihrem Leben gearbeitet und der Vater musste die Familie dadurch ernähren, dass er in einem kleinen Waldstück, welches er von seinem Vater geerbt hatte, Bäume umschlug und deren Holz verkaufte. Im Zeitalter der industriellen Holzernte und dem damit verbundenen Preisverfall, war das keine besonders gute Idee. Da beide Eltern aber nicht gerade intelligent waren und absolut nichts mit Behörden zu tun haben wollten, bekamen sie auch keine Sozialhilfe. Es dauerte also nicht sehr lange und die Familie hatte kaum noch etwas zu essen.

Ein normaler Mensch wäre jetzt vielleicht betteln gegangen oder hätte Nahrung gestohlen, aber nicht so die Eltern unserer Tatverdächtigen. Damit zwei Mäuler weniger zu stopfen waren, beschlossen sie eines Abends, ihre Kinder im Wald auszusetzen. Wie krank ist das denn? Ich bekomme schon einen Koller, wenn jemand seinen Hund aussetzt. Aber Kinder? Kein Wunder, dass sich aus derart vernachlässigten Seelen im Endeffekt Verbrecher entwickeln.

Tatsächlich nahm der Vater die Geschwister am nächsten Tag mit in seinen Wald. Dort angekommen, musste er angeblich urinieren. Er verschwand hinter einem Gebüsch und tauchte bis zum Abend nicht mehr auf. Indes hatte er nicht mit dem Orientierungssinn von Johannes gerechnet. Der führte nämlich seine ältere Schwester in der Dunkelheit heim.

Als die Kinder zuhause ankamen, heuchelten die verlogenen Eltern Freude. Man habe sie schon den ganzen Tag gesucht, warum sie denn fortgelaufen wären und so weiter und so fort. Dann mussten die Geschwister ohne Essen ins Bett.

Ich frage mich bis heute, ob nicht das Jugendamt von den Verhältnissen in der Familie gewusst hat. Aber bevor ich

135

diese Behörde kontaktieren konnte, war ich bereits auf das Altenteil abgeschoben worden.

Und jetzt kommt das Allergrößte. Die niederträchtigen Eltern beschlossen erneut, ihre Kinder auszusetzen. Diesmal sollte der Vater mit den beiden viel, viel tiefer in den Wald gehen. Und das tat dieser Rohling dann auch. Die Bemerkung von Margarete, dass dies doch gar nicht mehr der elterliche Wald sei, überhörte der Mann. Dann befahl er den Kindern ein paar Pilze zu suchen, obwohl es Winter war und zu dieser Jahreszeit kaum essbare Pilze wuchsen. Er selbst gab vor, das Gleiche zu tun und entfernte sich dabei immer weiter von den Kindern. Als sich diese umblickten, waren sie unversehens allein auf weiter Flur.

Diesmal half kein Orientierungssinn, die beiden verliefen sich. Als sie den ganzen Tag frierend und ohne etwas zu essen oder zu trinken gewandert waren, erspähten sie durch das Unterholz ein Häuschen. Was sie nicht wussten, dort wohnte eine alte, verbitterte Frau. Sie kannte sich gut mit allerlei Kräutern aus, war aber, verzeihen sie mir bitte den Ausdruck, stinkhässlich. Die Frau besaß dessen ungeachtet einen Sohn. Diesen hatte ihr aber das Jugendamt weggenommen, weil ihre Erziehungsmethoden, gelinde gesagt, brutal waren. Einmal schlug sie ihn mit brennenden Holzscheiten, ein anderes Mal sperrte sie das Kind mehrere Tage in eine vergitterte Vogelvoliere. Vögel waren da freilich nicht mehr drin, aber überall lag noch die Kacke herum.

Die inzwischen klapprige Alte besaß einen großen, antiken, aber wunderschönen Backofen. Als Margarete und Johannes dort eintrafen, hatte sie gerade ihr Weihnachtsgebäck aus dem Ofen geholt, in eine große Schüssel verfrachtet und zum Abkühlen vor die Tür gestellt. Pfefferkuchen, Vanillekipfel und Zimtsterne lagen friedlich neben einem kleinen Lebkuchenhaus. Alles duftete verführerisch durch den Wald. Den Kindern schien es in ihrem Hungerwahn, als wäre die gesamte Hütte der alten Frau aus Naschwerk gebaut. An der Schüssel angekommen, schlugen sie sich, ohne jemanden zu fragen, den Bauch voll. Als Johannes in das Lebkuchenhäuschen biss, trat die Alte aus der Tür und fragte aufgebracht, wer zum Teufel hier an ihrem Häuschen knuspere. Wären die beiden jetzt weggelaufen, dann hätten sie laut Strafgesetzbuch § 248a höchstwahrscheinlich keinerlei Strafe befürchten müssen. Aber das Mädchen kam auf die Idee, die alte, scheinbar wehrlose Frau, auszunehmen wie eine Weihnachtsgans. Solche alten Leute hatten doch bestimmt im Laufe des Lebens einiges an materiellen Werten angehäuft. Scheinheilig bot sie deshalb der Alten an, dass sie und ihr Bruder unentgeltlich im Haushalt helfen würden. Aufräumen, Putzen, Holzhacken, Kochen und Ähnliches. Die Grauhaarige sah einerseits ein bequemes Leben vor sich, andererseits bekäme sie unerwarteten Ersatz für ihr eigenes Kind und so stimmte sie zu.

Schon am ersten Tag kam es zur Konfrontation. Johannes hatte angeblich nicht genug Brennholz gespalten. Und obwohl er völlig erschöpft war, sperrte ihn die Alte in die Voliere. Margarete durchsuchte inzwischen das Haus auf Wertgegenstände, fand aber nichts. Am nächsten Tag ersuchte der Junge seine Schwester, man möge zusammen abhauen. Aber sie vertröstete ihn, er solle noch so lange durchhalten, bis sie etwas Wertvolles gefunden habe.

Als die Frau einmal im Wald unterwegs war, spürte das Mädchen unter einem Haufen ungeordneter Wäsche eine Kassette mit einem Batzen Geld auf. Es war wirklich richtig viel Geld, aber so richtig viel. Just in dem Moment kam die Alte zurück. Margarete konnte gerade noch unbemerkt die Geldkassette beiseite legen. Ihr wurde befohlen, den Backofen einzuheizen, da neues Brot gebacken werden müsse. Das Mädchen legte besonders viel Holz auf. Als es lichterloh brannte, schlich sie sich heimlich von hinten an die gebrechliche Frau heran, überwältigte sie, stieß sie unter Aufbietung aller Kräfte in den heißen Backofen und verriegelte die eiserne Ofentür. Die Alte schrie noch eine Weile, dann war es still. Margarete holte sich die Kassette, stopfte sich minutenlang das Geld in ihre Kleider und befreite anschließend ihren Bruder. Dann machten sich die zwei auf den Weg, immer der Nase nach. Sie hatten Glück und landeten in einer kleinen Stadt. Dort kauften sie sich zwei Fahrkarten sowie eine Limonade und fuhren mit der Regionalbahn in ihre Heimatstadt.

Ich sage Ihnen, wenn ich in so einer Situation gewesen wäre, hätten meine Eltern nur noch einen Kondensstreifen von mir gesehen. Die beiden aber trabten wacker zurück in ihr Elternhaus. Und jetzt kommt das Seltsame.

Ich ermittelte damals gegen die zwei, insbesondere gegen Margarete, wegen Totschlags nach § 212 StGB und wegen besonders schwerem Diebstahl nach § 243 StGB. Irgendwann sah ich dann zufällig den Vater von Margarete und Johannes im Büro meines Chefs. Kurz darauf erhielt ich die strikte Anweisung, den Fall nicht weiter zu verfolgen. Am Tag, als man mich in den vorzeitigen Ruhestand versetzte, erschien mein Chef mit einem brandneuen, schweineteuren Sportwagen zur Arbeit. Aber was soll's. Man bezahlt mir ja schließlich die volle Pension.

Die Farbe Rot

Sybille war ein Frühchen. Sie wollte bereits nach 30 Wochen den Schutz des mütterlichen Körpers verlassen. Völlig lebensuntüchtig kam das 1000 Gramm schwere Etwas in einen Säuglingsinkubator. Zunächst wollten ihre Nieren keinen Urin erzeugen und es bestand die Gefahr einer Hyperkaliämie, aber das bekamen die Ärzte in den Griff. Nur ihre Augen stellten ein Problem dar. Trotz der Injektion von VEGF-Blockern gab es keine Besserung. Und während man über eine Laser-Operation nachdachte, schlug das Schicksal endgültig zu. In einer nahegelegenen Baustelle verbiss sich die Schaufel eines großen Baggers in ein dickes Hauptstromkabel. Es hätte laut Lageplan sieben Meter weiter rechts liegen sollen. Ein Lichtbogen ließ die Zähne der Baggerschaufel abschmelzen, während kurz darauf im Umspannwerk alle Leistungsschalter mit einem Ächzen den Strom vom Netz nahmen. Aber das Notstromaggregat des Krankenhauses hatte keine Lust für die Unfähigkeit anderer einzustehen; es sprang einfach nicht an. Als der schwitzende Techniker endlich den Fehler beseitigte, stand aufgrund des ausgefallenen Inkubators fest, Sybille würde wegen des Sauerstoffmangels nie in ihrem Leben die Welt mit eigenen Augen wahrnehmen können.

Die Eltern versuchten, soweit das eben möglich war, Sybille so zu erziehen, als hätte sie keine Behinderung. Vermutlich war das auch der Grund, aus dem sie absolut locker mit ihrer Blindheit umging. Als sie achtzehn Jahre alt wurde, zog sie aus. Sie wollte auf eigenen Füßen stehen. Sybille hatte sich vorgenommen, das Leben genauso zu meistern wie ein Sehender. Einen Blindenführhund lehnte sie ab, den konnte sie immer noch im Alter beantragen. Unabhängigkeit ging ihr über alles.

Trotz der Behinderung war sie ein fröhlicher Typ. Sehr oft sagte „Billi", wie sie von Freunden und Verwandten genannt wurde, mit einem verschmitzten Unterton: „Nun, das werden wir ja sehen!". Manche Leute verstanden diese Anspielung aber nicht. Und so machte sich Billi mit der Zeit ihre eigene Vorstellung von der anderen Art, den Sehenden. Sie wusste, dass die Verarbeitung von visuellen Eindrücken im Gehirn der Menschen ein ziemlich großes Areal beanspruchte. Dieses, so meinte sie, fehle demnach bei der Intelligenz. Leider schien der Alltag ihr in dieser Beziehung Recht zu geben. Sie konnte Mitleid nicht besonders gut vertragen. Und wenn sie doch einmal einer bedauerte, so sagte sie immer: „Blind sein ist doch toll, wenn es abends dunkel wird, dann brauche kein Licht anzuknipsen und spare so unheimlich viel Strom". Als sie diesen Satz wieder einmal gebrauchte, war die Antwort darauf: „Aber wenn Sie nie Licht einschalten, dann wissen Sie doch gar nicht, ob ihre Lampe intakt oder kaputt ist". Billi konnte sich gerade noch eine passende Entgegnung verkneifen. Aber sie verfügte nicht an allen Tagen über diese Selbstbeherrschung. Als sie vor Kurzem im Park auf ihrer Lieblingsbank saß, setzte sich eine ältere Frau neben sie. Die Dame roch nach Senf. Wahrscheinlich hatte sie beim Kiosk an der Ecke eine Bockwurst verdrückt und sich dabei bekleckert. Als die Frau den weißen Stock sah, fragte sie: „Sind Sie blind?". Billi wollte erst erwidern: „Sind Sie sehend?", beherrschte sich dann aber und sagte geduldig: „Ich blicke auf neunzehn Jahre Blindheit zurück". Die Frau hob den Zeigefinger: „Sehen Sie, dass hab ich mir doch gleich gedacht. Ich sehe so was auf den ersten Blick. Aber wie machen Sie denn das dann mit dem Fernsehen, so als

Blinde?". „Ich habe keinen Fernseher, nur ein Radio". Die Ältere entgegnete: „Dabei gibt's doch jetzt Sender, da übersetzt einer die Nachrichten in Gebärdensprache. Nützt Ihnen das nichts?". An diesem Tag platzte Billi bei soviel Dummheit doch der Kragen: „Und Sie schreiben bestimmt Pisa mit zwei ‚z'". Die Dame sprang empört auf und rief so laut, dass man es bis zum anderen Ende des Parks hören konnte: „Da will man bloß helfen, und dann muss man sich so eine Frechheit gefallen lassen. Die glaubt wohl, sie kann sich alles erlauben, nur weil sie blind ist. Früher hätte es das nicht gegeben!".

Von solchen Ereignissen mal abgesehen, ging Billi gern in den Park. Auf der Bank zu sitzen und sich die laue Luft über das Gesicht streifen zu lassen, brachte ihr innere Ruhe. Es war nicht schwer in den Park zu gelangen, sie musste nur eine einzige Straße überqueren. Diese verfügte dazu noch über eine Verkehrsampel mit akustischem Signal und auf dem Gehweg war ein Blindenleitsystem angebracht. Die Rippenstruktur der Bodenindikatoren war mit dem Stock gut wahrzunehmen und das gab ihr ein sicheres Gefühl. Aber vor zwei Wochen hatte sie sich trotzdem arg erschreckt. Beim Überqueren der Straße brauste urplötzlich ein Motorrad ganz dicht an ihrer Nase vorüber. Sie glaubte zunächst, selbst einen Fehler begangen zu haben, aber das laute Schimpfen der anderen Passanten ließ sie wissen, dass der Biker bei Rot und wohl auch noch mit überhöhter Geschwindigkeit an ihr vorbeigerauscht war.

Ansonsten erfreute sich Billi des Lebens und der kleinen nützlichen Helferlein, die es für Blinde so gab. Beispielsweise liebte sie ihren Milchwächter, eine unscheinbare Porzellanscheibe mit einem flachen Rand, welcher eine kleine Öffnung aufwies. Legte man den Wächter unten in den Milchtopf, dann klapperte er genau in dem

Moment, in welchem die Milch zu kochen begann. Dadurch kam die Milch in Bewegung, konnte nicht über den Rand treten und Billi hörte außerdem, wann sie den Topf vom Herd nehmen musste. Zwar kochte sie ihre Milch nur dann, wenn sie sich nach klassischer Art Kakao zubereiten wollte, freute sich aber doch, so ein Ding zu besitzen. Sehende hatten so etwas in der Regel nicht. Es waren halt manchmal die kleinen Dinge des Lebens, die einem richtig viel Freude bereiteten. Genauso wie ihre taktile Armbanduhr. Man konnte kinderleicht mit den Fingern die Zeiger und die Erhebungen an den Zahlen ertasten. Allerdings hatte sie ein Modell, bei dem ein Sprungdeckel aus Edelstahl über dem Zifferblatt lag, um die Zeiger zu schützen. Das hatte ihr schon mehrmals den Hinweis eingebracht, sie hätte die Uhr mit der Rückseite nach oben am Arm. Typisch Sehende, was sollte man da machen. Am glücklichsten aber war sie über die Tatsache, dass 1825 der blinde Franzose Louis Braille die Blindenschrift verbreitet hatte. Lesen, oder wie sie es nannte, Fingern war ihr liebstes Hobby. Anfangs ärgerte sie sich, dass sie nur etwa 100 Wörter pro Minute erfassen konnte, während Sehende in der gleichen Zeit 250 Wörter lasen. Das besserte sich ein wenig, als sie die Vollschrift erlernt hatte und nicht mehr nur auf Basisschrift angewiesen war. Aber damit wollte sich Billi einfach noch nicht zufrieden geben. Ihr unverwüstlicher Ehrgeiz trieb sie dazu, auch noch die Kurzschrift zu erlernen. Und jetzt konnte sie genauso schnell lesen wie die sehende Art, vielleicht sogar schneller.
Um sich im Alltag zu testen, stellte sich Billi immer wieder die verschiedensten Aufgaben. Zum Beispiel das Einkaufen im Supermarkt. Aber kaum hatte sie sich die Positionen der einzelnen Erzeugnisse eingeprägt, waren diese Artikel bereits am nächsten Tag an eine andere

Stelle geräumt worden. Dann brauchte sie Hilfe. Billi hob einfach den Kopf ein wenig und sagte laut: „Entschuldigung?". Und schon hörte sie von mehreren Seiten: „Kann ich Ihnen helfen?". Es kam aber auch vor, dass eine Frau sehr ungehalten reagierte, als Billi die verschiedenen Lebensmittel in den Regalen betastete. Von wegen Hygiene und so. Deshalb waren ihr die Bäckerei und der Metzger im Vorraum des Marktes wesentlich sympathischer. Hier waren freundliche Verkäuferinnen am Werk und man bekam den Einkauf fachgerecht verpackt in die Hand gedrückt.

Manchmal stieg sie auch einfach in einen der städtischen Busse, ganz ohne Ziel. Dann zählte sie die Haltestellen, stieg aus wenn ihr danach war und suchte auf der anderen Seite der Straße nach einer Bushaltestelle, von der aus sie zurück fahren konnte. Da aber die Busse von der gleichen Haltestelle aus meist verschiedene Stadtteile anfuhren, landete Billi oft an völlig unbekannten Plätzen. Das machte ihr Spaß, denn so lernte sie auch Bereiche der Stadt kennen, die sie sonst normalerweise nicht besucht hätte. Falls sie gar nicht mehr wusste wo sie war, fragte sie einen Passanten nach dem Straßennamen und rief mit ihrem Handy die Taxizentrale an. Von überall wieder nach hause zu können, das war für sie Freiheit, Unabhängigkeit.

Natürlich hatte sie den Begriff ‚Farbe' schon oft gehört. Und sie kannte auch die verschiedensten Farbnamen wie beispielsweise Taubenblau, Grasgrün oder Kastanienbraun. Außerdem besaß sie ein „FaMe". Das Gerät war rund zehn Zentimeter groß, erkannte Farben und mit dem Druck auf die linke der beiden vorhandenen Tasten, erfolgte die akustische Farbansage. Aber eine Sache ging ihr dabei einfach nicht aus dem Kopf. Viele der Sehenden verbanden die Farbe Rot mit der Liebe. Was musste das für eine gewaltige Farbe sein. Sie nahm sich vor, nur einen Mann zu heiraten, der ihr dieses geheimnisvolle Rot nahe bringen konnte. Aber an eine Heirat war bis dato sowieso nicht zu denken. Sie hatte ja nicht einmal einen Freund.

Es gehörte zu Billis Gewohnheiten, einmal im Monat das Straßencafé in der Stadtmitte aufzusuchen. Meistens nachmittags. Dann waren ein Mineralwasser und ein Croissant fällig. Aber ein Buttercroissant. Das war nicht gebogen wie die, welche mit Margarine gefertigt wurden, denn jeder Bäcker, der auf Tradition hielt, formte Buttercroissants nur zu einer geraden Rolle. An dem Tag, als sie William kennenlernte, hatte sie unter einem der großen Sonnenschirme des Cafés einen Platz ergattert. Eine freundliche Frau hatte auf ihre vorsichtigen Versuche einen unbesetzten Stuhl zu finden reagiert und sie an einen leeren Tisch geleitet. Mineralwasser gab es nur in Flaschen und die Kellnerin stellte stets ein leeres Glas daneben, ohne einzuschenken. Nun, das war auch kein Problem. Billi legte die Spitze des linken Zeigefingers an den inneren Glasrand und konnte so erfühlen, wann das Glas voll war. Plötzlich vernahm sie die verärgerte Stimme einer Frau vom Nachbartisch: „Schämen Sie sich nicht? Das ist doch unhygienisch. Sie wollen doch bestimmt auch nicht, dass der Kellner den Daumen in die Suppe legt. Ich mag nicht, dass sich mein Sohn so was ansehen muss!". Noch bevor sich Billi darüber schlüssig war, ob sie überhaupt darauf reagieren sollte, hörte sie die Stimme eines jungen Mannes, der ziemlich laut sagte: „Dann sollten Sie vielleicht der Frau mal helfen und ihr das Glas füllen. Oder ihr dicker Sohn sollte das tun. Sehen Sie nicht, dass sie blind ist?". Und mehr zu sich selbst: „Das nennt man nun Nächstenliebe". Der Mann näherte sich Billis Tisch. An seiner Stimme war zu er-

kennen, dass er wahrscheinlich im gleichen Alter war wie sie. Er beugte sich ein klein wenig zu ihr hinunter und sagte mit einem Seitenblick auf die Schimpfende: „Ich bitte Sie für die Äußerung der Frau um Verzeihung!". Dann passierten zwei Dinge gleichzeitig. Billi sagte patzig: „Ich kann mich um mich selbst kümmern!" und genau in diesem Moment warf die Frau vom Nachbartisch ihren Eisbecher in Richtung des Mannes. Das voraus fliegende Vanilleeis verfehlte das Ziel nur knapp und landete klatschend auf dem Boden. Die schwere Glasschale aber torkelte aus der Bahn und traf punktgenau Billis Stirn. Nach einer knappen Sekunde entfaltete sich dort eine süße, kleine Beule. Der junge Mann rief Billi ein Kurzes „Moment!" zu, dann sprang er über einen Stuhl und landete vor der Werferin: „Ihre Personalien bitte!". Die Frau blickte ihn abschätzend von oben bis unten an: „Wer sind sie denn, dass Sie hier die große Lippe riskieren. Personalien am Arsch!". Inzwischen hatte sich die Servierin zum Schauplatz durchgeschlängelt: „So geht das aber nicht, Frau Müller. Sie fallen hier schon das zweite Mal auf. Ich erteile Ihnen ab sofort Lokalverbot!". Die so Gescholtene zerrte ihren pummeligen Nachwuchs vom Stuhl und entfernte sich geifernd: „Ihr könnt mich alle mal da lecken wo's donnert. Und den Eisbecher bezahle ich sowieso nicht, den konnte ich ja nicht mal fressen!". Der junge Mann drehte sich kopfschütteln zu der Kellnerin um: „Ich glaube, ich habe die Schuld an dem Schlamassel. Da werde ich wohl den Eisbecher bezahlen müssen". Die Servierkraft winkte lächelnd ab: „Ach wo, das geht aufs Haus!".
Billi befühlte ihre Beule. Das Ding schmerzte zwar etwas, aber sie würde es überleben. Allerdings ärgerte sie sich ein bisschen, dass sie diesen Kerl da angefaucht hatte. Der Mensch besaß Courage. Und während sie noch

überlegte, was weiter zu tun sei, sagte er: „Verzeihen Sie bitte, dass ich Sie erneut anspreche! Aber soll ich Sie vielleicht ins Krankenhaus fahren?". Billi schüttelte energisch den Kopf: „Quatsch, alles halb so wild!". Er setzte sich neben sie: „Dann darf ich mich vielleicht vorstellen. Ich heiße William, aber meine Freunde nennen mich Willi". Sie lachte, worauf er mit schief gehaltenem Kopf fragte: „Hab ich was verpasst?". „Nein. Aber ich heiße Sybille und meine Freunde nennen mich Billi. Also sitzen hier Willi und Billi. Und seien Sie mir bitte nicht böse, dass ich sie vorhin so angeblafft habe!". Er schmunzelte: „Genug der Entschuldigungen. Ich schlage vor, wir duzen uns. Oder bin ich zu schnell für Sie?". „Nein". Es entstand ein peinlicher Moment der Stille. William holte tief Luft: „Also ich hab ehrlich keine Ahnung, was ich jetzt noch sagen soll. Gegenüber schönen Frauen bin ich immer schüchtern". „Schleimer!". Wieder Stille. Er schüttelte den Kopf: „So geht das hier nicht weiter. Also ich bezahle jetzt deine Rechnung und dann gehen wir spazieren. Dabei spricht sich's leichter". Sybille wurde richtig böse und sprang auf: „Du spinnst wohl? Ich kann mein Zeug selbst bezahlen!". Seine Stimme wurde auch energischer: „Natürlich. Das bestreitet hier doch niemand. Aber trotzdem kannst du ja wohl ein freundschaftliches Geschenk annehmen ohne mich gleich zu beleidigen. Ich bin doch nicht Schuld, dass du blind bist. Kannst du dich nicht verhalten wie ein normaler Mensch?". „Ich bin ein normaler Mensch". Billi kämpfte mit den Tränen: „Und du brauchst dir gar nichts auf dein Sehen einzubilden". Sie stolperte davon. Und William bezahlte ihre Rechnung.

Ziemlich genau vier Wochen später saß Billi wieder in ihrem geliebten Café, vor sich ein Croissant. Natürlich ein Buttercroissant. Sie dachte zurück an das Spektakel vom Vormonat und rieb sich die Stelle, an der kürzlich noch eine kleine Beule geprangt hatte. Eine bekannte Stimme fragte plötzlich: „Freunde?". William nahm vorsichtig an ihrem Tisch Platz. Ganz leise antwortete sie: „OK. Freunde!". Er atmete erleichtert auf: „Weißt du, ich war seit dem Ereignis jeden Tag hier. Irgendwann musstest du ja wieder vorbeikommen". Billi tastete nach ihm: „Spinner, lass uns spazieren gehen!". Sie erhoben sich Hand in Hand. Und als beide am Ende der Straße verschwunden waren, sagte die Kellnerin lächelnd: „Schon gut, geht aufs Haus".

Ab diesem Zeitpunkt konnte man sie meistens zusammen sehen. Und ja, sie kamen sich näher. Eines Abends nahm William endlich die junge Frau in den Arm. Sie spürte wie sich sein Gesicht ihrem näherte und tastete mit ihrer Hand nach seinen Mund: „Warte! Erkläre mir erst, wie die Farbe Rot ist!". „Dazu musst du aber die Hand wegnehmen". Kaum hatte sie das getan, spürte sie seine Lippen auf den ihren. Sie wehrte sich nicht. Nach einem langen Kuss fragte William: „Und wie fühlst du dich jetzt?". Und Billi antwortete: „Unbeschreiblich". „Siehst du", sagte er, „genauso ist Rot".

Obwohl es ziemlich kitschig war, klebte ein Jahr später an der Tür ihrer gemeinsamen Wohnung ein selbstgebasteltes Namensschild aus Plastilin mit der Aufschrift „Billi und Willi". Erst später kam dann „+ Pauline" hinzu.

Gutes tun

Falls mich mein Erinnerungsvermögen nicht täuscht, so war es Kassandra, die Tochter des trojanischen Königs

Priamos, welche hellsehen konnte. Der Gott Apollon gab ihr, geblendet von ihrer Schönheit, die Gabe der Weissagung. Als sie ihn jedoch zurückwies, verfluchte er sie, auf dass niemand ihren Aussagen Glauben schenken werde. Deshalb gilt sie in der antiken Mythologie als tragische Heldin, die immer alles Unheil voraussah, aber niemand nahm es für bare Münze.

Können Sie sich so ein widerwärtiges Schicksal vorstellen? Ich leider schon. Mir ging es nämlich so ähnlich. Man hat mir in einem entscheidenden Moment auch nicht geglaubt. Das kam so:

Als meine Lebenskräfte schwanden, fand ich mich im Fegefeuer wieder. Wie Sie bestimmt wissen, muss jeder Katholik diese Zwischenstation erfahren, falls er noch nicht vollkommen geläutert ist. Mit anderen Worten, ich hatte im Leben doch den einen oder den anderen Bock geschossen. Man bot mir aber die Chance, dennoch in den Himmel zu gelangen, falls ich dreimal der selben Person etwas Gutes getan hätte. Der beknackte Haken an der ganzen Geschichte aber war, dass man jede Tat als verwerflich oder gar böse empfinden musste, obwohl sie in Wirklichkeit etwas Gutes bewirkte. Ansonsten galt Tat eben nichts. Weil mein Äußeres bereits negativ auf die Menschen wirken sollte, verwandelte man mich in einen kleinen, hässlichen Kobold, zum Glück mit den magischen Fähigkeiten einer solchen Kreatur. Komischerweise sollten die aber nur wirken, wenn ich mich nicht verkühlt hätte. Anschließend schickte man mich auf die Erde zurück, allerdings in ein Königreich zweihundert Jahre vor dem Tag meiner Geburt, um mir meine seltsame Aufgabe zu erschweren.

Da ich nun kein zu hause mehr hatte, richtete ich mir eine Höhle in einem dunklen Wald ein und wegen der nächtlichen Kälte entfachte ich vor dem Eingang ein großes

Feuer. Dann begab ich mich ins nächste Dorf, um mir Inspirationen für mein weiteres Handeln zu holen.

Im Dorfkrug empfing man mich mit jenem Argwohn, den man nun mal Fremden entgegenbrachte, besonders wenn sie so aussahen wie ich. Nach einigen Krügen besten Weines schien man mir dann aber mehr und mehr zu vertrauen. An meinem Tisch saß ein Müller, der ein großer Maulheld war. Nach jedem Schluck wusste er eine weitere Heldentat zu vermelden, welche er in vergangenen Zeiten vollbracht haben wollte. Auch sei seine Mühle die beste des Landes und seine Tochter das schönste Mädchen weit und breit. Das kam mir auf seltsame Weise bekannt vor. Und so begann ich aufgrund einer literarischen Vorlage, die man mir im Kindesalter vorgelesen hatte, hinterhältig mein Netz zu spinnen. „Höre Müller, deine Tochter mag schön sein, aber ich kenne eine Maid, die kann Stroh zu Gold spinnen". Als das Gelächter am Tische verhallt war, brüstete sich der Müller: „Das vermag meine Tochter schon lange!". Ich stand auf und rief in die Runde: „Ihr alle seid mir Zeuge, dass der Müller dies soeben offenbart hat!". Dann verließ ich die Kaschemme.

Am nächsten Tag schlich ich mich an den Wachen vorbei in das Schloss des Königs. Manchmal ist es ganz gut von kleinem Wuchs zu sein. Niemand glaubt, dass ein so hutzliger Kerl einem etwas antun könne. So lauschte denn auch der König meinen Worten, ohne mich aus dem Schlosse werfen zu lassen. Aber das mit dem Stroh zu Gold, das schien ihm doch zu dumm. Er entließ mich mit den Worten: „Das glaubt nicht einmal ein Bettler, geschweige denn ein König". Da saß ich schön in der Tinte. Nach langem Grübeln hatte ich am nächsten Tag eine ziemlich skurrile Idee und ging erneut zum König. Ich bot ihm eine Wette an: Wenn die Müllerstochter es nicht fertig brächte, drei Nächte hintereinander einen Ballen Stroh zu Gold zu spinnen, dann würde ich ihm den Weg zur Blume des ewigen Lebens weisen. In Wirklichkeit wusste ich von so einer Blume und dem Weg dahin genau so viel, wie der König von mir wusste, nämlich gar nichts. Aber ich baute auf die Eitelkeit des Königs. Und weiß Gott, der König ging darauf ein. Er ließ die Müllerstochter mit einem Ballen Stroh und einem Spinnrad in den Schlossturm sperren und befahl der Erstaunten, das Stroh zu Gold zu spinnen.

Als es dunkelte, benutzte ich meine Kräfte und erschien dem weinenden Mädchen: „Was gibst du mir, wenn ich dir helfe?". Die dumme Pute antwortete: „Mir kann nichts und niemand helfen. Verschwinde lieber, armes Männlein, bevor dich der König zu Augen bekommt!". Langsam wurde ich wütend. Hier klappte doch überhaupt nichts. „Hör zu Jungfer, ich kann Stroh zu Gold spinnen". Sie lächelte mich an: „Schön, dass du mich trösten willst, aber geh nur, ich will mein Schicksal schon tragen". Ich ballte meine Hände zu Fäusten: „Bist du Kröte denn total vernagelt? Willst du hier im Turm verhungern?". Aber sie darauf: „Keiner kann Stroh zu Gold spinnen, gib dir keine Mühe!". Da riss mir endgültig die Hutschnur. Ich schrie so laut ich konnte: „Ich kann aber wirklich Stroh zu Gold spinnen. Ich besitze magische Kräfte, du blöde Henne". Und was tat das Weib daraufhin? Sie hämmerte an die Tür und rief: „Wache! Wache! So helft mir doch! Ein böser Magier!". Na Bravo!

Jetzt sitze ich im Schlossgraben fest, weil mich diese dämlichen Wachleute unbedingt aus dem Turmfenster werfen mussten. Die Böschung hier ist steil und ich rutsche immer wieder ab. Es ist feucht, es ist schweinekalt, ich zittere am ganzen Körper und habe auch schon dreimal geniest. Und Morgen muss ich dem König mit nasser

Hose den Weg zur Blume des ewigen Lebens zeigen. Leute, ich hab wirklich keine Ahnung, wie ich das anstellen soll. Da geh ich doch lieber zum Teufel. In der Hölle ist es wenigstens schön warm.

Der erste Schritt

Auch der längste Weg beginnt mit dem ersten Schritt. Das soll angeblich ein alter Chinese gesagt haben. Weiß man's? Ich war jedenfalls nicht dabei. Vielleicht stammt das aber auch von einem alten Römer. Oder beide haben es von einem griechischen Philosophen geklaut. Egal wie, die Aussage stimmt auf jeden Fall. Das sollte Clark Brown am eigenen Körper erfahren. Er war damals der erste Firefighter auf dem Mars. Aber der Reihe nach.
Es war bereits Nacht, als der Feuergleiter hart aufsetzte. Der Boden unter ihm schien wegen des großen Gewichtes zu wehklagen. Sofort öffneten sich alle Ports und die Löschroboter rollten nach draußen. Clark packte den Behälter mit den CO_2-Bomben und sprang aus dem Boliden. Die dreißig Meter lange Produktionshalle war fast komplett von Flammen umgeben. Sie verzehrten erbarmungslos den seltenen Sauerstoff unter der Glaskuppel. Die Luft war so heiß, dass Clark die Wärme selbst in seinem Spezialanzug zu spüren bekam. Über Helmfunk rief er die Zentrale, ob man Menschen im Feuer zu vermuten hätte. Die Antwort war negativ. Also begab sich Clark im Schlepptau eines Löschroboters in das Feuer. Als er einen besonders großen Flammenherd ausmachen konnte, warf er eine der CO_2-Bomben hinein. Das hatte zur Folge, dass auf einer ziemlich großen Fläche das Feuer er-

losch. Sofort postierten sich dort zwei Roboter, die entsprechend der Brandvorschrift mit stoßartigen Wasserstrahlen den Rauch unter der Decke abkühlten. Die Temperatur fiel dadurch schlagartig. Das herab fallende Wasser löschte dabei auch die eine oder die andere Flamme. Die feuerfreie Zone wurde zu Clarks Freude langsam größer. Er tappte ohne etwas Konkretes sehen zu können weiter, immer darauf bedacht, nicht zu strauchen. Als das Feuer absolut undurchdringlich schien, warf er die zweite Bombe. Diese prallte an einem Gegenstand ab und traf ihn genau im Moment der Explosion an der Brust. Clark wurde quer durch die Feuerwand geschleudert und landete schmerzlich auf dem Boden. Um ihn herum, im wahrsten Sinne des Wortes, tobte die Hölle. Die Temperatur im Anzug war bedrohlich angestiegen. Er blickte auf das Ortungsgerät an seinem Ärmel. Die Explosion hatte ihn etwa zwanzig Meter weit in das Innere der Halle katapultiert. Also würde er versuchen, auf der rückwärtigen Seite die Halle zu verlassen. Mit ausgestreckten Armen arbeitete er sich vorwärts. Langsam wurden die Flammen weniger. Unerwartet sah er vor sich einen großen, im Boden eingelassenen Wassertank. Im Wasser trieb rücklings ein bewusstloser Mensch. Clark schimpfte auf die unzuverlässige Zentrale. Diese Arschgeigen würde er sich morgen zur Brust nehmen. Er rief einen Löschroboter zu sich, stieg in das Wasser und zog den Unbekannten heraus. Dann ließ er sich und den Geretteten vom Roboter ständig mit Wasser berieseln und trug den Bewusstlosen zur Hintertür. Als sie den Flammen entkommen waren, begann Clark mit den Wiederbelebungsversuchen. Via Funk orderte er einen Rettungsgleiter. Als der Mann auf der Trage lag, öffnete er kurz die Augen und rief: „Melina! Melina ist noch da drin!". Clark schloss den Helm und rannte zurück. Die Zentrale gehörte doch wohl zugeschissen.

Inzwischen war das Feuer auch im hinteren Teil der Halle intensiver geworden. Er warf seine letzte Bombe. Tatsächlich wurde ein zweiter Wassertank sichtbar, in welchem eine Frau mit angesengten Haaren verzweifelt um ihr Leben kämpfte. Als Clark hinzu sprang, stürzte die Decke der Halle krachend auf beide herunter.

Von Weitem kam wie durch Watte ein Geräusch. Es schien Sprache zu sein. Ja, es war eine menschliche Stimme und sie sagte seinen Namen. Clark kam zu sich. „Hallo!", sagte jemand, „Na Mister Brown, wieder unter den Lebenden?". Eine Krankenschwester beugte sich über ihn. Er wollte sich aufrichten, aber es gelang ihm nicht. „Langsam mit den jungen Pferden! Ich hole jetzt erstmal ihren behandelnden Arzt".

Der Weißbekittelte legte die Stirn in Falten und sprach betont langsam: „ Ich will nicht drum herum reden. Sie sind querschnittsgelähmt. Aber mit der richtigen Therapie und einem Exoskelett werden sie wenigstens laufen können". Clark blickte den Arzt an: „Und die Frau?".

„Sie haben sich schützend über das Mädchen geworfen. Ihr ist außer einer Rauchvergiftung und Verbrennungen ersten Grades nichts Schlimmeres weiter passiert. Sie wird wieder völlig gesund. Aber sie sollten jetzt an sich selber denken. Im Moment wirkt das Morphium noch. Sollten sie stärkere Schmerzen verspüren, dann rufen sie nach der Schwester. Aber haben sie etwas Geduld. Zunächst muss ihr Körper gesunden. Das kann acht Wochen dauern. Nebenbei kümmern wir uns um ihre Psyche. Und dann beginnt das Training".

Nach drei Wochen Unbeweglichkeit wollte Clark fast verzweifeln. Harn- und Stuhldrang entzog sich seiner Kontrolle. Hätte er gekonnt, hätte er wahrscheinlich

Selbstmord verübt. Der einzige Lichtblick war die Krankenschwester. Sie war nicht die Allerhübscheste, sah aber auch nicht unbedingt schlecht aus. Das Beste aber war ihre Art. Sie war fröhlich, schien bar jeden Argwohns, war nicht zu aufdringlich und erledigte alles, was zu erledigen war, mit Akkuratesse. Wenn sie einmal dienstfrei hatte, fehlte sie ihm enorm. Zugegeben hätte er das wohl nicht, aber wenn er dann wieder ihr Gesicht sah, schienen seine Probleme ein klein wenig zu schrumpfen.

Dann kam die Rehabilitation. Seine Gliedmaßen wurden von einem Therapeuten extrem in alle Richtungen bewegt. Die Muskeln sollten dadurch wieder aktiviert werden. Nach drei weiteren Wochen war es dann so weit. Zwei Pfleger stellten ihn auf die Füße und ein dritter legte ihm das Exoskelett an. Sein Kopf wurde über kleine Saugnäpfe verdrahtet und mit einem Verstärker verbunden. Aber so sehr er sich auch mühte, er konnte dem Skelett nicht die geringste Bewegung entlocken. Nach dem dritten Tag resignierte er. Ein Psychologe wurde von nun an sein täglicher Begleiter. Dieser bemerkte in einer Sitzung, dass sich Clark zu der Krankenschwester hingezogen fühlte. Das inspirierte den Seelendoktor zu einem Experiment.

Man legte Clark, obwohl er es gar nicht wollte, wieder das Exoskelett an. Als er verdrahtet war, kam die Schwester durch die Tür und stellte sich zirka fünf Schritte entfernt vor ihm auf. Sie sagte lächelnd: „Das wird ein langer Weg!". Dann öffnete sie die Arme. Und Clark begann mit dem ersten Schritt.

Mondsüchtig

Schon während der Schulzeit interessierte ich mich brennend für den Weltraum und für alles, was damit zu tun hatte. Im Fach Astronomie verteidigte ich dauerhaft die Note Eins. Am meisten beeindruckte mich seltsamerweise unser Mond. Scherzhaft pflegte ich stets zu sagen, ich sei nicht somnambul, aber trotzdem mondsüchtig.

Man überlege sich doch, da sind vor Urzeiten zwei Planeten aufeinandergeprallt. Und während es den einen total zerbröselte, wurde dem anderen eine große Menge Material aus der Lende gerissen. Das Zeug bildete zunächst eine Staubscheibe um die Erde und ballte sich später zu einem neuen Himmelskörper zusammen. Nach einiger Zeit war dann unser Mond geboren. Wahnsinn! Dank der Gravitation kreist das Ding jetzt immer noch um die Erde und ist unter anderem für Ebbe und Flut verantwortlich. Und bei Ebbe sollen die Ostfriesen angeblich den Bayern Land verkauft haben. Kleiner Scherz! Von meinem ersten selbstverdienten Geld kaufte ich mir ein Teleskop. So mit Nachführmotor, Stahlstativ und 650 mm Brennweite. Von nun an konnte ich nachts meinen Freund in allen Einzelheiten genau betrachten. Besonders die sogenannten Mondmeere. Früher hielt man die ja für richtige Meere, deshalb tragen sie auch Namen wie „Mare Crisium" oder „Mare Serenitatis". Sie bestehen aber, wie inzwischen jeder weiß, nicht aus Wasser, sondern nur aus Basaltgestein.

Seit Wochen mussten wir länger arbeiten. Mein Chef hatte nämlich etwas gezogen, jedoch sich dabei seinerseits ziehen lassen. Soll heißen: Er hatte einen großen

Auftrag an Land gezogen, sich aber mit dem Termin über den Tisch ziehen lassen. Also hieß es: Überstunden schieben. So ergab es sich, dass ich immer erst spät abends heim kam. An dem gewissen Freitag, übrigens einem Dreizehnten, betrat ich kurz nach dreiundzwanzig Uhr meinen Balkon. Der Himmel war klar und der Erdbegleiter in der Fase „zunehmender Halbmond". Nicht durch das Teleskop zu schauen, wäre trotz Müdigkeit einem Verbrechen gleichgekommen. Nach etwa zwanzig Minuten bemerkte ich eine Bewegung auf dem Mond. Hä? Das konnte doch wohl nicht sein! Ich wurde nervös und auf meiner Stirn bildeten sich kleine Schweißperlen. War ich hier eventuell einer Sensation auf der Spur? Langsam zeichnete sich ein elliptisches Etwas in meinem Teleskop ab. Das Objekt wurde von Minute zu Minute größer. Aha! Das Ding war nicht auf dem Mond, sondern kam auf mich zu. Ein UFO? Ich griff zum Telefon um die nächstgelegene Sternwarte zu kontaktieren. Genau in diesem Moment packte mich eine unerklärliche Kraft. Ich verlor den Boden unter den Füßen und wurde unaufhaltsam nach oben gezogen. Panik machte sich in allen Körperzellen breit. Als mein Haus nur noch als kleiner Fleck zu erkennen war, gewahrte ich vor mir ein kolossales, tellerförmiges Raumschiff. Es gab also doch fliegende Untertassen! Am Rand der Scheibe öffnete sich eine dreieckige Öffnung, die mich unaufhaltsam einsaugte. Alle Gegenwehr erwies sich als absolut nutzlos. Eine gleißende Helle erwartete mich im Inneren. Das Licht schien ungehindert durch meine geschlossenen Lider zu dringen und es dauerte seine Zeit, bis sich meine Augen an die Helligkeit gewöhnt hatten. Ich lag auf einem Metalltisch, an den mich graue Kunststoffbänder fesselten. Gegenüber bemerkte ich eine Werkzeugwand, an der äußerst seltsame Gerätschaften prangten. Vor meinem

Tisch stand eine Frau in einem gut geschnittenen Herren-anzug. Erst auf den zweiten Blick konnte man erkennen, dass es sich um einen Alien handelte. Der Kopf war et-was größer, dafür war die Nase sehr klein. An den Hän-den zählte ich jeweils nur vier Finger. Von Weitem wäre das Wesen gut und gerne als Mensch durchgegangen. Die Alien-Frau öffnete den Mund und ließ zwei Reihen spit-zer, hellblauer Zähne sehen. Sie sagte mit einer unerwar-tet weichen, weiblichen Stimme: „Was willst du von uns?". Meinen Körper durchfloss ein Gefühl, als müsse ich gleich unter mich machen. „Ich … äh … umgedreht, ihr wollt doch was von mir. Warum habt ihr mich denn sonst geholt?". „Weil du uns seit Tagen mit deinem Scop beobachtest". „Bitte, nein, das ist ein Missverständnis. Ich beobachte lediglich den Mond". „Lügner!". Mein Unterkiefer begann zu zittern. „Ehrlich, ich schwöre!". Die Außerirdische zog einen Gegenstand aus dem An-zug, der in beängstigender Weise an eine Pistole erinner-te. Ich war sicher, das war mein Ende. Todesmutig fragte ich: „Was soll das werden?". Die Kreatur antwortete un-wirsch: „Was glaubst du wohl? Wir werden dein Ge-dächtnis löschen. Wir können nicht riskieren, dass uns die Menschheit entdeckt. Ihr seid einfach noch nicht so weit. Keine Angst, du wirst dich an nichts erinnern". Verzweifelt entgegnete ich: „Bitte nicht. Wir könnten doch Informationen austauschen. Bestimmt wisst ihr noch nicht alles über uns". Sie schnitt eine Grimasse, die man als Lächeln interpretieren konnte: „Sicher nicht. Deswegen werden wir auch vorher noch ein paar Expe-rimente an deinem Körper vornehmen". Aus ihrem pisto-lenartigen Apparat erschien ein kleiner blauer Fleck, der langsam zu mir herüber waberte. Ich zerrte an meinen Fesseln. Erfolglos. Als mich das blaue Licht erreichte, durchfloss meinen Körper eine angenehme Wärme.

Gleichzeitig wurde ich paralysiert. Ich konnte weder mit den Augen zwinkern, noch meinen leicht erhobenen Kopf absenken. Aus dem Hintergrund lösten sich zwei weitere Aliens, bewaffnet mit mehreren Messern. Einer griff sich eine Art Bügelsäge von der Werkzeugwand und sie begannen mir Arme und Beine abzutrennen, was mich seltsamerweise überhaupt nicht störte. Es floss auch kein Blut. Nachdem die Wesen mit meinen Extremitäten irgendwohin verschwunden waren, lag ich eine ganze Weile unbewacht auf diesem blöden Metallmöbel und dachte unwillkürlich über mein bisheriges Leben nach. Würde mich jemand vermissen? Eher wohl nicht.

Die Kreaturen kamen zurück. Während sie sich flüsternd über meinen Torso beugten, wurde mir ein Körperteil nach dem anderen mit einer fürchterlich stinkenden Masse wieder angeklebt. Die Fesseln wurden entfernt und die seltsame Pistole spuckte erneut ein blaues Licht auf meinen Bauch. Ich war wieder Herr über meinen Körper. Ungläubig bewegte ich eine Gliedmaße nach der anderen. In meinem Kopf manifestierten sich Fluchtgedanken. Jetzt, ungefesselt, da mein Körper gut zu funktionieren schien, musste es doch möglich sein, so ein Wesen zu überwältigen. Aber drei von ihnen? Und wenn doch, was sollte ich danach tun? Das Raumschiff übernehmen? Und wenn noch mehr dieser Geschöpfe auf dem Schiff waren? Meine Gedanken rasten. Etwas Fremdes schien meine Handlungen zu steuern, als ich behände vom Tisch herunter sprang und mich auf den nächstbesten Alien stürzte. Es war der Alien mit der Blaulichtpistole, welche in hohem Bogen durch die Luft flog und irgendwo im Hintergrund aufschlug. Ich konnte kaum eine Gegenwehr bemerken. Diese Viecher schienen Weicheier zu sein. Nachdem der erste reglos am Boden lag, hockten sich die beiden anderen wimmernd in eine Ecke und bedeckten ihre Augen mit den schmalen Händen. Zwischen den Werkzeugen fand ich mehrere graue Bänder, die sich fantastisch dazu eigneten, meine Freunde zu fesseln.

Etwas entfernt war eine Luke zu erkennen. Vorsichtig stieg ich hindurch. Ich rechnete mit einem Angriff, aber nichts passierte. Vor mir befand sich ein großes Pult, auf dem eine Vielzahl kleiner Lämpchen blinkten. Nirgends war ein Button oder ein Steuerknüppel zu sehen. Handelte es sich hier um Sprachsteuerung? Oder reagierte das Pult auf Berührungen? Ich beschloss, zunächst ein paar Lampen mit dem Finger anzutippen. Mein Zeigefinger näherte sich langsam einem roten Licht. In diesem Moment bekam ich einen unerwarteten Schlag vor den Kopf. Ich erwachte und lag mit der Stirn auf dem Okular meines Teleskops. Mensch, so einen blöden Traum kann man wirklich nur haben, wenn man mondsüchtig ist.

Unheilvolle Zeit

Die „Große Glocke" zählte nicht unbedingt zu den Wirtshäusern, die bei jedermann beliebt waren. Es war nämlich eine winzige Raucherkneipe. Der Tischschmuck bestand aus leicht angestaubten Plastikblumen und die Tischdecken waren aus bedrucktem Vliesstoff. Allerdings erwähnte der alte Kellner stets nebenbei, es sei „nontissé", was jedoch auch nur der französische Ausdruck für ungewebten Stoff ist. Den roten Lederbezügen war anzusehen, dass sie schon mehreren Generationen von Gästen das Sitzfleisch warmgehalten hatten und die verräucherte Zimmerdecke des Gastraumes träumte Tag für Tag vergeblich von frischer, weißer Dispersionsfarbe.

Die Speisen waren vorgekocht und wurden nach Bedarf in einer klobigen Mikrowelle aufgewärmt, das Bier war nicht besonders kühl, aber immerhin billig. Das stumpfe Parkett wäre gern in Rente gegangen und offenbarte mit seinen ausgetretenen Stellen zum einen den Lieblingsweg des betagten Kellners, zum anderen die Tatsache, dass hier seit Jahren nie ein Tisch gezwungen worden war, seinen Platz auch nur mehr als einen Zentimeter zu verlassen. Die Chefin, die auch gleichzeitig den Kochlöffel schwang, gehörte zu den Menschen, die einfach zu klein für ihr Gewicht waren. Aber sie war das, was man im Allgemeinen eine gute Seele nennt und wurde deshalb von den Stammgästen hoch geschätzt. Alle nannten sie „Mama Glocke" oder einfach nur „Mama".

Siggi war hier Stammgast. Das hatte seinen Grund. Hier wurde er nämlich wie ein Mensch behandelt. Viele kannten ihn und setzten sich zu ihm, um ein kleines Schwätzchen zu halten, der Kellner war genauso freundlich wie zu allen anderen und keiner betrachtete ihn schaulustig, um danach blöde Bemerkungen zu machen. Wenn mal wieder kein Betrieb war, kam auch manchmal Mama Glocke an seinen Tisch und trank mit ihm ein kleines Glas Cherry. Kein Wunder, dass Siggi immer sagte: „Ich hänge an der großen Glocke!". Hier fühlte er sich wohl. Er konnte doch nichts dafür, dass er kleinwüchsig auf diese Welt gekommen war und eine ziemlich große, schiefe Nase im Gesicht herumtrug. Auch dass seine Mutter bei der Geburt starb, war wohl kaum seine Schuld. Sein Vater hatte ihn daraufhin in ein Heim abgeschoben und war auf Nimmerwiedersehen verschwunden. Siggi hasste ihn deshalb. Daraus machte er keinen Hehl. Die Zeit in dem Heim hatte sich unauslöschlich in sein Gehirn eingebrannt; Spott, Verachtung und Demütigungen begleiteten damals über Jahre hinweg seinen Alltag. Noch heute brauchte ihn nur jemand auf der Straße eingehend zu betrachten und schon waren alle negativen Erlebnisse von früher wieder präsent. Die Leute sollten doch, zum Teufel noch einmal, lieber vor ihrer eigenen Tür kehren. Er war zwar körperlich behindert, aber viele andere waren im Kopf nicht ganz richtig. Das sah natürlich keiner.

Es war ein regnerischer Samstag. Siggi saß auf seinem Stammplatz, hatte ein stattliches Glas Schwarzbier vor sich und entwarf nebenbei ein Kreuzworträtsel. Er verkaufte derartige Rätsel an Zeitschriften. Manchmal auch Sudokus, aber die mochte er nicht so richtig. Für ihn waren diese Zahlenspielereien so etwas wie Kreuzworträtsel für Leute, die nichts wissen. Mit dem Erlös aus dem Rätselverkauf konnte man zwar nicht reich werden, aber ab und zu etwas erwerben, das ein klein wenig Luxus ins Leben brachte. Beispielsweise eine sprechende Armbanduhr. Und als diese „Es ist zwölf Uhr und null Minuten" gekrächzt hatte, bestellte sich Siggi ein Schnitzel mit Salzkartoffeln und Blumenkohl. Als der Ober den Teller brachte, dachte der Kleinwüchsige angestrengt darüber nach, warum eigentlich immer eine Scheibe Zitrone zu dem Schnitzel gereicht wurde. Währenddessen setzte sich eine Frau an den Tisch und riss ihn aus seinen kulinarischen Gedanken. Siggi schob seinen Teller unauffällig etwas nach rechts, um einen hässlichen Bierfleck zu verstecken. Die Frau war rothaarig, aber der Haaransatz verriet, dass sie eigentlich brünett sein müsste. Ihre Stirn war faltig und die Brille mit den verhältnismäßig großen Gläsern spiegelte nicht gerade die letzte Mode wider. Die lachsfarbene Bluse war auffällig glatt gebügelt, dafür war ihr Lippenstift verschmiert. Sie kramte umständlich eine zerknautschte Zigarettenschachtel aus ihrer kleinen, silbernen Handtasche und fragte mit rauer Stimme: „Hier ist doch noch frei, oder?". Siggi stopfte sich eine Kartoffel in den Mund und erwiderte kauend: „Jetzt wohl nicht mehr". Die Rothaarige zündete sich eine Zigarette an und blies den Rauch quer über den Tisch in Richtung Siggi. Etwas genervt fragte der Angepustete: „Störe ich Sie beim Rauchen, wenn ich weiter esse?". Sie warf den Kopf zurück: „Nur falls Sie laut schmatzen". Es entstand eine kleine Pause, dann mussten beide lachen. Die Frau taxierte ihn mit einem durchdringenden Blick: „Wie alt sind Sie und wie viel wiegen Sie?". Siggi antwortete entrüstet: „Das geht Sie ja wohl kaum etwas an". Sie grinste: „Nun haben Sie sich mal nicht so. Ich schätze Sie auf etwa achtunddreißig Jahre und fünfzig Kilogramm". „Nein, siebenunddreißig und vierundfünfzig Kilo!". Die Frau stand auf und drückte die Zigarette im Aschenbecher aus: „Schade, drei Kilo zuviel!". Dann entschwand sie lautlos durch die altersschwache Ausgangstür und ließ einen absolut verwirrten Schnitzelesser zurück.

Siggi hätte das Ganze wahrscheinlich mit der Zeit vergessen, wenn nicht die Rothaarige eine Woche später wieder an seinem Tisch gesessen hätte: „Hören Sie, es kann Ihnen doch nicht schwer fallen drei Kilo abzunehmen, oder?". Er wurde ungehalten: „Was soll dieser Scheiß? Haben sie keinen Termin beim Psychiater bekommen? Oder wollen Sie sich über einen Behinderten lustig machen?". Die Dame hob beide Hände: „Um Gottes Willen nein! Ich brauche nur Ihre Hilfe!". Siggi schob sein Bier zur Seite: „Ach! Und wobei, wenn ich fragen darf?". Sie zögerte etwas: „Das sage ich Ihnen am besten morgen in unserem Institut. Hier ist ein Freifahrtschein für ein Taxi und eine Geschäftskarte mit der Adresse meines Labors. Ich erwarte Sie um genau zehn Uhr!". Als Siggi aufsah, war sie bereits verschwunden.

Das sogenannte Institut bestand aus einer riesigen Lagerhalle, in der seltsame Geräte herumstanden und auf eine Weise mit ihren verschiedenfarbigen Lämpchen blinkten, als würden sie dem Besucher mit ihren Augen zuzwinkern. „Ich darf mich erst mal vorstellen. Mein Name ist Lore Altwart, ich bin hier in diesem Labor die Chefin". Die Rothaarige hielt ihm die Hand hin. Siggi bemerkte erst als sie sich zu ihm herunterbeugte, wie groß sie eigentlich war. „Kommen Sie mit in mein Office. Ich werde Ihnen alles erklären".

Das Büro war karg eingerichtet. Der abgewetzte Ledersessel vor dem alten Schreibtisch taugte absolut nicht für Kleinwüchsige. Lore Altwart sagte mit ruhiger Stimme: „Auch wenn es unwahrscheinlich klingt, aber wir befassen uns hier mit Zeitreisen". Siggi rutschte in dem unbequemen Sessel hin und her, sagte aber keinen Ton. Seltsamerweise war er nicht im Geringsten erstaunt. Sie fuhr fort: „Insbesondere befassen wir uns mit dem sogenannten Großvaterparadoxon. Jemand reist zu einem Punkt in die Vergangenheit, der vor der Zeugung seines Vaters liegt und tötet dort seinen Großvater. Der Zeitreisende kann ohne die Existenz seines Erzeugers, der nun wegen des Todes des Großvaters nicht geboren wird, selbst nicht geboren werden und somit auch nicht in der Zeit zurückreisen, klar?". Siggi schüttelte den Kopf: „Das ergibt doch keinen Sinn!". Die Laborchefin kratzte sich an der Nase und redete unbeirrt weiter: „Eine Lösung wäre ein selbstkonsistentes Universum: Es ist zwar möglich, in der Zeit zu reisen, aber nicht, dabei eine Kausalitätsverletzung zu erzeugen. Alles, was der Zeitreisende in der Vergangenheit tut, ist bereits schon Teil dieser Vergangenheit. Er kann also seinen Großvater nicht töten, weil dieser nun mal eben nicht getötet wurde. Noch eine andere Möglichkeit wäre, er ermordet seinen Großvater, was aber keinen Einfluss hat, da seine Mutter untreu war und damit sein Vater ein ganz anderer Mann ist. Ein weiterer Ausweg beruht auf der Annahme, dass es eine oder mehrere Parallelwelten gibt. Der Zeitreisende gelangt deshalb nicht in seine eigene Vergangenheit, sondern in eine unabhängige Zeitlinie in einem Paralleluniversum. Verstanden?". Siggi schüttelte erneut und diesmal sehr energisch den Kopf: „Absolut nicht. Und was hat dieser ganze Quatsch mit mir zu tun?". Die Rothaarige lächelte: „Nun ja, bis vor zehn Jahren konnten wir nur subatomare Teilchen in die Vergangenheit schicken. Wir haben das langsam aber sicher gesteigert und sind jetzt bei einundfünfzig Kilogramm angelangt, welche wir rund vierzig Jahre in die Vergangenheit befördern können. Sie sind siebenunddreißig und falls ich richtig recherchiert habe, hassen Sie ihren Vater. Wir wollen Sie also achtunddreißig Jahre in die Vergangenheit reisen lassen und dort sollen Sie versuchen ihren Vater umzubringen, kurz bevor er Sie gezeugt hat. Allerdings müssten Sie dafür drei Kilo abnehmen". Siggi rutschte aus dem Sessel, wackelte auf seinen kurzen Beinen zur Tür und rief erbost: „Sie sind krank! Aber richtig krank!". Die so Gescholtene stand auf: „Moment noch! Wir haben mit so einer Reaktion gerechnet und einen Plan B in der Hinterhand". Siggi blieb stehen. Die Laborchefin ging einen Schritt auf ihn zu: „Sie merken sich die Lottozahlen und wir schicken Sie nur ungefähr zwei Tage zurück in die Vergangenheit. Dann geben Sie dort einen Lottoschein mit den entsprechenden Kreuzchen ab, wir holen Sie gleich danach zurück und teilen uns später das gewonnene Geld. Was halten Sie davon? Allerdings müssten Sie trotzdem mindestens drei Kilo abnehmen". Die Sache mit dem Geld überzeugte Siggi. Er begann mit einer Diät.

„Hier, dieses Gerät bringt Sie in die Vergangenheit und auch wieder zurück. Also nicht verlieren!". Der Techniker drückte Siggi eine Metalldose in der Größe einer Streichholzschachtel in die Hand. Dieser wunderte sich: „Was, mehr ist dazu nicht nötig?". Lore Altwart schmunzelte: „Wenn Sie den Deckel aufmachen, sehen Sie die Einstellungen. Also nicht daran herumfummeln! Wir schicken Sie jetzt zwei Tage zurück, Sie geben den ausgefüllten Lottoschein ab und kurz darauf bringt Sie das Ding wieder genau hier her, in unsere geschätzte Gegenwart und am Montag wird kassiert. Bereit? Los geht's!". Der Techniker drückte mit der Handfläche auf einen großen, grünen Button an seiner Schalttafel und Siggi wurde es schwarz vor den Augen. Als er wieder zu sich kam, stand er immer noch im Labor neben dem Techniker. Er war enttäuscht: „Klappt wohl doch nicht?". Die Laborchefin lachte: „Schauen Sie mal auf ihre linke Hand!". Siggi hätte es beinahe umgehauen, er hielt einen ausgefüllten und abgestempelten Lottoschein in seiner Linken: „Verdammt, ich kann mich an nichts erinnern".
Am Montagmorgen standen ein ratloser Techniker, eine übelgelaunte Chefin und ein entsetzter Kleinwüchsiger im Labor, starrten in die Zeitung und konnten es nicht fassen. Es waren völlig andere Zahlen gezogen worden. Durch Siggis Trip hatte sich die Vergangenheit geändert und somit leider auch die Gegenwart. Man beschloss, trotz der Gefahr die Vergangenheit ein weiteres Mal zu ändern, den Versuch am Wochenende zu wiederholen. Diesmal sollte aber Siggi solange in der Vergangenheit bleiben, bis sein Gewinn ausbezahlt worden war und dann erst mit dem Geld zurückkommen.
Als Siggi am Abend wieder in seiner geliebten „Glocke" saß, schien ihm, als wäre diesmal die Atmosphäre anders als sonst. Zwei Frauen schauten immer wieder zu ihm hin

und tuschelten verstohlen miteinander. Der Kellner war nicht so freundlich wie sonst und es setzte sich auch niemand an seinen Tisch, um einen kleinen Plausch zu halten. Unzufrieden machte er sich auf den Heimweg.

Am folgenden Freitag wurde Siggi erneut zum Zeitreisenden. Er bekam das Kästchen in die Hand gedrückt, der Techniker betätigte die grüne Taste und Siggi wurde erwartungsgemäß ohnmächtig. Als er zu sich kam, stand er vor einer Lotto-Annahmestelle. Er gab seinen Tippschein ab und nahm sich danach ein Hotelzimmer. Nach hause durfte er nicht, damit er sich nicht selbst begegnete. Man hatte ihm erklärt, das würde eine Zeitschleife erzeugen. Am Montag verriet ihm dann der Blick in die Zeitung, dass der Clou geklappt hatte. Aufgeregt kaufte er sich eine Fahrkarte und reiste zur Geschäftsstelle der Lottogesellschaft. Nach einer langen Diskussion und zwei Stunden Wartens bekam er seinen Gewinn in Höhe von zweieinhalb Millionen bar ausgezahlt. Er fuhr zurück und wartete in seinem Hotelzimmer darauf, dass ihn das Gerät wieder in die reale Zeit zurückbringen würde. Als es soweit war, verlor er erneut das Bewusstsein.

In der örtlichen Zeitung wurde von einem Behinderten berichtet, der augenscheinlich aus dem benachbarten Konzentrationslager geflohen sei. Er solle außerdem noch eine größere Menge Geld gestohlen haben. Drei Uniformierte der nationalen Schutztruppe hätten ihn in Gewahrsam genommen, in das Lager zurückgebracht und seiner gerechten Strafe zugeführt. Und somit hätte das Gesetz zur Volkssäuberung wieder einmal einen grandiosen Triumph errungen.

Opernkarten

Ich bin der Mann, von dem man sagte, dass er noch nie im Leben etwas gewonnen hätte. Bei Volksfesten war ich nämlich stets derjenige, der allen Anderen die Lose mit dem Aufdruck „Niete" vor der Nase wegkaufte. Immer wenn ich endlich aufgab und mich dezent vom Losverkäufer entfernt hatte, war garantiert das nächste Los ein Gewinn. Und das blieb so Jahr für Jahr. Langsam sprach sich mein Pech herum und wenn ich an eine Losbude trat, bildete sich stets eine neugierige Menschentraube hinter mir. Jedes Los, das ich öffnete, wurde mit einem leisen „Ohhhh!" kommentiert. So kam zu meinem Elend auch noch beißender Spott. Und bei der staatlichen Lotterie erging es mir auch nicht viel besser. Nicht einmal einen Dreier hatte ich bisher erzielt. Aber die Gewinner der großen Summen freuten sich wöchentlich, dass meine eingesetzten Euros ein Teil ihres satten Reibachs waren. Glauben Sie vielleicht, einer hätte sich je bei mir dafür bedankt? Pustekuchen! Die dachten nicht einmal im Traum daran.

Zunächst überging ich das Preisausschreiben in der Tageszeitung. Ich würde ja sowieso nichts gewinnen. Am nächsten Tag aber besann ich mich eines Besseren. Ich hatte halt Langeweile. Man musste ein Kreuzworträtsel ausfüllen und dann einzelne Buchstaben an bestimmten Positionen aufsuchen. In die richtige Reihenfolge gebracht, ergaben sie das Lösungswort. Zwar konnte ich das Rätsel nicht komplett füllen, hatte aber schon einige Buchstaben zusammen. Damit ergab sich „Salzb..g". Das Lösungswort konnte, meiner Meinung nach, somit nur „Salzburg" heißen. Also fischte ich Schreibzeug und

Briefumschläge aus der hintersten Ecke meines Schrankes, um die Lösung, wie gefordert, auf dem Postweg einzusenden. Seitdem ich Emails schrieb, hatte ich diesen Papierkram nicht mehr angefasst. Und wie ich nach dem Zukleben des Umschlags feststellen musste, besaß ich auch keine Briefmarken mehr. Also zog ich meine Sneakers über die ringelbesockten Füße und trabte zur Post. Dort bat ich darum, den inhaltsschwangeren Brief freizumachen, auf Deutsch zu frankieren, also mit einer Briefmarke zu versehen. Bald darauf hatte ich den ganzen Quark vergessen. War ja doch sinnlos.

Es war Freitagabend und ich kam von einer kleinen Sause heim. Ein Kollege hatte wegen seines Geburtstags einen ausgegeben und ich war ziemlich beschwingt, als ich meinen vollgestopften Briefkasten leerte. Erst in der Wohnung stellte ich dann fest, dass sich zwischen den nervenden Werbeflyern auch ein Brief mit unbekanntem, Salzburger Absender befand. Neben zwei Eintrittskarten enthielt er die folgende, kurze Mitteilung:

Herzlichen Glückwunsch! Sie sind der Gewinner unseres Preisausschreibens. Sie haben zwei Opernkarten für Mozarts Zauberflöte gewonnen und zwar für eine Aufführung am 30. Mai diesen Jahres im österreichischen Salzburg*. Des Weiteren wartet auf Sie ein Zweibettzimmer im Fünf-Sterne-Hotel Bristol. Alles ist bereits reserviert und beglichen!

Ich hatte gewonnen! Ich! In meiner Aufregung übersah ich zunächst das Sternchen hinter *Salzburg*. Dann begann ich zu zweifeln. Das konnte doch nur wieder eine andere Form meines steten Pechs sein. Wieso gewinnt ein Deutscher etwas in Österreich? Und wenn alles mit rechten Dingen zu ging, auf welchem Weg sollte ich dann nach Salzburg kommen? Also las ich den Brief noch einmal und diesmal gründlicher. Im Kleingedruckten fand ich dann zwei Hinweise. Der erste lautete: *Die Anfahrt erfolgt individuell.* Mit anderen Worten, um in den Genuss zweier Gratiskarten zu kommen, musste ich etwa 120 Euro für Benzin verpulvern oder der Deutschen Bahn einen Hunderter in den Rachen werfen. Na fein! Der zweite Hinweis bezog sich auf das ominöse Sternchen: *Sie sehen eine grandiose Inszenierung dieser Oper in dem renommierten Marionettentheater Salzburgs.* Da hatte ich doch schon wieder eine Niete gezogen. Oper mit Puppen. Warum nicht gleich Stabhochsprung mit Elefanten? Obwohl das bestimmt noch interessanter gewesen wäre. Was sich aber felsenfest in meinem Hirn verkrallt hatte, war die Übernachtung in einem Hotel mit fünf Sternen. Kostenlos! Das konnte ich mir doch nicht durch die Lappen gehen lassen. Und das Marionettentheater würde ich am Rande auch noch mitnehmen. Vielleicht konnte ich sogar damit bei meinen Kollegen protzen, von wegen Kulturverstand und so.

Das nächste Dilemma war die zweite Eintrittskarte. Ich war alleinstehend, mochte die Karte aber nicht verfallen lassen. Keiner meiner Freunde, Kollegen oder Bekannten wollte sie haben, obwohl ich versprach, den Betreffenden kostenlos in meinem Auto mitzunehmen. Also setzte ich die Karte ins Internet. Natürlich zum Verschenken, denn ich hatte ja auch nichts dafür bezahlt. Knapp einen Tag später erhielt ich eine Mail:

Hallo Fremder! Ich mache Ende Mai Urlaub in Salzburg. In das Marionettentheater wollte ich sowieso gehen. Deshalb würde ich mich auch über eine Freikarte freuen. Liebe Grüße Priscilla.

Priscilla? Wer hieß den heut zu Tage noch Priscilla? Das war doch ein Name aus der Zeit von Elvis Presley. Ein Blick ins Internet erbrachte: *Priscilla ist der Kosename für Prisca, der weiblichen Form des lateinischen Namens*

Priscus und bedeutet „Die Altehrwürdige". Mal ehrlich, ich hatte wirklich keine Lust mit einer altehrwürdigen Schabracke ins Puppentheater zu gehen, aber ihre Anfrage blieb leider die einzige. Also sendete ich ihr schweren Herzens eine kurz gehaltene Zusage. Ihre Antwortmail lautete:

Vielen Dank! Ich erwarte dich am 30. Mai um 19:00 Uhr vor dem Marionettentheater in Salzburg. Ich werde ein rotes Abendkleid und ein kleines Pappschild mit der Aufschrift „Priscilla" tragen. Bis dann!

Das hatte mir noch gefehlt! Ich neben einer alten Kuh in einem knallroten Abenddress. Mehr Aufmerksamkeit kann man ja wohl nicht erheischen. Nur gut, dass mich dort niemand kennen würde.

Am 30. Mai rollte ich gegen 17:10 Uhr in Salzburg ein. Als Erstes bezog ich mein luxuriöses Zimmer. Dann fuhr ich mit dem Auto in Richtung Marionettentheater, wobei mir mein Navi freundlicherweise half. Gut gelaunt, weil alles bisher reibungslos von statten gegangen war, stellte ich mein Gefährt nahe des Theaters in einer Tiefgarage ab. Inzwischen war es 18:53 Uhr geworden.

Von Weitem schon sah ich ein rotes Kleid. Aber es war kein alter Abendfummel, oh nein, es war einfach nur sexy. Und was darin steckte, war auch nicht zu verachten. Brünett, in meinem Alter, honigfarbene Augen und Rundungen an den richtigen Stellen. Ich zog eine der Eintrittskarten aus meinem Jackett und hielt sie ihr vor die Nase: „Hallo Priscilla!". Sie ließ ihr Pappschild auf den Boden gleiten und schaute mir prüfend in die Augen: „Ich hatte schon befürchtet, du kommst nicht". Dann nahm sie meinen Arm, als wären wir alte Bekannte.

Die Aufführung war grandios. Ich hätte nie geglaubt, dass mich Marionetten jemals so begeistern würden. Am liebsten hätte ich gar nicht mehr aufgehört zu klatschen.

Zum Schluss kam das Beste, der absolute Hammer. Die Requisiten wurden beiseite geschoben und man konnte die Puppenspieler sehen, wie sie die Marionetten an den dünnen Fäden lenkten. Diese Menschen wirkten jetzt wie gewaltige Riesen, da uns bisher die winzige Welt der kleinen Puppen gefangen gehalten hatte. Die Zuschauer sprangen auf und jubelten. Natürlich auch Priscilla und ich.

Als wir ins Freie traten, schaute sie mich lächelnd von der Seite an und sagte: „Ich hab Hunger. Wollen wir nicht noch etwas zusammen essen?". Na bitte, ging es mir durch den Kopf, jetzt kommt's. Jetzt muss ich in einem teuren Nobelrestaurant bluten. Aber als hätte sie meine Gedanken erraten, plapperte sie weiter: „Ich bezahle auch!". Da meldete sich wieder einmal der Macho in mir und ich hörte mich Blödmann sagen: „Kommt gar nicht in Frage!".

Direkt über der Tiefgarage, in welcher mein Auto geparkt war, befand sich ein Restaurant. Und da es das erste und einzige war, dass ich seit meiner Ankunft in Salzburg gesehen hatte, führte ich die Hungrige dorthin. Wir aßen Girardi-Rostbraten, ein nach dem Wiener Schauspieler Alexander Girardi benanntes, geschmortes Roastbeef mit Kapern und Champignons. Sie mochte keinen Alkohol und trank Wasser. Ich mochte Alkohol, durfte aber keinen trinken, denn ich wollte ja noch fahren. Also genehmigte ich mir einen „großen Braunen". Ich kann nur immer wieder aufs Neu bestätigen: Nirgends gibt es so guten Kaffee wie in Österreich. Wir plauderten noch ein wenig und ich erfuhr, dass wir beide zufällig aus Thüringen stammten. Sie lebte normalerweise in Weimar. Hier in Salzburg hatte sie für einen guten Preis in der Pension Wallner Unterschlupf gefunden. Also bot ich ihr an, sie zu ihrer Pension zu fahren. Wir begaben uns in die Tiefgarage. Seltsamerweise brannte dort kaum Licht und so tappten wir im Halbdunkel zu meinem Wagen. Die Ausfahrt war durch ein großes Tor verschlossen, auf welchem ein Schild warnte: „Vorsicht, das Tor rollt bei Annäherung automatisch nach oben!". Aber das Tor schien nichts von dem Schild zu wissen. Es rollte nicht. Weder nach oben noch sonst wo hin. Ich stieg aus, um nach einem Mechanismus zu suchen, der uns weiter helfen konnte. Da entdeckte ich ein kleineres Schild mit der Aufschrift: „Bei Versagen melden Sie sich bitte in der Gaststätte, die Sie über die Wendeltreppe erreichen können!". Wahrscheinlich kam so ein Versagen hier öfters vor. Ich blickte mich um und gewahrte tatsächlich unweit die besagte Wendeltreppe. Also sagte ich Priscilla Bescheid und erklomm die verdrehte Stufenleiter. Ein freundlicher Kellner nickte zu meinem Anliegen und begleitete mich wieder nach unten. Dann trat er kräftig gegen das Tor, welches sofort brav nach oben rollte. Vielleicht hätte man besser das Schild „An das Tor treten!" anbringen sollen.

Kaum hundert Meter nach der Garagenausfahrt rief Priscilla plötzlich: „Halt!". Ich stieg erschrocken auf die Bremse: „Hast du was vergessen?". Sie lächelte nur, beugte sich zu mir herüber und küsste mich. Dann sagte sie: „Zu mir in die Pension können wir aber nicht". Worauf ich deutlich hörte, wie mein Testosteronspiegel sprach: „Dann komm mit in mein Hotel!".

Meine Rechnung ging auf. Keiner fragte uns, ob wir zusammengehören würden oder ob Priscilla überhaupt im Hotel gemeldet sei. Im Zimmer angekommen, sprang sie gleich ins Bad, während ich meinen Morgenmantel aus dem Koffer wurstelte. Kurz darauf kam sie zurück, in einen Bademantel des Hotels gehüllt, und gurrte leise: „Beeil dich!". Ich habe noch nie so eilig geduscht wie an diesem Abend. Als ich zurückkam, lag sie auf dem Bett wie Gott sie geschaffen hatte. Ihre Brustwarzen waren für eine Brünette erstaunlich hell und sie besaß diese ganz spezielle Haut, nicht ganz glatt aber trotzdem ohne Makel. Nachdem wir uns geküsst hatten, begann ich meine Zunge auf dieser wunderschönen Oberfläche spazieren gehen zu lassen. Als ich an der Taille angelangt war, musste sie lachen: „Das kitzelt!". Ich hob den Kopf: „Soll ich aufhören?". „Nein, mach weiter! Es ist schön". Als ich ihren gesamten Körper erkundet hatte, drängten wir uns aneinander und begannen mit dem alten Spiel des ständigen Fliehens und Näherns, bis wir erschöpft nebeneinander lagen. Ich wollte sie noch ein wenig streicheln, aber sie war bereits eingeschlafen. Behutsam stand ich auf und ging ins Bad. Als ich mich wieder neben sie legte, zog Priscilla im Habschlaf meinen Arm zu sich heran und legte ihren Kopf auf meine Schulter. Ich sah mich in meiner Lebensphilosophie wieder einmal bestätigt: Ein Mann wird erst zum Mann, wenn eine Frau ihren Kopf auf seine Schulter legt.

Am nächsten Morgen weckte mich das bekannte Geräusch von plätscherndem Wasser. Ich rollte mich aus dem Bett, lehnte mich mit der Schulter an den Rahmen der Badtür und betrachtete die Rückseite von Priscilla beim Duschen. Nach einer Weile drehte sie sich um, nahm ein Handtuch und schritt an mir vorbei, ohne mich anzublicken. Etwas irritiert stellte ich mich nun meinerseits unter die Wasserstrahlen und überlegte, was ich falsch gemacht haben könnte. Der Grund für so ein Verhalten liegt ja bekanntermaßen immer bei den Männern. Als ich ins Zimmer zurückkam, um mich anzukleiden, saß sie auf dem Bett und fönte ihre Haare. Mit meinem Fön. Sie musste also meinen Koffer durchwühlt haben. Na gut, nach so einer Nacht sei ihr das gegönnt. Ich kniete mich hinter sie auf das Bett und legte meine Hände auf ihre Schultern: „Möchtest du mir sagen, was los ist?". Sie schaltete den Fön aus und blickte zu Boden: „Hör zu! Du musst zwei Dinge wissen. Das erste ist, dass ich noch heute Nacht nach Washington D.C. fliegen muss. Ich habe dort vier Monate dienstlich zu tun". Ich küsste gefühlvoll ihren Hals: „Solange werde ich schon warten können. Und Weimar ist nur 50 Kilometer von meinem Heimatort entfernt. Wenn du wieder zu hause bist, komme ich postwendend zu dir gepprescht". Sie drehte ruckartig ihren Körper zur Seite: „Du hast das Zweite noch nicht gehört". Ich stieg vom Bett herunter und stellte mich vor sie: „Was?". Priscilla stand auf, quetschte sich an mir vorbei und trat ans Fenster: „Ich bin verlobt. Ich wollte diese Nacht als Prüfung für mich, um herauszufinden, wie ich wirklich zu meinen Verlobten stehe". Eine unsichtbare Kraft schlug mir die Beine weg und ich musste mich setzen. „Ich war also ein Versuchskaninchen", fragte ich entgeistert, „weiter nichts?". Schon wieder hielt ich eine Niete in den Händen. Priscilla liefen zwei kleine Tränen über die Wangen: „Ich weiß es selbst nicht!". Langsam stand ich auf und begann wortlos meinen Koffer zu packen. Als ich damit fertig war, zog ich meine Jacke über und wollte an ihr vorbei den Raum verlassen. Sie hielt mich fest: „Bitte hör mir zu! Ich werde in den nächsten Monaten bestimmt Klarheit über mich selbst bekommen. Glaube mir! Und ich mache dir einen Vorschlag. Ich komme doch im September wieder zurück nach Deutschland und am 1. Oktober wird die Zauberflöte am Deutschen Nationaltheater Weimar aufgeführt. Wenn du mich an diesem Tag um 19:00 Uhr in meinem roten Kleid dort stehen siehst, dann habe ich mich für dich entschieden. Für immer und ewig. Ich schwöre! Wenn nicht, dann habe ich meinen Verlobten geheiratet".

Ich riss mich los und verließ hastig das Zimmer. Auf der Heimfahrt war ich gezwungen mehrmals anzuhalten. Ich konnte mich einfach nicht konzentrieren und lief Gefahr, jeden Moment einen Verkehrsunfall zu verursachen. Zu allem Überfluss blinkte am Armaturenbrett auch noch das rote Lämpchen der Ölkontrolle. Da es aber nach einiger Zeit wieder verlosch, vergaß ich es völlig.

Wie sagt doch der Volksmund so schön? Die Hoffnung stirbt zuletzt! Also begab ich mich am 1. Oktober mit meinem Auto auf den Weg nach Weimar. Ein paar Kilometer hinter Blankenhain gab es einen mordsmäßigen Knall. Die Karre stand so abrupt, dass meine Stirn kurz gegen das lederbezogene Lenkrad stupste. Als ich die Motorhaube öffnete, konnte ich ein Metallteil erblicken, das unsachgemäß aus dem geborstenen Motorblock heraus ragte. Ich verliebtes Rindvieh hatte vergessen mich um die Ölstandsanzeige zu kümmern. Also zog ich fluchend mein Handy aus der Tasche und wählte die Nummer des Abschleppdienstes. Man teilte mir mit, dass vor 18:30 Uhr kein Abschleppfahrzeug zur Verfügung stehen würde. Verflixt! Nach Blankenhain zurück zu laufen, um vielleicht einen Bus oder ein Taxi zu ergattern, war einfach zu unsicher. Also musste ich rund 15 Kilometer trampen. So schnell es meine Beine vermochten, trabte ich in Richtung Weimar. Immer wenn sich ein Fahrzeug näherte, streckte ich den Daumen in die Fahrtrichtung und faltete anschließend bittend die Hände. Keine Sau hielt an. Was, wenn Priscilla wirklich dort stand und ich würde sie verpassen? Nicht auszudenken! Ich beschloss, mich dem nächsten Fahrzeug einfach in den Weg zu stellen. Nach geraumer Zeit hörte ich hinter einer Kurve wieder Motorgeräusche. Also stellte ich mich auf die Fahrbahn und streckte beide Hände in die Höhe. Kurz darauf nahm ich sie erschrocken wieder herunter. Vor mir bremste eine Motorradgang. Alle in Lederklamotten mit silbernen Beschlägen. Ein bärtiger Halbriese stieg von seiner Maschine, schnappte mich am Schlafittchen und brüllte: „Soll ich dich gleich töten oder erst später?". Mir war alles egal: „Sorry, aber ich brauche unbedingt eure Hilfe!". Die Antwort war lautes Gelächter. Der Bärtige ließ mich los und drückte seinen Zeigefinger schmerzhaft gegen meine kalte Nase: „Freundchen, wieso glaubst du, dass wir dir Pfeife helfen würden? Und wobei denn überhaupt? Sprich! Aber zackig!". Etwas zittrig in den Beinen erklärte ich: „Mein Auto ist kaputt, aber ich muss um sieben in Weimar sein. Vor dem Theater. Da steht die Liebe meines Lebens. Und wenn ich sie verpasse, dann ist alles aus für mich!". Mein bärtiger Freund schnappte mich wieder am Jackenaufschlag: „Wenn du mich verarscht, knacke ich dir deine dünnen Knochen, einem nach dem anderen. Klar? Spring auf! Wir müssen uns nämlich beeilen, wenn wir pünktlich sein wollen!". Dann hob er mich wie ein Streichholz hoch und drückte mich auf das Motorrad seines Nebenmannes. Dieser raunzte nur kurz nach hinten: „Festhalten!". Dann startete die Gang lautstark ihre Maschinen und wir jagten los, als hätte der Teufel persönlich die Geschwindigkeitsbeschränkung aufgehoben. Als das Ortschild von Weimar in Sicht kam, schaute ich kurz auf meine Armbanduhr, was mir ein erneutes „Festhalten!" einbrachte. Es war bereits 19:01 Uhr und wir waren immer noch nicht am Theater. Und was, wenn Priscilla dort gar nicht auf mich wartete? Die Kerle würden denken, ich hätte sie nur gefoppt. Dann würden sie mich freudig durch die Mangel drehen. Bei meinem Glück wäre das sogar sehr wahrscheinlich.

Als die wilde Hatz am Theaterplatz stoppte, konnte ich gerade noch ein rotes Kleid um die Ecke biegen sehen.

„Priscilla!" schrie ich aus Leibeskräften und sprang ungelenk von dem Motorrad, „Priscilla, warte!". Das rote Kleid stoppte und drehte sich um. Es war ein wunderschönes, sexy Kleid. Und darin steckte meine Priscilla. Sie rannte mir entgegen, nahm meinen Kopf in beide Hände und küsste mich. Und die gesamte Bikerbande lies ein gedehntes „Ohhhh!" hören. Dann brausten sie auf ihren knatternden Maschinen davon, ohne sich noch weiter um uns zu kümmern. Priscilla aber fragte mich zärtlich: „Willst du mich heiraten?". Ehrlich, ich weiß bis heute nicht, was genau ich in meiner Aufregung geantwortet habe. Jedenfalls hatten wir vor drei Jahren silberne Hochzeit. Vor zwei Jahren diagnostizierte man Krebs bei ihr und voriges Jahr kam auch noch ein beidseitiger Schlaganfall hinzu. Dann fiel sie ins Koma und vor Kurzem setzten die meisten der Hirnfunktionen aus. Jetzt stehe ich an ihrem Bett und muss entscheiden, ob die Geräte abgeschaltet werden sollen. Ich werde zustimmen. Sie hat mir mehr als fünfundzwanzig Jahre mein Leben zum Paradies gemacht, nun soll sie ihre Ruhe haben. Nächsten Montag werde ich sie der Erde übergeben. Und eines weiß ich genau, aber ganz genau: Einen Tag nach ihrer Beerdigung spielen sie Mozarts Zauberflöte, und ich, ich werde hingehen.

Sage von der Lockerberg-Eiche

Es geschah in alten, längst vergessenen Zeiten. Georg Graf von und zu Lockerberg war der letzte Spross seiner Familie. Er war ein Lebemann und konnte der Natur nichts abgewinnen. Somit war der riesige, von einer hohen Mauer umgebene Garten, der sich seit Generationen an den Ostflügel des Herrenhauses schmiegte, ein Dorn in seinen wasserblauen Augen. Seine Mutter hatte den Garten geliebt, aber sie galt seit vielen Jahren als vermisst. Nachdem sein Vater in die Ewigkeit gegangen war, entließ Graf Georg den braven Gärtner, da ihn der Lohn für dessen Arbeit reute. Die Taler konnte er viel besser für die kostspieligen Wünsche seines galanten Liebchens gebrauchen. Und so ließ der Lauf der Zeit die einst so gehegten Pflanzen langsam verwelken und verkommen. Unkraut machte sich auf Wegen und Beeten breit und verdrängte mit seiner Üppigkeit die letzten Blumen. Moos überwucherte Rasen und Mauer. Nur in der Mitte des Gartens thronte ungebeugt eine alte, stattliche Eiche. Sie war rund 800 Jahre alt, aber immer noch fest im Stamm und gesund in den Trieben.

Des Nachts, wenn Graf Georg zur elften Stunde seine Bettstatt aufsuchte, schien es manchmal, als würde ihm die Eiche etwas zuflüstern. Aber er schob das Wispern stets auf den Wind, der sacht durch die dunkelgrünen Eichenblätter fuhr.

Auf Haus Lockerberg gab es ständig rauschende Feste. Graf Georg verschleuderte das Familienerbe nur allzu gern für Prunk, Glanz und Glamour. Er ließ sich feiern, von Schmarotzern hofieren und von falschen Freunden tätscheln. Dafür knauserte er am Salär für Diener und Köchin. Als er sich nach einem besonders reichlichen Gelage bezecht zur Ruhe bettete, hörte er wieder einmal aus Richtung der Eiche ein mattes Raunen. Diesmal aber erschien es ihm deutlicher: „Dein Vater nahm mein Leben, um dir mein Gold zu geben". Aber er warf sich nur auf die andere Seite. „Ach", murmelte er schläfrig, „was führt einem der Wein nicht alles vor Aug und Ohr".

Am nächsten Tag ließ sich Graf Georg wieder einmal mit seiner Kutsche in die nächste Provinzstadt zu seiner hübschen Maitresse fahren. Allerdings war er übel verkatert von den Nachwirkungen des Weines. Als die Karosse an der alten Dorfschenke vorbei kam, bewog den Grafen der Durst, die düstere Destille zum ersten Mal in seinem Leben aufzusuchen. Er wies dem Kutscher das Halten an und stieg, in Erwartung eines kühlen Trunkes, flink aus dem Wagen. Schon als er den niedrigen Schankraum betrat, blickten die Anwesenden auffällig zu Boden. Und als er sich setzte, standen die Gäste von den Nachbartischen auf und begaben sich zu den Plätzen im hinteren Teil der Klause. Als der Wirt, nicht gerade gefällig, zu ihm trat, nutzte Graf Georg die Gelegenheit und fragte forsch: „Was bedeutet dieses Tun?". Der Wirt zierte sich erst ein wenig, dann sprach er: „Verzeiht, aber es geht nicht gegen Euch!". Georg zog die gräfliche Stirn in Falten: „Und warum fliehen dann alle meiner Gesellschaft?". Der Wirt druckste wieder etwas herum, dann bekannte er: „Das ist das Erbe Eures Vaters. Vergebt mir, aber Euer Vorfahre gilt hier im Dorfe immer noch als …". Der Graf stand auf: „Als was? Rede!". Aus dem Dunkel des hintersten Winkels rief eine heisere Stimme: „Als Mörder, als Gattenmörder!". Georgs Gesicht wurde bleich und wächsern wie die Kerzen auf seines Vaters Grab. Brüskiert machte er auf dem Fuße kehrt und floh aus dem Wirtshaus, als hinge der leibhaftige Teufel an seinen Fersen. Der Kutscher musste wenden und seinen Herrn zurück zum Château bringen. Dort schloss sich der Graf ein und ward den Rest des Tages nicht mehr gesehen. Am Abend lauschte er lange in die Dunkelheit, und tatsächlich, die Eiche raunte leise: „Dein Vater nahm mein Leben, um dir mein Gold zu geben". Zitternd wickelte er sich in sein Bettzeug und drückte wimmernd mit beiden Händen die Ohren zu.

Tags darauf ließ er seinen Diener den Keller des Anwesens nach einer Axt durchsuchen. Dann befahl er ihm, die Eiche zu fällen. Der Lakai gab sich redlich Mühe, aber das Werkzeug prallte von der harten Eiche ab, ohne auch nur einen einzigen Span abzuspalten. Erbittert riss der Graf dem Diener das Beil aus der Hand und schlug wie von Sinnen auf den alten Baum ein. Doch dieser wisperte nur: „So werd ich niemals fallen. Ein Fluch liegt auf euch allen!". Graf Georg schmetterte die Axt an die Gartenmauer und das unschuldige Werkzeug zerbarst in zwei Teile. Dann schrie er den Diener an: „Geh und befehle die Holzfäller zu mir! Sie sollen gleich morgen diese verhexte Eiche fällen und ihren Stumpf roden, auf das nichts mehr von ihr übrig bleibe!". Hernach zog er sich mit einer bauchigen Flasche besten Weines in seine Gemächer zurück.

In der Nacht hatte er einen seltsamen Traum. Die vermisste Mutter erschien vor seinen Augen, von Nebel umhüllt, gekleidet in ein langes, blaugrünes Seidengewand. Sie zeigte drohend mit dem Finger auf seine Brust und sprach zornig: „Dein Vater hat mich wegen meines Reichtums unter der alten Eiche erdolcht. Als ich ihn freite, war er bettelarm. Ich glaubte damals, wir würden aus Liebe heiraten. Aber bei ihm war es rein die Liebe zum Golde. Schon kurz nach der Hochzeit begann er unsere Habe zu verprassen. Als ich mich seiner Verschwendungssucht entgegenstellte, bedeutete das meinen schmerzlichen Tod. Du bist nicht einen Deut besser als er. Nach deinem Willen soll der Baum, dessen Krone meine Seele behütet, morgen früh gefällt werden. So wird mein Fluch, den ich im Todeskampf aussprach, noch diese Nacht meinen eigenen Sohn treffen!".

Benommen von dem Traum, erwachte Graf Georg beim ersten Sonnenstrahl. Ein starker Druck lag auf seiner Brust und er war nicht in der Lage seine Glieder zu bewegen. Er rang nach Luft und das Herz hämmerte, als wolle es in tausend Stücke zerspringen. Seine Arme und Beine schienen aus hartem Eichenholz gemacht und ihm deuchte, Unkraut stände rings umher. Auch kamen schemenhaft zwei Holzfäller mit Beil und Säge und begannen hart auf ihn einzuschlagen. „Aufhören, ich bin doch euer Graf!", versuchte er zu rufen. Aber es klang nur wie das sanfte Rauschen des Windes in einem dichten Blätterdach. Jeder Schlag und jeder Schnitt drang ihm schmerzhaft ins Gebein, bis die Ohnmacht seine Sinne überflutete.

Als die Eiche gefällt war, rodeten die Männer weisungsgemäß den riesigen Wurzelstock. Da entdeckten sie im Erdreich ein verblichenes, menschliches Geripp. Einer der Männer hastete sofort in des Grafen Stube, um die grausige Kunde zu vermelden. Er fand den Grafen am Boden liegend, beide Hände auf die Stelle gepresst, unter der einst sein Herz geschlagen hatte.

Die Dorfbewohner raunten sich zu, man habe es längst gewusst. Haus und Garten des Grafen und alles Feld darum herum sei schon immer verflucht gewesen. Und der Fluch wirke auch noch weiter bis in alle Ewigkeit. Keiner traute sich mehr in die Nähe des Stammsitzes und so verfielen im Laufe der Zeit dessen Mauern, bis sie das Dach nicht mehr halten konnten. Das wuchernde Unkraut überdeckte unbeteiligt alle Trümmer. Und jeder aus der Gegend wusste zu berichten, dass seit jener Zeit im Umkreis von drei Meilen nie wieder ein Eichenbaum gedieh.

Drei Bücher

Man sagt allgemein: „Wer lesen kann, ist klar im Vorteil". Wie sieht es damit bei Ihnen aus? Lesen Sie gern? Dann werde ich Ihnen jetzt einmal von meinem Verhältnis zu Büchern erzählen.

Nach einem Schlaganfall und einem Herzinfarkt war ich linksseitig gelähmt und saß vorwiegend im Rollstuhl. Zum Glück war ich aber noch in der Lage, mir ohne fremde Hilfe den Hintern abwischen zu können. Jedoch beim Sprechen hatte ich einige Probleme. Die linke Seite meiner Oberlippe fiel meist unkontrolliert nach unten und wenn ich deutlich reden wollte, musste ich mit dem rechten Zeigefinger diesen Teil der Lippe ständig nach oben drücken. Etwas später kam dann völlig unerwartet der zweite Herzinfarkt. Den Grund dafür werden Sie gleich erfahren. Jetzt bin ich tot. Glauben Sie mir, das ist unangenehmer als man denkt.

Seinerzeit zu meiner Zeit, als ich noch quicklebendig war, konnte man zwischen dem Dienst in der Armee und dem Zivildienst wählen. Ich zog damals das Zivile vor. Man teilte mich zu „Essen auf Rädern" ein. Ich konnte gepflegt mit dem Auto durch die Stadt cruisen und älteren Herrschaften das Essen zur Tür bringen. Die meisten waren dankbar und freundlich. Ein älterer Herr zum Beispiel bat mich stets in seine Wohnstube und ließ mich erst gehen, wenn ich ihm einen neuen Witz erzählt hatte. Allein für ihn kaufte ich damals ein dickes Witzbuch, aus dem ich immer kurz vor der Haustür einen Gag auswendig lernte. Manche Späße waren eher dünn, aber der Opa lachte trotzdem. Eines Tages ging dann seine Tür nicht mehr auf. Man teilte mir mit, dass ich diese Wohnung nie wieder anzufahren brauche.

Dafür bekam ich kurz darauf eine neue Adresse: Hildegard Miller, Walter-Schürmann-Straße 7a. Ich sollte bald nur noch „Hilde" zu ihr sagen.

Beim ersten Mal dachte ich, ich hätte mich verfahren oder die Adresse sei falsch. Es war kein direktes Wohnhaus, sondern ein alter, heruntergekommener Buchladen. Zumindest wiesen das die bröckelnden Buchstaben über dem verstaubten Schaufenster aus. Hinter der großen Glasscheibe lagen noch genau drei Bücher. Darüber ruhte ein verbeultes Blechschild mit der Aufschrift „Geschlossen". Neben der verblichenen Holztür befanden sich ein Klingelknopf und darunter die handschriftliche Aufforderung „Bitte schellen!" Als ich mit dem Daumen auf den Knopf drückte, erschallte im Inneren ein Dreiklang-Gong. Kurz darauf wurde die Tür geöffnet. Eine gepflegt aussehende, sehr alte Dame stützte sich auf einen Stock mit Silberknauf. "Was?". „Ich bringe das Essen". Die Frau drehte sich wortlos um und verschwand im Laden. Ich betrat den dunklen Raum und erblickte mehrere leere, verstaubte Regale. Die Alte stakste vor mir her in eine Art Hinterzimmer. Möglicherweise war das früher einmal ein Lagerraum, jetzt schien es ein Wohnraum zu sein. Ich entdeckte eine Elektroheizung, einen zweiflammigen Gaskocher, ein altes Telefon mit Wählscheibe und einen kalkverkrusteten Wasserhahn, unter dem sich ein halbrundes Becken aus Gusseisen befand. Der Hahn tropfte munter vor sich hin.

Die Greisin folgte meinem Blick: „Ja, ja, hier wohne ich. Hab mein Haus verkauft. Konnte es nicht mehr selbst sauber halten. Hatte es von meinem Vater geerbt. Der war mal ein hohes Tier bei General Electric". Sie zeigte mit ihrem spitzen Finger auf einen kleinen, antiken Tisch. Ich stellte brav die Box mit dem Essen dort ab. Weiß der Kuckuck warum, aber ich hörte mich fragen:

„Soll ich den Wasserhahn reparieren?". Die Antwort bestand nur aus einem „Hm!". „Gibt es hier einen Haupthahn? Ich muss das Wasser abstellen". Sie zeigte auf eine Bodenklappe. Darunter befand sich eine morsche Holztreppe, welche in einen muffigen Keller führte. Über einem sternförmigen Griffrad an einem verrosteten Rohr prangte das Schild „Wasser". Nachdem es abgestellt war, holte ich das Werkzeug aus dem Auto, zerlegte den Hahn und drehte die Dichtung so, dass die unbenutzte Seite nach unten zeigte. Ein Trick, den mir mein Vater beigebracht hatte. Nach dem Zusammenbau des Wasserhahns und Öffnen des Hauptventils schien alles dicht zu sein. Zumindest tropfte es im Moment nicht mehr. An den Augen der alten Dame war zu erkennen, dass ich einen Freund gewonnen hatte. „Ich heiße Hilde". „Also dann Frau Hilde. Bis zum nächsten Mal!". „Nix Frau. Nur Hilde". „Dann auf Wiedersehen, nur Hilde!". Sie lachte und drohte mit dem Zeigefinger.

Tag für Tag brachte ich ihr nun das Essen und wir freundeten uns immer enger an. Einmal kam sie mit einem Sparbuch in der Hand an die Tür. „Ich schaffe es nicht mehr bis zur Bank. Dir vertraue ich. Da ist die Vollmacht. Die Bank weiß Bescheid. Ich brauche fünfhundert Euro". Ihr Vertrauen ehrte mich: „Kein Problem". In der Bank öffnete ich das Büchlein, um zu sehen, ob überhaupt fünfhundert Euro zur Verfügung stünden. Mich rührte fast der Schlag. Da war deutlich die Zahl „Siebenhunderttausend" zu lesen.

Als ich Hilde die fünfhundert Euro brachte, wollte ich eigentlich fragen, wie sie zu so einem komfortablen Spargroschen gekommen sei, verkniff es mir dann aber. Dennoch kreisten meine Gedanken lange um das Geld.

Als mein Zivildienst beendet war, ging ich trotzdem fast jeden Tag zu dem alten Buchladen um Hilde zu besuchen und kleine Besorgungen für sie zu machen. Doch an einem Donnerstag verhallte der Dreiklang-Gong, ohne dass eine Reaktion erfolgte. Die Tür war nicht abgeschlossen. Ich fand meine Freundin unbeweglich und kalt an ihrem Tisch sitzend. Der Krankenwagen kam etwa zwölf Minuten nach meinem Telefonat. Hilde lebte nicht mehr. Die Natur hatte unsere Freundschaft einseitig beendet.

Drei Tage später kam ein Anruf von einem gewissen Notar Wendland. Ich wurde zur Testamentseröffnung von Hildegard Miller gebeten. Sofort machten sich siebenhunderttausend Gedanken in meinem Kopf breit.

Der Notar war ein verhältnismäßig junger Mann mit Schnauzbart und Hornbrille. Wir gaben uns höflich die Hand. Wie sich herausstellte, war ich als Einziger geladen. Sie können sich sicher vorstellen, was in mir vorging. Mit ruhiger Stimme verlas Herr Wendland das Testament. Der Ertrag des Sparbuches ging komplett an die Vereinigung „Brot für die Welt". Meine Stimmung rutschte blitzartig ab, bis zum absoluten Nullpunkt. Den Buchladen vermachte Hilde der Stadt, mit Ausnahme der drei Bücher aus dem Schaufenster. Die bekam ich. Gerade ich, der vom Lesen etwa so viel hielt, wie eine tote Kuh vom Stabhochsprung. Ich nahm die Bücher gegen Unterschrift in Empfang und trollte mich in der festen Meinung, dem Altpapier-Container an der Ecke einen dreifachen Gefallen zu tun. Dann siegte aber doch das Gewissen; schließlich war Hilde zu Lebzeiten eine gute Freundin. Ich schob die Bücher in mein schwach besiedeltes Bücherregal. Zuerst ein braunes mit asiatischen Schriftzeichen, dann das grüne mit arabischer Schrift und zum Schluss ein englisches Kochbuch. Ein englisches! Ha! Wahrscheinlich enthielt es zwanzig oder mehr Zubereitungsarten für „Fish and Chips". Ich musste grinsen. Dann vergaß ich die Bücher.

Die Zeit verging. Was sollte sie auch Anderes tun. Ich wurde das, was man einen alten Mann nennt. Schmerzen in den Beinen und Prostatabeschwerden bestimmten mein Leben. Meine Frau war tot und ich war gebrechlich. Täglich kam ein netter, junger Mann und brachte mir mein Essen. Er war es auch, der mich fand, als ich am Boden liegend mit dem ersten Herzinfarkt rang. Seiner schnellen Hilfe verdankte ich mein weiteres, wenn auch nur noch kurzes Leben. Aus Dankbarkeit erzählte ich ihm die Geschichte meiner Jugend und schenkte ihm die drei Bücher. Er nahm das kuriose Geschenk mit gemischten Gefühlen an. Als er das Kochbuch aufschlug, lag in dessen Mitte eine General Electric Aktie mit einem Wert von drei Millionen amerikanischen Dollar. Und genau das war der Grund für meinen zweiten Herzinfarkt.

Sport

Anna Siebtrott war verrückt nach Bewegung. Als kleines Kind hieß sie nur „Der blonde Wirbelwind". Wenn ihre Eltern manche Tage nicht mit ihr zum Vorschulsport gehen konnten, war zuhause der Teufel los. Sie sauste mindestens dreimal so schnell wie ein D-Zug durch die Wohnung und was in ihrer Bahn lag, ging den Weg alles Irdischen. Ihre Eltern waren katholischen Glaubens und so beteten sie jeden Abend, dass sich das ändern möge.
Es besserte sich erst, als sie mit acht Jahren in die Mädchen-Handball-Mannschaft aufgenommen wurde. Sie überrannte alle Gegnerinnen. Allerdings verlor sie dabei gelegentlich den Ball. Trotzdem war sie abends ausgepumpt und ruinierte endlich nicht mehr die Wohnung.

Ein Problem ärgerte die Eltern aber trotzdem. Anna kaute an den Fingernägeln. Alle Gespräche und Bestrafungen halfen nichts. Verzweifelt versuchte es der Vater mit Bitter-Nagellack. Der Hersteller versprach, dieser Lack würde ein für alle Mal die Lust am Knappern beseitigen. 100 ml kosteten stolze achtzig Euro. Der Erfolg war, dass sich Anna bereits nach einer Woche an den Lack gewöhnt hatte. Zwei Wochen später war sie ganz wild auf das Zeug und statt nur zu knappern, lutschte sie nun auch noch stundenlang an den Fingern. Ihr Vater meinte, ab jetzt ginge es mit seiner Tochter nur noch bergab. Im Handball aber ging es bergauf.

Später entdeckte sie ihre Leidenschaft für den Sprint. Bei einem Schulfest erreichte sie über 100 und 200 Meter das Treppchen mit der Eins. Zwei Tage später klingelte der Sportlehrer bei ihren Eltern. Diese ließen sich überzeugen, dass Anna speziell gefördert werden müsse. So wurde sie in die Sportschule Steinbach umgeschult. Ihre Perspektive war der Beruf als Übungsleiterin. Dafür, dass neben den üblichen Schulfächern viel Zeit für den Sport geopfert werden musste, waren ihre Leistungen gut und ihr Körper entwickelte sich blendend. Ihre Zimmernachbarin war ihre beste Freundin, obwohl sie sich manchmal darüber lustig machte, dass Anna betete. Ansonsten schien alles eitel Sonnenschein. Als die Menstruation einsetzte, warf das Anna etwas zurück, aber sie holte das Defizit unheimlich schnell wieder auf. Man sagte ihr voraus, dass sie spätestens in drei Jahren zum olympischen Kader gehören würde. Aber das Leben hatte eine eigene Vorstellung von Annas Werdegang.

Er hieß Brian, war achtzehn Jahre alt, rauchte Gras, dealte mit Drogen und stand mit seinem Elternhaus auf Kriegsfuß. Bis zu seinem sechzehnten Geburtstag hatte seine Familie in Richmond gewohnt. Die Mutter war damals Sekretärin in einer Anwaltskanzlei und sein Vater arbeitete in London bei AstraZeneca. Als er entlassen wurde, fand er eine adäquat bezahlte Arbeit nur bei Bayer HealthCare Pharmaceuticals in Deutschland. Auch die Mutter, welche glücklicherweise der deutschen Sprache mächtig war, fand eine Beschäftigung in einem Steuerbüro. Der Umzug in ein anderes Land kotzte den Filius mächtig an. Als Brian volljährig war und inzwischen sehr gut Deutsch sprach, zog er aus. Auf der Suche nach einer Arbeit verschlug es ihn, weiß der Teufel warum, in das 55.000 Einwohner starke Baden Baden. Als Annas Sportschule aus Werbegründen zu einem Maskenball einlud, führte das Schicksal Anna und Brian zusammen. Es funkte nicht nur zwischen den beiden, nein, es blitzte und donnerte.

In Annas Kopf gab es nur noch Brian. Abends lag sie auf ihrem Bett und starrte an die Decke. Statt zu beten erzählte sie ihrer Freundin nur noch stundenlang von Brian, und zwar solange, bis diese genervt die Kopfhörer aufsetzte. Jeden Sonntag besuchte Anna ihren Brian in seiner Wohnung und hatte inzwischen auch schon einen Zweitschlüssel. Ihre Seele schien Schritt für Schritt in den siebenten Himmel zu steigen. Allerdings befanden sich dagegen ihre sportlichen Leistungen mehr und mehr auf dem absteigenden Ast. Diverse Aussprachen mit dem Trainer halfen da auch nicht.

Dann kam der Tag des großen Wettkampfs in Berlin. Am Abend davor rief der Trainer Anna zu sich und eröffnete ihr, dass sie aufgrund ihrer schlechten Leistungen nicht mitfahren werde. Des Weiteren empfahl er ihr darüber nachzudenken, ob sie nicht die Schule verlassen möchte. Für Anna brach eine Welt zusammen.

Während ihre Truppe im Bus nach Berlin saß, besorgte sich Anna eine Flasche Sekt und trollte sich in Richtung

Brians Wohnung. Sie würde ihn überraschen. Dann wäre zumindest dieses Wochenende gerettet. Leise schlich sie die Treppe hinauf, schloss die Tür auf und trat behutsam ein. Vor ihr auf dem Teppich wälzten sich zwei nackte Körper. Ein Mädchen, das sie nicht kannte und ihr Brian. Verdammt, ihr Brian. Die Sektflasche polterte zu Boden, gefolgt von dem Haustürschlüssel. Anna rannte hinaus und setzte sich auf die Stufen vor der Eingangstür. Ihre Tränen flossen über die Wangen und versiegten in der Sportjacke.

Brian kam heraus, nur schlecht und recht in einen Morgenmantel gehüllt. Bevor er etwas sagen konnte, schlug ihm Anna mit aller Kraft ins Gesicht. Dann rannte sie davon.

Als am Montag ihre Mitschülerinnen zurück waren, bat Anna um ein Gespräch mit dem Instruktor. Sie versprach in kürzester Zeit ihre Leistung zur Zufriedenheit aller zu steigern. Man bewilligte ihr eine Frist von vier Wochen.

Nach vierzehn Tagen waren ihre Leistungen immer noch weit unter der Norm. Anna war verzweifelt. Eines schönen Sonntagmorgens begab sie sich zögernd zu Brians Wohnung. Als er öffnete stellte sie klar, dass es nichts mehr zwischen ihm und ihr gab, aber sie wisse, dass er dealt und sie brauche speziell leistungsfördernde Mittel. Brian vertröstete sie auf den Abend. Dann tauschten ein Päckchen von Brian und ein paar Scheine von Anna ihre Plätze.

Mit Anna schien es bergauf zu gehen. Nach drei Wochen war man mit ihr zufrieden. Aber Anna mit sich selber leider nicht. Am folgenden Sonntag holte sie sich von Brian Nachschub. Sie wollte es allen zeigen. Sie musste einfach die Beste werden. Sie würde am Freitag bei der Leistungskontrolle über 400 Meter den Weltrekord laufen. Jawohl! Die Herzschmerzen am Donnerstag bekämpfte sie mit einer Ampulle aus Brians Päckchen.

Die Startpistole knallte und Anna schoss los. Bei ungefähr zweihundert Metern verschwamm plötzlich die Bahn vor ihren Augen. Nach dreihundert Metern stürzte sie und blieb unbeweglich liegen. Ihr Herz hatte einfach keine Lust mehr auf den Scheiß.

Als sie die Augen aufschlug, lag sie mutterseelenallein auf der Tartanbahn. Keine Mitstreiter mehr zu sehen, kein Trainer, kein Wettkampfleiter, keine Zuschauer. Sie rappelte sich auf und blickte erstaunt in die Runde. Hinter ihr stand ein alter Mann mit wirren, weißen Haaren und einem langen, grauen Bart. „Hallo Anna Bolika!", sagte er spöttisch. Ärgerlich erwiderte Anna: „Sehr lustig. Was ist hier eigentlich los?". Der Alte strich sich durch den Bart: „Nun ja, sagen wir so: Du hast deinen Weltrekord nicht geschafft". „Und wo sind all die anderen?", Anna wurde es mulmig. Der Weißhaarige sagte: „Da wo sie immer waren. Nur du bist hier". „Ach, und wo ist dieses Hier?". Anna versuchte ihre aufkeimende Angst zu verbergen. Der Mann grinste: „Nicht mehr auf der Erdoberfläche". Sie zog die Stirn in Falten: „Bist du Gott?". „Das wirst du schon noch herausfinden", war die unbestimmte Antwort. Anna setzte sich an den Rand der Bahn. Sie winkelte die Beine an and schlang die Arme um ihre Knie. „Gibt es einen Weg wie ich wieder zurückkommen kann?". Ihre Augen blickten erwartungsvoll. „Ja schon", meinte der Alte, „Du musst nur die 400 Meter in 46,5 Sekunden schaffen. Da vorn ist eine große Stoppuhr aufgestellt und hier habe ich eine Startpistole. Allerdings hast du pro Tag nur einen Versuch. Anna schauderte. Der Weltrekord lag zurzeit bei 47,6 Sekunden und ihre beste Zeit war bisher 48,1. „Kann ich es gleich versuchen?", fragte sie, allerdings mit wenig

Hoffnung. Der Bärtige ging mit ihr zur Startposition und hob die Pistole. Anna presste die Füße in die Starblöcke. Nahezu gleichzeitig mit dem Startschuss wirbelten ihre Beine los. Als sie durch das Ziel lief, zeigte die Uhr 47,9 Sekunden an. Ihre Bestzeit, aber immer noch 1,4 Sekunden zu viel. Anna fiel keuchend zu Boden. Der alte Mann zeigte auf ein großes Zelt in der Mitte des Stadions: „Bis morgen".

Im Zelt war alles, was Anna brauchte. Sogar eine Duschkabine. Nachdem sie sich frisch gemacht hatte, legte sich Anna auf die bequeme Liege und schlief sofort ein. Hunger hatte sie keinen.

Sie erwachte als der Alte den Zelteingang zur Seite schlug: „Nächster Versuch". Diesmal blieb die Uhr bei 47,8 Sekunden stehen.

Das Ganze wiederholte sich Tag für Tag. Jedes Mal verbesserte sich Anna um eine Zehntelsekunde. Als sie bis auf 0,2 Sekunden herangekommen war, änderte sich jedoch nichts mehr. Sie konnte sich anstrengen wie sie wollte, ihre Zeit verbesserte sich nicht. Jedes und jedes Mal nach einem vergeblichen Versuch lag sie im Zelt auf ihrer Liege, kaute an den Nägeln und sagte zu sich selbst: „Morgen, ja morgen werde ich es schaffen. Ganz bestimmt". Dann schlief sie ein. So konnte sie nie sehen, dass sich der Zielstrich, auf einen Wink des Alten, wie von Geisterhand einige Zentimeter nach vorn verschob. Danach nahm der Weißhaarige stets die Perücke ab und kratzte sich genussvoll an beiden Hörnern.

Was danach geschah

Wissen Sie, irgend so ein Trottel hat meine Geschichte aufgeschrieben und weltweit verbreitet. Manche fügten etwas hinzu, andere ließen etwas weg. Doch alle zurzeit bestehenden Variationen verfügen über einen gravierenden Fehler: Sie enden zu einem bestimmten Zeitpunkt. Ich möchte hier endlich einmal offenbaren, was danach geschah.

Als ich geboren wurde, hatte ich, wie der Volksmund so schön sagt, einen goldenen Löffel im Mund. Mein Vater war der reichste Mann des Landes und wir verfügten über zwei Schlösser, eine Sommer- und eine Winterresidenz. Die brauchten wir aber auch dringend. Denn obwohl der Architekt einen Toilettenerker anbauen ließ, benutzten dessen ungeachtet unsere Diener und Gäste die Ecken mancher Zimmer und Gänge für ihre Notdurft. Nach einem halben Jahr zwang uns der Gestank, in das jeweils andere Schloss umzusiedeln. Ansonsten war mein Leben äußerst angenehm. Reiten, Bogenschießen und Schwertkampf machten mir großen Spaß, für Mathematik und Latein gab es einen Prügelknaben. Hatte ich keine Lust zum Lernen, bekam nicht ich, sondern dieser arme Kerl eine gepfeffert. Die Wende in meinem Dasein kam erst, als ich ab einem bestimmten Alter den Zimmermädchen an gewisse Stellen grabschte. Mein Vater versuchte das zunächst abzuwenden, indem er mir einredete, das Grabschen hätte meinen baldigen Tod zur Folge. Zunächst glaubte ich das auch, da ich dabei unten herum immer ganz steif wurde. Irgendwann klärte mich dann aber mein Haus- und Hoflehrer auf. Und zwar unter Einbeziehung aller Einzelheiten. Ab sofort hatte ich keinen Spaß mehr am Schwertkampf, sondern dachte nur noch daran, das Schwert in die Scheide zu bekommen. Meinem verzweifelten Vater blieb nichts weiter übrig, als mich zu verheiraten.

Es wurde ein großes Fest anberaumt, zu welchem alle heiratsfähigen Töchter der näheren Umgebung eingeladen wurden. Außerdem kamen noch ein paar Prinzessinnen der angrenzenden Länder. Der Ballsaal war brechend voll. Es folgte eine gähnendlangweilige Vorstellung der einzelnen Damen: Das ist die Tochter des reichsten Kaufmannes, das ist Prinzessin Gundel aus dem Lande der Tulpen, das ist Fräulein bla, bla, bla. Eine war hässlicher als die andere. Höflichkeitshalber musste ich auch noch mit einigen dieser Vogelscheuchen tanzen. Plötzlich aber schien die Sonne aufzugehen. Eine junge Göttin betrat den Saal. Schlanke Figur, anmutige Bewegungen, herrliches Kleid, wunderschönes Gesicht. Ich bat sie zum Tanz, aber genau in diesem Moment schlug unsere alte Turmuhr Mitternacht. Die Anbetungswürdige drehte sich um und rannte davon. Ich sprintete hinterher und konnte gerade noch erspähen, wie eine prachtvolle Kutsche davon preschte. Allerdings hatte das Mädchen einen Schuh verloren; einen gläsernen Schuh. Am nächsten Morgen machte ich mich auf, die Besitzerin des Fußes zu finden, welchen gestern das zierliche Schuhwerk geschmückt hatte. Schon am ersten Haus versuchte mir eine ältere Dame einzureden, eine ihrer beiden Töchter sei die Gesuchte. Da die beiden aber viel zu voluminöse Füße für die gesuchte Schuhgröße hatten, war die Alte auf den absurden Gedanken gekommen, mit dem Beil ein Stückchen ihrer Quadratlatschen abzuhacken. Als ob ich blöd wäre und nicht entdecken würde, dass Blut am Schuh war. Da verriet mir ein Knecht unter vorgehaltener Hand, es gäbe noch eine dritte Tochter. Sie sei etwas schmuddelig und würde deshalb immer vor Fremden versteckt. Ich ließ sie herbeischaffen und erkannte sofort meine Angebetete. Auch der gläserne Schuh passte so genau, wie ein Schuh nur passen kann. Ich hob die Hübsche auf mein Pferd und galoppierte heim. Bald darauf gab es ein rauschendes Hochzeitsfest.

Man soll es nicht glauben, aber genau an dieser Stelle hören die Schreiberlinge immer auf zu berichten.

Das Leben aber geht weiter.

Zunächst turtelten wir wie verliebte Tauben. Dann kühlte die Liebe etwas ab. Eines Abends kam es schließlich zum Eklat. Beim gemeinsamen Mahl bat ich sie, mir eine Weinbeere zu reichen. Da plusterte sie sich auf: Sie sei nicht mein Lakai, ich solle gefälligst meine dummen Diener darum bitten, schließlich hätte sie ihr Leben lang genug für andere gearbeitet und ob sie mir vielleicht auch noch nach dem Kacken den Arsch wischen solle. Dann warf sie mir die Schüssel samt Weintrauben an den Kopf. Mein Hofnarr meinte, das sei bestimmt ein Zeichen von Schwangerschaft. Frauen hätten in diesem Zustand manchmal derartige Launen.

Am nächsten Tag tat ich, als wäre nichts geschehen. Wir wollten ein wenig mit der Kutsche ausfahren. Auf dem Weg nach unten legte ich ihr sorgsam ihren Brokatumhang über die Schultern. Sie herrschte mich an: Das könne sie doch wohl alleine, schließlich sei sie kein Kind mehr, sie sei durchaus in der Lage, sich selbst anzuziehen und wir Männer dächten immer, Weiber seien blöd. Ich war konfus, ignorierte den wartenden Diener und hielt ihr persönlich die Tür zur Kutsche auf. Das brachte ihr Fass endgültig zum Überlaufen. Wütend schrie sie, dass dies doch wohl die höchste Form der Unterdrückung sei. Frauen wären durchaus in der Lage sich die Tür selbst zu öffnen und wir Männer seien doch wirklich alle nur Schweine.

Seit diesem Tag schloss sie stets ihr Schlafgemach von innen ab, was die Erfüllung der ehelichen Pflichten sträflich verhinderte. Unser Verhältnis glich knisterndem Eis. Das Schlimmste jedoch folgte etwa zwei Monate später. Durch Zufall erwischte ich meine Angetraute, als sie sich im Stall mit unserem Reitknecht verlustierte. Ich ließ beide vom Henker meines Vaters köpfen und ihre toten Körper über die Schlossmauer werfen.

Sehen Sie, so kann es im Leben gehen. Zum Schluss will ich ihnen aber noch eines verraten: So lange es Konkubinen gibt, werde ich bestimmt nie wieder heiraten.

Ein entscheidender Wunsch

Seitdem ihm seine Mutter einen russischen Teddybär geschenkt hatte, nannte man den kleinen Michael nur noch „Mischka". Schon in der Unterstufe kam er mit Mädchen nicht zurecht. Das änderte auch die Pubertät nicht. Seine Tagträume von einigen bezaubernden Wesen blieben allesamt unerfüllt. Selbst als Erwachsener konnte er beim weiblichen Geschlecht nicht punkten. Alle Frauen, die er wollte, konnten ihn nicht leiden. Und alle, die ihn wollten, konnte er nicht leiden. Er hatte vor einiger Zeit den Spruch gelesen: Wer nicht bekommt was er will, der will irgendwann das, was er bekommt. So ein Mensch wollte er aber nicht sein und so kam es, dass er mit dreiundvierzig Jahren immer noch bei seiner Mutter wohnte. Wenn es nach dieser gegangen wäre, hätte er ausziehen sollen. Ihr Plan war, die Oma in die Wohnung zu holen. Großmutter besaß nämlich ein bescheidenes Reihenhaus. Das hätte man profitbringend verkaufen können. Alle Möbel darin waren echt antik und die verschiedensten Antiquitätenhändler hatten schon horrende Summen geboten, aber Oma hing an den Sachen. Dann ereignete sich jener folgenschwere Verkehrsunfall, der Mutters Leben und ihren Plan brutal zerriss. Einer dieser idiotischen Raser hatte den Zebrastreifen missachtet und sie mit seinem Sportwagen einfach überrollt. Nach drei Tagen verschied sie auf der Intensivstation des heimischen Krankenhauses. Mischka löste nach einer angemessenen Trauerzeit die viel zu groß gewordene Wohnung auf und bezog in der Stadtmitte eine ganz kleine: Wohnküche, Schlafzimmer und Bad. Das Bad verdiente seinen Namen nicht ganz, denn man konnte mangels Wanne nicht baden. Aber zumindest eine Duschkabine mit Schiebetür war vorhanden. In den Schlafraum passten gerade mal sein Bett und ein eintüriger Kleiderschrank. Dafür war die Wohnküche sehr geräumig. Mit einem großen Vorhang ließ sich die moderne Küchenzeile verbergen. Fernseher, Sofa, Sessel, Computertisch, Couchtisch, zwei Stühle und eine Blumenbank fanden hinreichend Platz und es wäre auch noch genügend Raum für andere Dinge gewesen. Mischka hatte sich eingewöhnt und war recht zufrieden. Gleich neben dem Mietshaus bot ein Bäcker seine Qualitätswaren an und die Bushaltestelle war auch in vier Minuten zu erreichen. Discounter, Kino, Drogerie, Pizzeria, Bibliothek, alles in nächster Nähe.

Es war Donnerstag, kurz nach 16 Uhr. Als Mischka aufgrund eines langen Klingeltons seine Wohnungstür öffnete, gewahrte er zwei Polizisten. Er war verständlicherweise zunächst etwas verdutzt, dann sagte er aber lächelnd: „Ich war's nicht!". Einer der Beamten fragte hu-

morlos: „Sind Sie Herr Michael Frontmaier?". Mischka
lächelte wieder: „Zumindest steht das in meinem Ausweis". Der zweite Ordnungshüter sagte leise: „Ihre
Großmutter ist gestorben. Der Nachbar hat sie in ihrem
Häuschen gefunden, auf dem Boden liegend. Ihr Hausarzt hat diesen Totenschein hier ausgestellt und das Bestattungsunternehmen ‚Sanfte Ruhe' hat die Leiche ab-
transportiert. Bitte kümmern Sie sich um die Formalitäten! Hier sind die Schlüssel zum Haus Ihrer Großmutter.
Herzliches Beileid! Übrigens hat die Verstorbene laut
Aussage des Nachbarn beim Notariat ‚Wenzel und Wenzel' ein Testament hinterlegt". Die beiden Uniformierten
grüßten kurz und entschwanden.
Nachdem Mischka eine Weile gegrübelt hatte, zog er sein
Smartphon hervor, wählte die Auskunft und ließ sich mit
der Kanzlei ‚Wenzel und Wenzel' verbinden. Mit der
Sekretärin vereinbarte er einen Termin am nächsten Tag.
Dann kam die Rentenstelle an die Reihe. Der Zuständige
wollte zunächst die persönliche Identifikationsnummer
der Verblichenen haben, war aber dann damit zufrieden,
dass Mischka eine beglaubigte Kopie des Totenscheines
einzusenden gewillt war. Sodann machte er sich auf den
Weg zum Bestattungsunternehmen. Er hoffte, dass dort
noch jemand anzutreffen sei, denn es ging inzwischen auf
18 Uhr zu. Der Bestatter war entgegenkommend. Man
vereinbarte die Einäscherung in zwei Tagen mit einer
minimalen Trauerfeier, denn es gab keine weiteren Verwandten. Mit Mischka würden die Frontmaiers ausster-
ben, so er keine Nachkommen zeugen oder adoptieren
würde.
Der nächste Tag brachte eine kleine Überraschung. Oma
hatte in ihrem Testament verfügt, das die gesamte Einrichtung ihres Häuschens dem städtischen Heimatmuse-
um zu übereignen sei. Das Haus selbst und ein Sparbuch

über siebentausend Euro erhielt Mischka. Gleich nach dem Notarbesuch wurde er beim Grundbuchamt vorstellig. Es war keinerlei Belastung auf das Häuschen eingetragen und so wurde Mischka stolzer Hausbesitzer.

Zur Trauerfeier hatte er den Nachbarn eingeladen, welcher Oma damals gefunden hatte. Aber der kam nicht. So geriet die Trauerfeier echt kurz, denn der Redner verspürte keine gesteigerte Lust, vor unbesetzten Stühlen zu referieren.

Das leer geräumte Haus war wenig anheimelnd. Zwar war die Bausubstanz in richtig gutem Zustand, aber die Zimmer waren recht klein und die Fenster noch kleiner. Fünf Wochen werkelte Mischka mit Farbeimern, Gips und Tapetenleim vor sich hin, dann löste er seine kleine Wohnung auf und zog mit seinem Hab und Gut in das von Grund auf renovierte Reihenhaus. Vieles blieb aber immer noch zu tun. Badewanne kaufen, Post ummelden, Omas Abo kündigen und weiß der Teufel was sonst noch. Am meisten Ärger hatte er mit dem Ummelden von Telefon und Internetanschluss. Nach vier Wochen war er immer noch nicht verkabelt. Bei seinem hundertsten Anruf teilte man ihm mit, der Techniker sei da gewesen, aber Mischka wäre nicht angetroffen worden. Einen Termin könne man nicht abmachen, er solle doch einfach die nächsten Tage zu hause warten. Nach Mischkas Tobsuchtsanfall hatte der Teilnehmer am anderen Ende schlicht aufgelegt. Eine Woche später bekam er dann doch noch seinen Termin. Er nahm einen Tag Urlaub und konnte fortan im Netz surfen.

Nachdem alles geregelt schien, wollte Mischka seinen Nachbarn besuchen. Aber jedes Mal blieb die Tür verschlossen. Eines Tages hielt dann ein geräumiger Möbelwagen vor dem Nachbarhaus. Alte Möbel wurden heraus und neue hinein getragen. Dabei gab eine Frau

Anweisungen, wie und wohin die Sachen aufgestellt werden sollten. Was hieß hier Frau; eine Göttin. Mischka war hin und weg. Aber erfahrungsgemäß war sie garantiert verheiratet. Unsicher trat er vor die Tür: „Hallo, ich bin der Nachbar. Ziehen Sie hier ein?". Sie lächelte belustigt: „Wonach sieht es denn aus?". Mischka errötete: „Verzeihung. Das war eine dumme Frage. Ich wusste allerdings nicht, was ich sonst hätte sagen sollen". Die Schöne stemmte die Arme in die Hüften: „Schau, schau, ein Mann, der noch rot werden kann. Aber wenigsten sind Sie ehrlich". Mischka wusste vor Verlegenheit nichts mehr zu sagen. Er schätzte die Frau auf etwa acht bis zehn Jahre jünger als er selbst war. Die Fältchen in ihrem Gesicht machten sie nicht alt, sondern irgendwie anziehender. Ihre Figur war leicht rundlich. Wunderschön. Mischka mochte keine Hungerhaken. Sie kam einen Schritt auf ihn zu: „Haben Sie etwas gesagt, oder sind Sie einer von der schüchternen Sorte?". „Sch … schüchtern", konnte Mischka gerade noch so heraus bringen. Sie kam noch einen Schritt näher: „Morgen ist doch Sonntag. Und falls Sie Zeit haben, könnten Sie mir bei der Einrichtung meines Domizils helfen. Ich würde danach auch einen ausgeben. Wie wär's?". Er nickte nur mit dem Kopf. Sie hielt ihm ihre gepflegte Hand hin: „Also bis morgen!".
Mischka lag im Bett und war hin und her gerissen. Wollte sie ihn bloß ausnutzen? Oder war sie eine Lesbe, die einfach nur mit einem Mann Freundschaft schließen wollte? Oder handelte es sich bei ihr vielleicht um eine Nymphomanin, die reihenweise Männer verschlang? Sollte sie vielleicht wirklich an ihm interessiert sein? Oder wollte sie nur einen anderen Mann eifersüchtig machen? War es gar Liebe auf den ersten Blick? Ihm schwirrte der Kopf. Endlich schlief er ein. Im Traum er-

schien ihm seine neue Nachbarin. Sie hatte ihn auf einen Stuhl gefesselt und seine Geldbörse entwendet. Dann durchsuchte sie seine Wohnung nach Wertgegenständen. Zum Schluss richtete sie eine Pistole auf seinen Kopf und drückte ab. Mischka schnellte schweißgebadet in seinem Bett hoch. Dann duschte er lange und ausgiebig.

Kaum hatte er gefrühstückt, klingelte es an der Tür. „Na, kommen Sie? Ich heiße übrigens Erika. Und Sie?". Mischka nahm allen Mut zusammen: „Ich heiße nicht Erika!". Sie stutzte kurz, dann sagte sie lachend: „Haben Sie in der Nacht einen Comedy-Lehrgang besucht?". Jetzt fand Mischka auch die Courage zum Lachen: „Ich heiße Michael, aber alle nennen mich Mischka". „Na dann, Mischka, mir nach!".

Es wurde ein anstrengender Tag. Das Sofa dahin, nein besser dorthin, nein doch zurück. Die Waschmaschine weiter nach links, nein doch lieber in den Keller neben den Trockner. Huch, kein Wasseranschluss. Also wieder hoch mit dem Ding. Der Kühlschrank könnte an der anderen Wand besser aussehen. Verflixt, da ist ja zuwenig Platz. Kommando zurück. Und jetzt nur noch das Doppelbett näher ans Fenster. Das brachte Mischka auf die Frage: „Warum hilft Ihnen Ihr Mann nicht?". „Weil ich ihn vor drei Jahren verlassen habe. Er wollte keine Kinder, ich schon. Und nachdem die Scheidung durch war, bin ich hierher gezogen. Zufrieden?". „Tschuldigung!". Mischka bekam erneut einen roten Kopf. Sie lachte: „Kein Problem. Also ich denke wir sind hier fertig. Lust auf ein Glas Wein oder lieber ein Bier? Ich hab versprochen Sie einzuladen. Gibt's hier in der Nähe ein gutes Lokal?". „Ehrlich gesagt kenne ich nur die kleine Wohngebietskneipe am Ende der Straße. Aber ob das ein gutes Lokal ist, entzieht sich meiner hochgeschätzten Kenntnis". Sie hakte sich schmunzelnd bei ihm ein. „Dann los!".

Sie trank Weißwein und er Bier. Ab einem gewissen Pegel begann sie zu plappern und kam vom Hundertsten ins Tausendste. Und er hörte einfach nur zu. Als das Lokal schloss, tranken sie schnell noch Brüderschaft. Auf dem Heimweg mussten sie den Bruderkuss mehrmals wiederholen, weil sich beide angeblich nicht mehr daran erinnern konnten, ob sie sich wirklich schon geküsst hätten.

Nun könnte man ja annehmen, dass alles gut war. Aber in Mischkas Hirn keimten Zweifel auf. Er kannte nur das jahrelange Leben als Single. Würde er ein anderes Leben überhaupt führen können? Was, wenn er gar nicht fähig war Kompromisse zu schließen? Und würde er Erika überhaupt glücklich machen können? Was verlangt so eine Frau von einem Mann? Und wie würde er sich fühlen, falls sie ihn ebenfalls einmal verlassen würde?

Mischka ging in den nächsten Tagen langsam auf Distanz zu Erika. Zuviel offene Fragen schürten in ihm Bindungsängste. Erika bemerkte das wohl, stellte ihn aber nicht zur Rede. Manchmal sahen sie sich mehrere Tage nicht. Gleichzeitig wuchs aber dieses heimtückische Pflänzchen Liebe in Mischka, wuchs und wuchs und quälte ihn, bis er nicht mehr schlafen konnte. Irgendwann war es ihm dann klar. Er liebte Erika so sehr, dass ihm ihr Glück viel wichtiger war als sein eigenes. Sie hatte einen richtigen Mann verdient, nicht so einen Loser wie ihn. Er brach den Kontakt zu Erika ab.

Es begann zu dämmern, als Mischka seine Küche betrat. Nach dem Betätigen des Lichtschalters erstarrte er zur Salzsäule. In seiner Küche stand ein Mann in einem schneeweißen Anzug. „Na, erschrocken?", fragte der und grinste breit. Mischka zitterten die Beine, als er leise fragte: „Wer sind sie?". „Ich bin die Aushilfe". „Was für eine Aushilfe? Ich habe keinerlei Aushilfe angefordert. Also, wer oder was sind sie?". Mischka schob sich langsam rückwärts an die Arbeitsplatte heran, auf welcher der Block mit den Küchenmessern stand. Der Weißbekleidete grinste weiter: „Ich bin **ein** Fee!". Mischkas Hand fischte hinter seinem Rücken nach den Messern: „Zwei Fehler. Erstens heißt es ‚**eine** Fee' und zweitens sind Feen weiblich". „Das ist ein weit verbreiteter Irrtum. Jede weibliche Fee besitzt eine männliche Aushilfskraft. Schließlich kann jedem Mal was passieren. Meine Fee ist zurzeit verhindert. Also bin ich hier". Mischkas Hand hatte inzwischen einen Messergriff erreicht. „Wann waren Sie zuletzt beim Psychiater?", fragte er mit belegter Stimme, während seine Hand langsam das Messer aus dem Block zog, „Oder sind Sie vielleicht betrunken?". Der Weiße setzte sich gemächlich auf einen der karierten Küchenstühle: „Ich bin Antialkoholiker und habe früher selbst Psychologie studiert. Und jetzt bin ich ein Fee". Mischka brachte das Messer nach vorn und richtete die Klinge auf den Bauch des Fremden. Dieser schüttelte missbilligend den Kopf: „Ich beherrsche auch Kung Fu und Taekwondo". Mischkas Hand war plötzlich leer und das Messer spickte vibrierend im Küchenschrank. Der Fremde stand auf: „Hören Sie zu. Sie sind Michael Frontmaier, Sie werden dieses Jahr noch fünfundvierzig Jahre alt, sie sind Single und ihre Familie stirbt mit Ihrem Tode aus. Sie haben dreiundvierzig Jahre bei Ihrer Mutter gelebt, bis diese bei einem Verkehrsunfall zu Tode kam. Vor Kurzem ist Ihre Großmutter gestorben und Sie haben dieses Haus hier von ihr geerbt. Ihre Nachbarin heißt Erika und Sie sind in sie verliebt. Und noch eins, morgen Abend komme ich wieder. Bis dahin können Sie sich einen Wunsch überlegen. Den erfülle ich dann. Ich bin schließlich ein Fee". Er ging langsam an Mischka vorbei und verschwand lautlos durch die Küchentür. Mischka brauchte mehrere Minuten, bevor er sich wieder normal bewegen konnte.

Die Nacht war eine Tortour. Nach dem Aufstehen dachte Mischka, dass das Ganze nur ein Traum gewesen sei. Das Messer in der Tür des Küchenschranks belehrte ihn eines Besseren. Unausgeschlafen saß Mischka am Frühstückstisch und starrte lange auf das Brötchen. Hunger hatte er keinen. Im Büro war er immer noch geistig abwesend, wurde zum Chef gerufen und bekam eine Abreibung. Auf dem Heimweg entwickelte er dann seine Strategie für den Abend. Er würde sich etwas von **der** respektive **dem** Fee wünschen, was man unmöglich in die Tat umsetzen konnte. Aber was genau? Möglicherweise eine Million Euro? Dann hätte er für den Rest des Lebens ausgesorgt. Vielleicht aber war der Kerl ein durchgeknallter Millionär und gab ihm die Million tatsächlich? Dann wüsste er ja immer noch nicht, ob der Kerl log oder ob er wirklich überirdische Kräfte hatte. Ha, er könnte sich auch wünschen, dass ihn Erika von Herzen liebte und nicht mehr ohne ihn sein wollte. Aber was, wenn dieser Mensch tatsächlich die Fähigkeiten einer Fee besaß und der Wunsch in Erfüllung ging? Dann würde er sein Leben lang immer daran denken müssen, dass diese Liebe nur Betrug war und Erika ihn nicht um seiner selbst willen liebte. Plötzlich blitzte durch sein Gehirn der entscheidende Gedanke, der für alles die Lösung bringen konnte. Als er an seinem Haus ankam, war er für den Abend gewappnet.

Als es dämmerte schloss Mischka seine Haustür sicherheitshalber zweimal ab. Dann verriegelte er auch noch das Küchenfenster. Unvermittelt drang ein bekanntes Geräusch an sein Ohr. Das Fenster im Bad wurde zugeschlagen. Er rannte zum Bad, aber niemand war zu sehen. Dann ging er zurück in die Küche, dort war auch

keiner. Aber mit einemmal hörte er, wie jemand leise seine Haustür aufschloss. Verdammt, er hatte den Schlüssel von innen stecken lassen. Also musste der Fremde bereits in seinem Haus sein. Mischka wollte nachschauen, aber die Flurlampe blieb dunkel. Unerwartet stand der Weißgekleidete vor ihm: „Na, Wunsch überlegt?". Mischka prallte erschrocken zurück: „Ja". „Und wie lautet nun dieser weltbewegende Herzenswunsch?". Mischka lehnte sich an die Wand: „Wenn Sie wirklich Wünsche erfüllen können, dann …". Der Mann unterbrach ihn mit einer schnellen Handbewegung: „Moment! Es ist nicht möglich zu wünschen, dass man unendlich viele Wünsche hat oder dass man zaubern kann oder Ähnliches!". Mischka lächelte: „Das wollte ich auch gar nicht. Ich wünsche mir nur, dass ich nicht mehr in Erika verliebt bin". Der Fremde war sichtlich verblüfft: „Und wieso?". „Nun, Erika soll glücklich werden und ich weiß nicht, ob ich das zu Stande bringe. Und wenn ich nicht mehr in sie verliebt bin, dann könnte ich endlich wieder normal leben und auch mal durchschlafen". In diesem Moment erklang aus dem Flur eine weibliche Stimme: „Du Blödmann, ich bin doch nur glücklich, wenn du mich liebst". Erika kam aus der Dunkelheit gestürmt und flog ihm förmlich um den Hals. Völlig verwirrt fragte er: „Was … was ist hier los?". Die Frau strahlte: „Darf ich dir meinen Bruder vorstellen. Er ist Kampfsportler aber auch Psychologe. Alles was er von dir wusste, hab ich ihm erzählt. Auf meine Bitte hin hat er sich etwas überlegt, um dich aus der Reserve zu locken. Damit ich endlich weiß, woran ich wirklich mit dir bin". Sie verdrehte die Augen: „Tschuldigung!".
Die Hochzeit war zwei Monat später. Nach weiteren drei Monaten stand fest, dass die Frontmaiers doch nicht aus-

sterben würden. Mischka war glücklich. Nur gut, dass er sich damals nicht die Million gewünscht hatte.

Glück

Larry war der festen Meinung ein Glückspilz zu sein. Sein Wahlspruch war: „Das Glück lauert hinter der nächsten Ecke. Du musst nur hingehen". Übrigens war für ihn Freitag der dreizehnte ein absoluter Glückstag. Da hatte er nämlich einst einen Lotterieschein mit den Zahlen 1, 2, 3, 4, 5, 6 abgegeben und tatsächlich wurden diese Zahlen am Sonntag gezogen. Im Jackpot warteten zehn Millionen Euro auf den glücklichen Gewinner. Allerdings hatten hundert andere Spieler die gleiche Idee und damit die selben Zahlen angekreuzt. Deshalb wurden in der Kategorie „Sechs Richtige" jeweils nur einhunderttausend Euro ausgezahlt. Während sich die anderen ärgerten, erlebte Larry ein Glücksgefühl. Er hätte ja genauso gut gar nichts gewinnen können. Für ihn war durch dieses Geld die Rückzahlung seines Ratenkredits für die nächsten Jahre gesichert. Na, wenn das kein Glück ist!
Als er neulich in den Urlaub fahren wollte, entgleiste sein Zug. Einen Tag später teilte er mir freudig mit, dass er gar nicht in dem Zug gewesen sei. Zum Glück habe er verschlafen und die Abfahrt verpasst. Seitdem hielt sogar ich meinen Kollegen Larry für einen Glückspilz.
Während er einmal mit einer flüchtigen Bekannten im Schlafzimmer zu Gange war, löste sich die schluderhaft angebrachte Deckenlampe und fiel ihm auf den blanken Hintern. Eine tiefe Schnittwunde war die unangenehme Folge. Beim Arzt beteuerte er, dass er bei dieser Aktion

wirklich Glück gehabt habe. Auf das verständnislose Gesicht des Arztes hin sagte er, dass er zwei Minuten vorher garantiert die Leuchte auf den Kopf bekommen hätte. Das nenne er ja wohl wirklich einen Glücksfall.

Nach meiner Scheidung war ich ziemlich geknickt, zumal meine Kinder unbedingt bei meiner Ex leben wollten. Als ich ihn einmal besuchte, meinte Larry, dass ich großes Glück gehabt hätte. Viel schlimmer wäre es doch gewesen, mit einer Frau zusammen wohnen zu müssen, die einen nicht liebt. Er zeigte mit dem Zeigefinger auf ein hellbraunes Holztäfelchen an seiner Wand, auf welchem der alte Sinnspruch zu sehen war: „Besser ein Ende mit Schrecken, als Schrecken ohne Ende". Aber darunter stand noch in ganz kleiner Schrift: „Lieber eine Schnecke mit schönen Lenden, als eine schöne Lende mit Schnecken". So war Larry.

Ich weiß nicht, ob Sie sich noch an die große Überschwemmung erinnern, oder ob Sie vielleicht sogar selbst davon betroffen waren. Larrys Häuschen jedenfalls wurde komplett unterspült und brach ächzend in sich zusammen. Larry freute sich darüber wie Bolle. Ich zog die Stirn kraus: „Wie kann man sich darüber freuen?". Er meinte: „Zum einen war ich nicht im Haus. Da hatte ich schon mal Glück. Und zum anderen musste mein Häuschen komplett renoviert werden. Feuchtigkeit im Sockel und Schimmel in der Küche. Das Fenster im Schlafzimmer war auch kaputt. Und neue Möbel wollte ich mir nächste Woche sowieso kaufen. Also habe ich keine Arbeit und bekomme von der Versicherung auch noch Kohle. Viel besser kann's doch nicht laufen. Ich bin wirklich nur zum Glück auf der Welt".

Nachdem man ihn bei einem schweren Verkehrsunfall überfahren hatte, waren beiden Beine gebrochen. Ich besuchte ihn im Krankenhaus. Er strahlte mich an:

„Mensch hatte ich ein Glück. Stell dir vor, etwas weiter oben und mein bestes Stück wäre flöten". Nicht besonders überzeugt antwortete ich: „Beinbrüche würde ich aber nicht gerade als Glück bezeichnen". Larry schüttelte den Kopf: „Ach was, das heilt wieder. Aber ich habe hier eine Krankenschwester kennengelernt, eine Krankenschwester sag ich dir, verdammt ist das eine Krankenschwester. Wenn ich hier raus bin, wollen wir uns verloben". Ich gab auf: „Na gut, dein Verkehrsunfall war eben Glück". Als er nach seiner Genesung aus der Klinik entlassen wurde, gab ihm seine ach so tolle Krankenschwester den Laufpass. Ich suchte ihn auf, um Trost zu spenden, aber Larry lachte nur: „Es hat sich herausgestellt, dass dieses Weib eine Trickdiebin war. Die Bullen haben sie inzwischen verhaftet. Auf mich ist sie nur abgefahren, weil ich im Hospital mit meinen Aktien geprotzt habe. Als sie nach meiner Entlassung den wahren Wert der Papiere herausbekam, hat sie sich ganz schnell verpisst. Da hab ich wirklich mal wieder Glück gehabt".

Eines schönen Tages nahm ich Larry mit zum Pferderennen. Ich hielt ihm das Tages-Programm unter die Nase und bat darum, dass er das Pferd aussuchen solle, welches seiner Meinung nach das nächste Rennen gewinnen würde. Dann setzte ich zweihundert Euro auf den Gaul. Aber dieser dämliche Klepper humpelte als Letzter durchs Ziel. Als ich mich ärgerte, sagte Larry: „Da hab ich aber Glück gehabt, dass ich nicht selbst gewettet habe!". Irgendwie störte das unsere Freundschaft. Als ich dann aus beruflichen Gründen in eine andere Stadt umzog, verloren wir uns aus den Augen.

Nach langer Zeit kam ich zurück und wollte Larry aufsuchen. Leider musste ich erfahren, dass er schon seit ungefähr einem Jahr tot war. Er hatte im Spielcasino mit fünf Euro Einsatz an einem Glücksspielautomaten zehntausend abgeräumt. Als er mit seinem Gewinn nach hause fahren wollte, wurde er auf dem Parkplatz beraubt und erschossen. Wie ich Larry kenne, sitzt er jetzt bestimmt auf einer Wolke und sagt: „So ein Glück. Ich hätte ja auch im Rollstuhl landen können".

P.S.:
Meine Fantasie hat diese kleine Geschichte wegen eines tatsächlichen Ereignisses aus einem nahe gelegenen Dorf hervorgebracht.
Ein achtzig Jahre alter Bauer wollte trotz des hohen Alters das Dach seiner Scheune reparieren. Er rutschte ab, stürzte in die Tiefe und brach sich auf der Stelle das Genick. Als die Nachbarn der Witwe ihr Beileid aussprachen, sagte diese: „Da hat mein Guter wirklich Glück gehabt. Er hätte genauso gut in die Sense fallen können!".

Der Schneider

„Ihro Gnaden, Contenance, Contenance!". Hofmarschall Lindwurm fiel auf die Knie und senkte den Kopf: „Ich bitt Euch!". Der König stampfte wie ein ungezogenes Kind mit dem Fuß auf den Palastboden aus feinstem Marmor. Dabei rutschte ihm die schwere Krone über die geröteten Augen, worauf er nur noch wütender wurde: „Will Er Uns etwa befehlen, was Wir zu tun haben? Bedenke Er, Wir sind der König!". Der Hofmarschall wand sich wie ein nasser Regenwurm: „Ich sagte Euch doch gestern schon, dass dieses tapfere Schneiderlein nicht existiert. Es handelt sich lediglich um ein Märchen, das sich das Volk des abends bei Kerzenschein gegenseitig erzählt". „Will Er mich belehren? Jeden Tag, den Uns der Herrgott geschenkt hat, faselt Er das Selbe. Schaff Er mir lieber diesen Schneider herbei, aber hurtig!". Der König stampfte erneut mit dem Fuß auf, diesmal hielt er aber wacker die Krone mit beiden Händen fest. Das brachte den Hofmarschall ungewollt zum Lächeln. „Lacht Er Uns jetzt auch noch aus? Wir werden Ihn köpfen lassen. Ihn und seine ganze missratene Familie!". Der Hofmarschall erhob sich langsam: „Verzeihung, Eure Majestät, aber ich habe keine Familie". „Das ist Uns egal. Alle werden geköpft, alle!". Erschöpft sank der Herrscher in seinen Thronsessel und wischte sich mit dem königlichen Taschentuch den Schweiß von der Stirn: „Dieses vermaledeite Wildschwein. Nicht nur, dass es Unseren Bauern die Felder verwüstet, nein, es hat auch noch hundert Jäger getötet. Man stelle sich vor, hundert. Und jedem haben Wir drei Goldstücke gezahlt. Wir sind ruiniert!". Der Hofmarschall trat einen Schritt näher: „Vergesst auch nicht das wilde Einhorn, Majestät. Hundert Pferdefänger hat es schon mit seinem spitzen Horn durchbohrt. Und jedem davon zahltet Ihr vier Goldstücke!". Dem König rann eine Träne aus dem Auge während seine Stimme eine Oktave höher rutschte: „Wir sind ruiniert, für immer ruiniert!". Hofmarschall Lindwurm drehte sich etwas zur Seite, weil er glaubte, dass er im Profil vorteilhafter aussah und sprach langsam und eindringlich: „Und die beiden übelgelaunten Riesen? Habt Ihr die vergessen? Sie verwüsten die königlichen Wälder und haben bereits hundert tapfere Recken erschlagen. Und jedem dieser Helden gabt Ihr genau fünf Goldstücke". Der König hielt sich die Ohren zu: „Aufhören! Aufhören! Wir sind ruiniert! Aber eines sollt Ihr wissen: Wenn sich nicht spätestens in drei Tagen dieses Schneiderlein im Schlosse einfindet, dann werdet Ihr eines schrecklichen Todes sterben!". Der König sprang auf und strebte zur Tür, die ein Lakai in silberbestickter Livree würdevoller öffnete. Lindwurm ging ihm zögernd einen Schritt nach und rief laut: „Und wenn Eure Majestät noch einmal das Heer gegen die Wüstlinge schicken würde?". „Nein, nein, nein! Sollen Wir noch einmal hundert Soldaten verlieren? Und wer soll Uns dann beschützen? Nein und nochmals nein! Was kann ein Heer schon ausrichten, wenn nicht einmal Unser Hofmagier ein Mittel gegen diese Plagen hat? Nein, Wir wollen diesen Schneider!". Er verließ schnellen Schrittes den Thronsaal, wobei er wimmernd sein geliebtes Taschentuch an den Mund presste.

Als sich die Tür hinter dem König geschlossen hatte, machte sich ein böses Grinsen auf dem Gesicht des Hofmarschalls breit. Schnurstracks begab er sich in das Gemach des Magiers. Hier war es düster und ein fieser Geruch machte sich breit. Der Magier ließ stets in einer Kupferschale über dem Feuer eine zehntel Unze Schwefels verbrennen, wenn er ungestört in der Ecke ein Schläfchen halten wollte. Der strenge Geruch hielt erfahrungsgemäß die normal Sterblichen davon ab, sein Herrschaftsgebiet zu betreten. Den Hofmarschall störte das jedoch wenig: „He, alter Betrüger, aufwachen!". Der Magier rappelte seinen knochigen Körper hoch und wischte sich den Schlaf aus den Augen: „Das muss gerade ein Hofmarschall sagen". Lindwurm überging die Bemerkung, als habe er sie gar nicht vernommen: „Hör zu! Wir müssen dem Alten unbedingt ein tapferes Schneiderlein besorgen". Ungläubig kniff der Magier sein rechtes Auge zu: „Hä? Wozu das denn?". „Dieser Schneider soll das Wildschwein, das Einhorn und die beiden Riesen bekämpfen". Der Zauberer ließ sich schlapp in seinen Ohrensessel plumpsen, wobei einer der kleinen, glänzenden Blechsterne von seinem Gewand zur Boden fiel. „Das ist doch wohl völliger Hopskäse! Es gibt kein Wildschwein, kein Einhorn und keine Riesen in unserem Land!". Lindwurm setzte sich in einen der alten, hölzernen Lehnstühle: „Aber du hast jede Menge Goldstücke für Jäger, Pferdefänger und Recken eingesackt. Von dem Sold der angeblich toten Soldaten ganz zu schweigen". Der Knochige schüttelte missbilligend den Kopf: „Den Schneider müssten wir ja dann wohl einweihen. Und wenn der unsere Ränke ausplaudert? Was dann?". Hofmarschall Lindwurm erhob sich ruckartig aus seinem Stuhl: „Papperlapapp! Wir bieten ihm eine anständige Summe, falls er mitmacht". „Und wo, bitte schön, wollen wir diese Summe hernehmen? Oder hat unser guter Herr Hofmarschall das Ergaunerte gespart? Ich jedenfalls nicht. Ich nenne rein gar nichts mehr mein Eigen". „Alles dem Trunke geweiht, was?". Jetzt richtete sich auch der Hofmagier auf: „Alles nur für wissenschaftliche Experimente!". Lindwurm lächelte finster: „Du kümmerst dich um den Schneider und bietest ihm fünfzig Goldstücke und ich biege dem Alten bei, dass der Schneider hundert Goldstücke für seine Taten verlangt". Der königliche Hexenmeister zog die Mundwinkel nach unten: „Da bleiben doch aber nur noch fünfundzwanzig Goldstücke für jeden von uns übrig". Hofmarschall Lindwurm schüttelte wissend den Kopf: „Nein, so rechne ich das nicht. Der arme Schneider wird bei dem Kampf mit den Riesen schwere Verletzungen erleiden. Und nachdem er die Riesen getötet hat, wird er leider seinen Verletzungen erliegen. Den Lohn kann er ja dann wohl kaum mehr mit in den Himmel nehmen". Entsetzt flüsterte der Magier: „Was, der Schneider soll getötet werden? Nein!". Lindwurm drückte ihm seinen rechten Zeigefinger auf die Stirn: „Besser er, als dass mir der König den

Hals abschneidet! Und du kennst ja den alten Spruch: Mit gegangen, mit gefangen, mit gehangen".

Der alte Hofzauberer bürstete noch einmal seinen grauen, zotteligen Bart, dann machte er sich auf den Weg um einen Vertreter des hochlöblichen Schneiderhandwerkes ausfindig zu machen. Bereits im zweiten Dorf traf er auf einen jungen, kräftigen Schneider, der ihm durchaus geeignet schien. Dieser war aber keineswegs auf den Kopf gefallen. Als der Magier den Schneider ins Bild gesetzt hatte, schüttelte dieser lachend das Haupt: „Nein, du alter Gauner. Ich kenne die Geschichte ganz genau. Ich will die Königstochter und das halbe Königreich!". Erschrocken erwiderte der Magier: „Aber du brauchst doch gar nicht kämpfen, du sollst doch nur so tun!". „So so!", entgegnete der Schneider, „Soll ich das etwa dem König sagen?". „Um Himmels Willen nein!". „Dann will ich die Königstochter und das halbe Königreich! Und wenn nicht, dann bin ich in zwei Tagen bei unserem König und flüstere ihm gehörig was ins Ohr. In deiner Haut möchte ich dann aber nicht stecken". Der Magier sah keinen Ausweg und gab zu guter Letzt auf: „Also in Gottes Namen. Begleite mich!".

Lindwurm drohte aufgrund seines schlagartig ansteigenden Blutdrucks schier zu platzen: „Bist du alter Trottel denn rundweg irrsinnig geworden? Die Tochter mag noch angehen. Aber das halbe Königreich? Da wird der Alte doch nie zustimmen. Wie soll ich das denn arrangieren? Nein, nein, ich werde diesen Schneiderfurz abstechen. Und zwar jetzt gleich". Der Zauberer hielt ihn fest: „Warte, ich muss doch dem Alten heute Abend das Horoskop aus den Sternen lesen. Da wird mir schon was einfallen. Und du hältst uns den Schneider der Weilen auf Abstand!".

Der Abendwind fauchte rau durch das geöffnete Fenster, welches der Magier für die Sternenbetrachtung geöffnet hatte. Dem König fröstelte: „Beeil Er sich! Sonst suchen Wir Uns einen anderen Hofmagier!". „Majestät, ich weiß längst was in den Sternen geschrieben ist. Aber es ist so grausam, dass es Euch mein Mund ewig verschweigen möchte". Der Herrscher arbeitete sich ungelenk aus seinem Sessel: „Rede Er!". Auf die Knie sinkend spielte der Zauberer die reine Verzweiflung: „Lieber lasse ich mich töten, als Eurer Majestät dies Übel zu berichten!". „Rede Er endlich! Sonst lassen Wir Ihn tatsächlich köpfen!". „Nun", der Magier richtete sich allmählich auf, „unser Nachbarkönig wird sich mit den Riesen verbünden und einen fürchterlichen Krieg gegen Euch führen. Die Hälfte Eures Landes fällt an den Nachbarn, Eure Tochter wird getötet und schlussendlich werden die Riesen die Herrschaft im Rest des Reiches übernehmen". Der König, der wirklich sehr abergläubisch war, drehte sich um seine eigene Achse und fiel mit einem schwachen Klagelaut ohnmächtig zu Boden. Ein Lakai rannte, so schnell er konnte, nach dem Riechsalz. Als der Ohnmächtige zurück unter den Lebenden weilte, umfasste er, immer noch auf dem Boden sitzend, kraftlos das Handgelenk seines Hofmagiers: „Lässt sich das denn gar nicht abwenden?". „Nun, Ihro Gnaden, wir haben den Schneider gefunden, den Ihr so dringend sehen wolltet. Wenn dieser in den nächsten Tagen die Riesen erlegt, dann wagt Euer Widersacher erst gar nicht den Krieg zu beginnen". Hocherfreut erhob sich der Monarch: „Hierher mit dem Kerl. Wir wollen ihn sehen!". Doch der Magier trat scheinbar verlegen von einem Fuß auf den anderen: „Er verlangt aber im Gegenzug die Königstochter zur Frau und das halbe Königreich". Plumps, lag der König wieder ohnmächtig auf dem Marmorboden. Nach erneuter Wiederbelebung jammerte er: „Egal was Wir machen, das halbe Königreich ist verloren. Wir sind ruiniert! Absolut ruiniert!". Der Magier vollzog mit seiner Linken eine gewichtige Geste und sprach pathetisch: „Aber im letzten Falle bleibt Eure Tochter am Leben. Und das Land wird vom Wildschwein, vom Einhorn und von den Riesen auf ewig befreit". Geknickt schleppte sich der Herrscher auf den Thron: „Wohl an denn, herbei mit diesem verwünschten Schneider!".

So kam es, dass dem Schneider die Königstochter und das halbe Reich versprochen wurden. Er ging zurück in sein Dorf und schlief sich zunächst gründlich aus. Danach erbat er sich vom Vater das alte Wildschweinfell aus dem Schuppen. Die Motten klopfte er mit kräftigem Schwung am nächsten Baum heraus. Alsdann ließ er sich beim Dorfschreiner ein langes, gedrehtes Horn aus purem Birnenholze drechseln und herrlich weiß tünchen. Zum Schluss schnitzte er einen großen, dicken Knüppel aus einem besonders starken Eichenast. So beladen machte er sich auf den Weg zurück zum Königsschloss. Vor dem König angekommen, breitete er seine Utensilien aus und erzählte blumig, wie er das Schwein und das Einhorn erlegt hätte. Zum Beweis wies er auf das alte Fell und das gefälschte Horn. Dann spielte er überzeugend vor, wie er einem der Riesen den Knüppel entrissen und beide hernach damit zu Tode geprügelt hätte, wobei er sich ein um das andere Mal das Lachen verkniff. Was blieb dem armen König übrig, er musste sein Wort halten. Ob die Königstochter mit der Heirat einverstanden war, weiß die Historie nicht zu sagen. Der Schneider aber erhielt das halbe Königreich. Na ja, wenn einer genau nachgemessen hätte, wäre er wohl eher auf ein reichliches Viertel gekommen. Von der Hochzeit indes wusste ein jeder zu berichten, dass sie wahrhaft königlich gewesen sei. Aber bereits einen Tag später machte der Schneider seinem Schwiegervater klar, dass er bei seinen Abenteuern außerdem noch einen gewaltigen Bären im Wald gesehen hätte, welchem man wohl viele gut bezahlte Jäger auf den Pelz schicken müsse. Und ein Flussmonster sei auch noch im königlichen Fluss. Das sei so gefährlich, dass es gar viele Fischer brauchen würde um es zu töten. Und denen müsse man dann auch Einiges zahlen, damit sie sich überhaupt freiwillig in diese große Gefahr begeben würden.

Nun, wie ihr euch womöglich denken könnt, wurde unser Schneiderlein nicht vom Hofmarschall getötet, denn er teilte die Goldstücke für Jäger und Fischer einträchtig mit seinen beiden Kumpanen. Genauer betrachtet, war das Teilungsverhältnis eigentlich mehr so sechzig zu vierzig.

Und wenn sie nicht gestoben sind, betrügen sie noch heute das Land und seine Leute.

Ich persönlich bin ja der festen Meinung, sie leben tatsächlich noch. Denn wenn mich recht erinnere, dann habe ich erst gestern wieder von so einem Betrug gehört.

Mord

Irgendwo aus dem Wust von Papieren erschallte ein Klingelton. Kriminalkommissar Riemer unterbrach seine Zwischenmahlzeit und schob ein paar Aktendeckel beiseite, um das vermaledeite Telefon zu suchen. Diese Handlung nahm ihm allerdings ein dicker Aktenordner etwas übel, verabschiedete sich von der Schreibtischplatte und landete geräuschvoll auf dem Boden. Mit fettigen

Fingern angelte Riemer den Hörer von dem alten, grau-grünen Apparat: „Ja?". Sein Vorgesetzter, Hauptkommissar Hohlbach, rügte Riemer ärgerlich durch die Telefonleitung: „Ich hab Ihnen schon hundert Mal gesagt, Sie sollen sich vorschriftsmäßig melden. Mit Name und Amtsbezeichnung. Und jetzt kommen Sie in mein Büro, aber diesmal sofort!". Riemer murmelte genervt: „Affenfresse!", war sich aber plötzlich gar nicht mehr so sicher, ob er da schon aufgelegt hatte.

Hohlbach saß wie immer stocksteif hinter seinem wuchtigen Schreibtisch. Sein Gesicht ähnelte tatsächlich ein klein wenig dem eines alten Schimpansen. Vor dem Tisch standen zwei Polsterstühle, welche sonst gewöhnlich an dem großen Konferenztisch im vorderen Teil des Raumes beheimatet waren. Einer der Stühle war bereits von einem jungen, schlanken Typ mit dunklem Anzug und bunter Krawatte belegt. Das glattrasierte Gesicht des Mannes war allerdings ziemlich bleich und zuckte nervös. Als der massige Kommissar eintrat, zeigte Hohlbach wortlos auf den noch unbelegten Platz. Riemer ließ sich schwerfällig in den Sitz fallen, nachdem er umständlich seine Hose hochgezogen hatte. Der Hauptkommissar kam ohne Umschweife zur Sache. Er blickte Riemer starr in die Augen, während er seinen spitzen Zeigefinger zielsicher auf den Jüngeren richtete: „Das ist Kriminalkommissar-Anwärter Reiner Schimmler. Sie nehmen ihn ab sofort unter ihre Fittiche. Drei Tage die Woche wird er mit Ihnen mitlaufen und hoffentlich etwas lernen. Aber heute schonen Sie ihn noch ein wenig. Er kommt nämlich gerade von einem Pflichttermin. Obduktion, Sie verstehen?". Riemer wandte den Kopf zur Seite und grinste seinen blassen Nachbarn hämisch an: „Schon gekotzt?". Der junge Kollege sprang auf, hielt sich die Hand vor den Mund und rannte aus dem Zimmer.

„Ich ... ich nehme Sie als Zivilperson vorläufig fest, gemäß Pa ... Pa ... Paragraf 127 Absatz Eins der Strafprozessordnung!". Der Briefträger stand in der weit geöffneten Tür und umklammerte mit seiner rechten Hand ein schwarz eloxiertes Taschenmesser. Es war nicht genau auszumachen, was am meisten zitterte; die Klinge des Messers oder die Knie des Postboten. Die junge Frau, welche neben dem reglosen Körper eines Mannes gekniet hatte, stand langsam auf und zog ihren Fuß aus der Blutlache. Sie drehte das Gesicht zu dem Schlotternden und sagte mit gleichmütiger Stimme: „Sie können Ihren Dolch ruhig wieder einpacken. Ich bin keine Mörderin. Außerdem habe ich bereits die Polizei angerufen".

Das Blaulicht des Streifenwagens ließ die weiße Fassade der Villa regelmäßig hellblau aufblitzen. Schaulustige machten es Riemer schwer, seinen Wagen an den Eingang des Anwesens heranzukutschieren: „Das nächste Mal fahren Sie!", grummelte er in Richtung des Anwärters. Dieser sprang gelenkig aus dem Auto und hatte den Uniformierten an der Eingangstür bereits erreicht, als der Kommissar sich gerade mal eben aus dem Wagen gequält hatte. „He, Schimmel, warten sie!". Der Angesprochene drehte sich um und zog die Brauen zusammen: „Ich heiße Schimmler". Riemer winkte ab: „Solange Sie bei mir mitlaufen, nenne ich Sie, wie ich will. Merken Sie sich das!". Inzwischen war der Kommissar seinerseits bei dem Beamten in Uniform angelangt: „Was haben wir hier?". Der Streifenpolizist berichtete gelassen: „Ein Toter namens Martin Hirtenwald, vierunddreißig Jahre. Er wurde erstochen. Die Tatwaffe ist noch abgängig. Gerichtsmedizinerin Dr. Mertens untersucht die Leiche gerade. Dann haben wir noch seine Ehefrau Sabine, dreiundzwanzig Jahre, sowie einen geschockten Briefträger mit abgebrochenem Jura-Studium, der nur dummes Zeug erzählt". Riemer wandte sich zu Schimmler: „Sie nehmen die Dame mit zum Verhör! Im Streifenwagen. Ich spreche mit der Pathologin und diesem Postmenschen. Dann komme ich nach. Und warten Sie gefälligst mit dem Verhör auf mich!".

Die Frau war die Ruhe selbst. Der Kommissar hingegen schien etwas genervt zu sein: „Laut Bericht der Pathologin trat der Tod Ihres Mannes gestern zwischen siebzehn und achtzehn Uhr ein. Wo waren Sie zu diesem Zeitpunkt?". Die Witwe sagte unaufgeregt: „Wo ich dienstags um diese Zeit immer bin; im Fitnessstudio. Da haben mich bestimmt zwanzig Leute gesehen". Schimmler warf diensteifrig ein: „Das werden wir nachprüfen". Ein strenger Seitenblick seines Vorgesetzten ließ ihn verstummen. Riemer zupfte sich umständlich an der Nase: „Und dass Sie vor drei Monaten eine unverschämt hohe Lebensversicherung für Ihren Mann abgeschlossen haben, ist bestimmt nur Zufall". Die junge Frau nickte: „Na sicher". Schimmler wagte sich erneut vor: „Haben Sie einen Verdacht, wer Ihren Mann getötet haben könnte?". Die Angesprochene erwiderte von oben herab: „Fragen Sie doch mal unseren Nachbarn, Herrn Willbrandt. Mit dem hat sich nämlich mein Mann vor zwei Tagen geprügelt!". Riemer zeigte mit dem Daumen nach hinten zur Tür: „Los Schimmelchen, nehmen Sie sich den Kerl mal zur Brust!".

Der Kommissar-Anwärter drückte den Festgenommenen auf den Stuhl und warf eine Beweismitteltüte auf den Tisch, in welcher ein blutiges Messer zu sehen war: „Das hier ist der besagte Nachbar. Und das Messer habe ich hinter dem Haus in seinem Kräutergarten gefunden". Riemer neigte seinen Kopf etwas zur Seite: „Und woher hatten Sie den richterlichen Durchsuchungsbeschluss?". „Brauchte ich nicht. Er hat mir offiziell erlaubt, mich überall umzusehen". Der Kommissar öffnete seine Jacke, die über seinem ansehnlichen Bauch wie eine faltige Wurstpelle anmutete und setzte sich an den Tisch gegenüber dem Verdächtigen: „Haben Sie etwas zu sagen?". Der Gefragte verzog verzweifelt das Gesicht: „Das ist zwar mein Messer, aber ich war's nicht. Das müssen Sie mir glauben! Ich lasse doch immer meine Haustür auf. Das bin ich von meinem Heimatdorf so gewohnt. Da hätte sich jeder das Messer holen können. Außerdem war ich gestern unterwegs, weil ich meinen Cousin in Lüttchenseyda besuchen wollte. Ich habe ihn aber nicht angetroffen". Schimmler wandte sich zu seinem Vorgesetzten: „Komischerweise kann keiner dieses Alibi bestätigen". „Gut", sagte Riemer, „dann verfrachten Sie mal unseren Nachbarn hier in die Untersuchungszelle und ich bringe das Messer zum DNA-Test. Ich freue mich schon darauf, den Kollegen aus dem Labor wieder einmal etwas Dampf machen zu können".

Kommissar Riemer hatte die Beine auf den Couchtisch gelegt und schaute zwischen seinen großen Füßen hindurch auf den Fernsehschirm. Er war gerade dabei eine Flasche Bier in seinen Bauch zu füllen, als das Diensthandy zu surren begann. Es lag ziemlich dicht an der Tischkante und der Vibrationsalarm ließ es dummerweise über diese Kante hinaus tanzen. Noch bevor Riemer sein zweites Bein vom Tisch genommen hatte, schlug das Handy hart auf den Boden und rutschte unter den Tisch. Der Kommissar begab sich schimpfend auf alle Viere und krabbelte unter das Möbel. Noch kniend drückte er den Apparat ans Ohr: „Was?". Im Rückwärtsgang schob er sich langsam unter dem Tisch hervor: „Und das hat keine Zeit bis Dienstbeginn? Na also! Ja, ganz früh!".

Schimmler stand mitten im Raum, als am Morgen der Kommissar das Büro betrat, seinen Hut abnahm und diesen in James-Bond-Manier zum Garderobenständer warf. Wie immer verfehlte die bedauernswerte Kopfbedeckung ihr Ziel und kullerte über den staubigen Boden. Der Anwärter hielt seinem Vorgesetzten eine braune Mappe entgegen: „Vom Labor. Auf dem Messer befindet sich Genmaterial von drei Menschen. Von Martin Hirtenwald, was das Opfer ist, vom Nachbarn Willbrandt und beinahe fast von der Ehefrau des Opfers". Riemer rümpfte die Nase: „Hä? Was soll denn *beinahe fast* heißen?". Schimmler drückte ihm die Mappe in die Hand: „Weil sich das gefundene Material durch spezielle Mutationen von der DNA der Ehefrau unterscheidet. Und das belegt, dass es sich sehr wahrscheinlich um ihre Zwillingsschwester handelt". Der Kommissar kratzte sich mit seinen dicken Fingern nachdenklich am Hals: „Dann gehen Sie los und bringen Sie mir diesen ominösen Zwilling!". Schimmler schritt zur Tür: „Sorry, aber ich muss mich jetzt bei der Spurensicherung melden. Pflichttermin!".

„Nehmen Sie doch Platz, Herr Kommissar. Möchten Sie etwas trinken?". Die Eltern von Sabine Hirtenwald setzten sich auf ihr kleines, geblümtes Sofa. Die Frau strich ihren altmodischen Rock glatt und sagte leise: „Sabine ist adoptiert. Aber wir wissen von ihrer Schwester. Wir sollten damals beide nehmen, haben dann aber Bekannte überredet, das andere Mädchen zu adoptieren. Ich schreibe Ihnen gern die Adresse auf".

Als Riemer in die Stube gebeten wurde, war er über die Ähnlichkeit ziemlich verblüfft: „Entschuldigen Sie, aber ich brauche eine DNA-Probe von Ihnen". Die Angesprochene zuckte nur mit den Achseln: „Wenn es Ihnen hilft. Soll ich den Mund aufmachen?". Der Kommissar wurde etwas verlegen: „Ich hab heute keine Wattestäbchen dabei. Aber falls Sie eine Schere hätten, dann würde ich gern ein paar Haare von Ihnen mitnehmen".

„Tut mir leid", sagte Schimmler, „aber laut Forensik besitzt diese DNA ebenfalls Mutationen. Deshalb passt die Haarprobe auch nicht zur Tatwaffe. Und zu allem Überfluss ist ein Zeuge aufgetaucht, der das Alibi von Willbrandt bestätigen kann. Uns gehen langsam die Verdächtigen aus". Riemer sprang auf: „Jetzt reicht's. Wir fangen einfach noch mal bei Null an. Ich hole mir einen Beschluss und mache erstmal die Eltern der beiden Schwestern ausfindig".

Die junge Frau, die Riemer geöffnet hatte, glich ihren beiden Schwestern, wie man so schön sagt, aufs Haar. Sie hob bedauernd die Schultern: „Meine Eltern sind schon vor drei Jahren gestorben. Aber meine Mutter hat mir kurz vor ihrem Tod gebeichtet, dass sie zwei meiner Schwestern zur Adoption freigegeben hat". Riemer zog ein Röhrchen aus der Tasche, in welchem sich ein steriles Wattestäbchen befand: „Würden Sie mir bitte einen Wangenabstrich erlauben?". Nachdem der Kommissar das Röhrchen wieder verstaut hatte, fragte die Frau: „Wollen Sie vielleicht auch eine Probe von meiner Schwester?". Riemer runzelte erstaunt die Stirn: „Wie? Haben Sie außer den beiden Adoptieren noch eine?". „Ja. Sie ist nebenan. Jana, kommst du mal?".

„Das gibt's doch nicht!". Riemer schlug so hart mit der Faust auf den Schreibtisch, dass der alte Telefonapparat klimpernd in die Höhe hüpfte. „Alle vier Schwestern passen nicht zur DNA auf dem Messer. Es ist schlankweg zum Kotzen. Schimmelchen, wissen Sie was? Wir zwei Hübschen werden morgen den Abschlussbericht schreiben und dann die Akte zu den ungeklärten Fällen legen!". Der Anwärter verzog den Mund zu einem schwachen Lächeln: „Tut mir leid Chef! Aber ich muss mich morgen bei den Leuten von der Kriminaltechnik melden. Pflichttermin".

Man konnte erkennen, dass der Dekorateur seiner Fantasie freien Lauf gelassen hatte. Die Wände des Landgasthofes waren mit unzähligen Küchenutensilien geschmückt, von Schöpflöffeln über Siebe bis hin zum Brotmesser. Auf einem erhöhten Bord standen acht verschiedene Kaffeemühlen aus dem vergangenen Jahrhundert und auf der Theke prangte eine große Wärmflasche aus Kupferblech. Die Preise hier waren moderat und das Essen nicht schlecht. Trotzdem stand der Wirt kurz vor dem Bankrott. Da kam es ihm gerade recht, dass ein paar junge Damen dabei waren, seinen Sektvorrat zu vernichten. Seltsam nur, dass sich alle fünf glichen wie ein Ei dem anderen. Aber Hauptsache, sie hatten Geld.
Und das besaßen sie tatsächlich. Schließlich hatten sie vor Kurzem wieder einmal eine verdammt große Summe aus einer Lebensversicherung unter sich aufgeteilt.

Der Fußabtreter

Zwei Dinge möchte ich vorausschicken. Erstens: Ich wohne in einem Plattenbau. Zweitens: Ich bin oft in Gedanken. Zeitweilig brachte mir das die Bezeichnung „Zerstreuter Professor" ein. Ich bin aber beileibe kein Professor. Und einen Doktortitel habe ich auch nicht. Ich bin sogar zum Abschreiben zu dumm.

An jenem Tag war ich beim Verlassen meiner Wohnung wieder einmal gedanklich abwesend. Ich überlegte gerade, wie später einmal mein Grab aussehen sollte. Verbrennen lassen wollte ich mich nicht, denn ich möchte gern nach meinem Tod in den Kreislauf der Natur übergehen. Bei einer Erdbestattung würde es aber ein Problem geben: Ich mag keine Blumen. Selbst in meiner Wohnung ist nicht eine einzige Pflanze zu finden, ob mit oder ohne Topf. Also wollte ich auch keine Blumen auf meinem Grab. Lösung: Eine Grabplatte, welche die komplette Begräbnisstätte überdeckt. Blieb nur noch die Frage der Inschrift. Im oberen Teil würde mein Name stehen, darunter Geburts- und Sterbedatum. Aber im unteren Teil hätte ich gern mit großen Lettern den Satz „Aus die Maus" gehabt. Mir war bloß nicht klar, ob das die Friedhofsvorschrift erlaubt.

Mit derartigen Gedanken verließ ich also meine Wohnung. Irgendetwas war anders. Meine Zerstreutheit verhinderte, dass ich erkannte, was da eigentlich so anders war. Als ich aber nach Stunden zurückkam, fiel es mir wie Schuppen von den Augen: Mein Fußabtreter war verschwunden. Geklaut! Sauerei! Dazu muss man wissen, als Computerfan hatte ich mir einen ganz speziellen Abtreter gekauft. Er war hinten gummiert und trug vorn die Abbildung eines Windows-Funktionsfensters. Das zeigte einen Fortschrittsbalken und darüber stand: „Sie haben geklingelt. Ihre Anfrage wird bearbeitet!". Der materielle Wert ärgerte mich nicht so sehr wie der Umstand, dass sich ein würdeloser Verbrecher einfach mein Schmuckstück unter den Nagel gerissen hatte. So etwas tut man einfach nicht. Selbst am Abend kreisten meine Gedanken noch um diese verwerfliche Tat. Mir ging durch den Kopf, dass ich mich dafür an der gesamten Menschheit rächen müsse.

In meinem Gebäude wohnen, mich eingeschlossen, vierzehn Mietparteien. Alle hatten noch ihren langweiligen Fußabtreter vor der Tür liegen. Nur ich nicht. Grimmig wartete ich, bis davon auszugehen war, dass jeder im Haus in seinem Bett läge. Dann tappte ich durch die Etagen und sammelte alle Abtreter ein. Man glaubt nicht wie schwer dreizehn Fußmatten sein können. Die Beute verstaute ich im Kofferraum meines Autos, fuhr zur nächsten Brücke und brachte den Dingern das Schwimmen bei. Trotzdem schlief ich danach unbefriedigt ein. Die Rache an meinen Mitmenschen war einfach noch nicht grandios genug.

Am nächsten Tag stand ich, wieder einmal in geistiger Abwesenheit, vor einem Elektrogeschäft und starrte, ohne wirklich etwas zu sehen, auf die Schaufensterscheibe. Eine Stimme riss mich aus meinen Gedanken: „Wolle Fernseh kaufe? Isch hab ganz billisch. Gute Flachfernseh". Diese Art des Sprechens passte überhaupt nicht zu dem Kerl, den ich da vor mir hatte. Blond, blauäugig und hoch aufgeschossen. Als ich ihn gerade zum Teufel schicken wollte, sauste mir blitzartig ein böser Gedanke durch den Kopf. Ich sagte gedehnt: „Kaufen nicht, aber verkaufen. Ganz billig. Hast du Interesse?". Er zauderte nur kurz. „Kommst du Kirchplatz. Zwanzisch Uhr.

Bringst du mit". Wir gaben uns die Hände. Er hatte einen lappigen Händedruck. Kann ich nicht leiden.

Aus Sicherheitsgründen gedachte ich, die Sache erstmal zu testen. Ich würde ihm meinen eigenen Fernseher andrehen. Der befand sich technisch auf einem guten Stand, war aber nicht 3D-fähig. Wenn er mir das Ding abnahm, hätte ich endlich einen Grund, mir eine 3D-Glotze zuzulegen. War es eine Falle, würde mir keiner etwas am Zeug flicken können. Schließlich kann ich mein Fernsehgerät verkaufen wann und an wen ich will. Ich wuchtete also das Gerät die Treppe hinunter, legte die Rücksitze um und bugsierte das Teil in mein Auto. Es hatte gerade so Platz.

Zwanzig Uhr bog ich auf den Kirchplatz ein. Dort bestand zwar Parkverbot, aber um diese Zeit rechnete ich nicht mit einer Politesse. Der Bursche erwartete mich bereits. Er stand neben einem Kombi, der schon einen Fernseher im Bauch hatte. Nach kurzer Begutachtung meinte er: „Geb isch einhundert". Ich schüttelte den Kopf: „Der kostet im Laden neunhundert. Ich will mindestens vierhundert". Er überlegte kurz. Dann sagte er: „Letzte Wort sweihundert. Sonst du kannst wieder mitnehme". Er hielt mir die Hand hin. Ich schlug ein. Mein Fernseher verschwand in seiner Karre. „Hast du hier meine Karte. Schteht Telefon drauf. Hast du neues Fernseh, Computer, Schmuck und so, dann anrufe". Um zweihundert Mäuse reicher machte ich mich auf den Heimweg. Mein böswilliger Plan schien aufzugehen.

Bereits während meiner Armeezeit hatte ich zwangsläufig gelernt, wie man Schlösser knackt. Man musste sich doch zurückholen, was andere einem gemaust hatten. Dazu kommt noch, dass man sich die innovativsten Einbrecherwerkzeuge aus dem Internet bestellen kann. Sicherheitsschlösser verdienen heutzutage einfach nicht mehr ihren Namen.

Mein Nachbar hatte zwei Dinge: Nachtschicht und ein teures Fernsehgerät. Jetzt hat er nur noch Nachtschicht. Dafür habe ich drei Hunderter mehr.

Der Juwelier in der Fußgängerzone war selber Schuld. Wer heute nur ein einfaches Schloss am Gitter hat und keine Alarmanlage, der fordert doch Diebe geradezu heraus. Und Gold hat seinen Wert. Das war mir vorher gar nicht so klar gewesen.

Mit dem ersten Auto hatte ich etwas Pech. Aber auch dafür gibt es das richtige Werkzeug zu kaufen. Besonders die Nobel-Marken, die mit angeblicher Sicherheit protzen, lassen sich innerhalb weniger Minuten öffnen.

Ja, was soll ich sagen. Mir ging einfach durch den Kopf, dass ich mich an der gesamten Menschheit rächen müsste. Das Gedachte wäre auch eine gute Rache gewesen. Aber diese Vergeltung fand halt nur in meinen Gedanken statt. Beinahe wäre ich deshalb an dem Geschäft vorbeigegangen, in welchem ich mir den neuen Abtreter kaufen wollte.

Unsichtbar

Stellen Sie sich vor, jemand hätte ihnen ein fantastisches Geheimnis anvertraut und sie müssten es unter allen Umständen bewahren, obwohl Sie eigentlich eine große Plaudertasche sind. Ganz genauso geht es mir.

Ich will nicht lange um den heißen Brei herumreden, ich kann mich unsichtbar machen. Das Perfide daran ist, dass ich es nur solange kann, bis jemand von meiner Fähigkeit erfährt. Ich kann also nicht einmal damit angeben und auch nicht für viel Geld in Shows auftreten. Woher sollte ich damals auch wissen, dass eine Fee nach Erfüllung eines Wunsches anschließend noch Bedingungen stellen darf. Zumal mir das Luder nur einen einzigen und nicht etwa drei Wünsche erfüllen wollte. Drei Wünsche gäbe es angeblich nur im Märchen. Da erscheint einem schon mal eine Fee und dann so was. Aber das ist noch lange nicht alles. Obwohl in meiner Familie alle älter als neunzig Jahre geworden sind, musste ich mich einverstanden erklären, an meinem dreiundsiebzigsten Geburtstag zu sterben und zwar genau zwölf Uhr mittags. Im Gegenzug erhielt ich die Kraft zu entscheiden, ob Gegenstände, die ich berühre, ebenfalls unsichtbar werden oder eben nicht. Zusätzlich bekam ich noch die Befähigung, meinen Körper nur teilweise unsichtbar werden zu lassen. Falls Sie also irgendwo eine einzelne Hand liegen sehen und die bewegt sich plötzlich, das bin ich.

Aber der allergrößte Hammer ist, dass das blöde Weib nicht erwähnt hat, wie dieses Unsichtbarwerden physikalisch vor sich geht. Wissen Sie, jede einzelne meiner Körperzellen wird nämlich lichtdurchlässig. Das heißt, die Photonen gehen ohne die geringste Wechselwirkung komplett durch mich hindurch. Merken Sie was? Nein? Meine Netzhaut nimmt ebenfalls nichts auf, da das Licht einfach durchflutscht. Und was bedeutet das? Richtig! Ich kann nichts sehen. Deshalb muss ich armes Schwein immer mindestens ein Auge sichtbar lassen, sonst ist es duster. Haben Sie schon einmal ein einzelnes Auge durch die Gegend schweben sehen? Da erregt man mehr Aufsehen, als einem lieb ist. Ich könnte dieses Mistvieh von Fee erwürgen, wenn ich nur wüsste, wo sie sich versteckt hat. Glauben Sie mir, ich habe mehr als einmal daran gedacht, einfach dem Nächstbesten zu erzählen, was mit mir los ist. Nur damit der Zauber endlich aufhört. Aber können Sie sich denken, welche Konsequenz das zur Folge hätte? Man würde mich direkt in die nächste Nervenheilanstalt einweisen. Und wenn ich es zum Beweis meinem Gegenüber einfach demonstrieren würde, dann käme dieser höchstwahrscheinlich in die Klapsmühle. Keine Sau glaubt einem doch so eine Geschichte.

Zugegeben, ich habe das Ganze auch ein wenig ausgenutzt. Wenn beispielsweise Leute beschäftigt sind, merken sie nicht, dass in einer dunklen Zimmerecke zwei alleinstehende Augen auftauchen. Aber Menschen beim Liebesspiel zu beobachten, hinterlässt nur einen schalen Geschmack. Schließlich bin ich kein Voyeur. Allerdings bin ich auch auf ein paar Dinge stolz. Als ich vor einiger Zeit in meiner Bank etwas Bares abheben wollte, kamen fünf Maskierte hereingestürmt, schossen mit Maschinenpistolen wahllos in die Luft und brüllten, dass sich alle auf den Boden legen müssten. In ihrer Aufregung haben die Mistkerle natürlich nicht geschnallt, dass ein einzelnes Auge in Bodennähe zum Alarmknopf robbte und anschließend aus der Hintertür verschwand. Der Einsatzleiter der Polizei wundert sich heute noch, woher plötzlich der Zettel mit dem Lageplan der Bank kam, auf dem die genauen Standorte der Gangster eingezeichnet waren.

Und dann gab es da noch den Metzger in unserer Straße. Sein Motto war: Solange es Salz und Wasser gibt, geht kein Fleischer pleite. Beim Abwiegen hat er immer zusätzlich mit dem Daumen auf die Waagschale gedrückt. Verdorbenes Fleisch wurde in Essig eingelegt und als Sauerbraten verkauft. Ich hab mich damals drei Tage lang übergeben. Ha! Sie können sich bestimmt vorstellen, was das für einen Aufruhr gab, als eines Tages zwischen Gulasch und Wienerwürstchen ein nacktes, menschliches

Bein in der gläsernen Vitrine lag. Das Auge neben dem Gehackten hat komischerweise gar keiner bemerkt. Die vom Gesundheitsamt haben noch am gleichen Tag die Metzgerei auseinander genommen. Das Bein und das Auge waren da natürlich schon lange verschwunden, genauso wie ein Liter Schweineblut. Aber im Hinterzimmer und in den angrenzenden Schlachträumen fand man aus hygienischer Sicht absolut unhaltbare Zustände. Der Laden wurde für immer geschlossen.

Das Schweineblut brauchte ich übrigens, um meinem Nachbarn etwas einzuheizen. Vielleicht kennen Sie ihn. Er heißt Willhelm Karlov. Dieser Mensch ist nämlich eine äußerst unappetitliche Körperöffnung. Arschloch darf man ja nicht mehr sagen, das gilt gleich als Beleidigung. Während ich im Urlaub war, hat dieser Mistbock unseren Apfelbaum umgesägt, bloß weil ein paar Äste über den Zaun gewachsen waren und ihm die Sicht nahmen. Gut, er hat mich seit fünf Jahren gewarnt. Aber wer macht denn so was. Auf jeden Fall ist sein Teppich im Eimer. Warum lässt er auch immer seine Haustür offen. Und Perserteppiche vertragen nun mal Schweineblut nicht wirklich. Aber das Schönste waren seine Augen, als er zwischen dem ganzen Blut meinen Kopf liegen sah. Daneben hatte ich noch eine Pappe platziert, auf der geschrieben stand: „Karlov hat mich umgebracht!".

Die Polizisten fanden keine Pappe und schon gar keinen Kopf. Als dann noch das Labor feststellte, dass die Sauerei auf dem Teppich wirklich von einer Sau stammte, verpasste man meinem herzallerliebsten Nachbarn eine saftige Geldstrafe wegen Irreführung der Behörden.

Dann las ich in der Zeitung eine Annonce der Blindenschule. Es wurde ein Kurs für Sehende angeboten, damit diese sich besser in Blinde hineindenken konnten. Also lernte ich mich ohne Augen durch die Welt zu bewegen.

Von da an hielt mich nichts mehr. Ein Unsichtbarer mit einem unsichtbaren weißen Stock kann jeder Zeit schwarz fahren und vor allem schwarz in alle Welt fliegen. Manchmal stieß ich mit einem anderen Menschen zusammen, worüber sich dieser äußerst wunderte. Und wenn ich gar nicht mehr wusste wo ich war, ließ ich für einen Wimpernschlag lang mein rechtes Auge aufblitzen.

Da ich Opernfan bin, schmuggelte ich mich in Opernhäuser auf allen Kontinenten und wenn die Lichter im Saal ausgingen, gingen meine Augen an. Am besten gefiel mir in Madrid Mozarts „Così fan tutte" am „Teatro Real" in der Inszenierung von Michael Haneke. Wie hier Liebe und Untreue der Damen Dorabella und Fiordiligi choreographiert wurden, raubte mir stellenweise den Atem. Die gleiche Oper ein Jahr später in Salzburg fand ich dagegen äußerst langweilig.

Das hört sich jetzt alles vielleicht sehr schön an, aber immer wieder bekam ich Depressionen. Ich wusste einfach nicht mehr, wo ich hingehörte. War ich noch ein normales Mitglied der menschlichen Gesellschaft? Ich hätte ja einfach mit der Unsichtbarkeit brechen können, aber die war inzwischen zur Sucht geworden und ich war sehr, sehr süchtig.

Hm! Sie wundern sich jetzt bestimmt, warum ich Ihnen das alles erzähle und damit mein Talent für immer aus der Hand gebe. Nun, ich bin heute dreiundsiebzig geworden und es ist mittlerweile kurz vor zwölf.

Sie sollten gehen!

Königsland

Niemand weiß wann es war. Keiner weiß wo es war. Aber es geschah. Es geschah in einem weit entfernten Land, in einem unbekannten Königreich.

Der regierende König war dick und bequem, nicht gerade mannhaft und auch nicht immer gerecht. Aber er verfügte über Weitblick.

Als sein Sohn neun Jahre alt wurde, holte er die besten Lehrmeister des Landes in sein Schloss und ließ den Jungen unterrichten. In Kriegskunst und Selbstverteidigung, in den Naturwissenschaften und Landbau, in Philosophie und Diplomatie, in Architektur und Astronomie. Sogar für die Freizeit gab es einen Spielemeister. Ab und an hatte der Junge keine Lust mehr zum Lernen, dann sagte der Alte: „Schau mich an. Willst du einmal genauso fett und faul werden wie ich?". Und genau diese Worte motivierten den Königssohn weiter und immer weiter zu studieren.

Dann kam die Zeit, in der die Erde den König wieder in ihren Schoß rief. Auf dem Totenbett umklammerte er die Hand seines Sohnes und sprach: „Regiere gerecht und …". Weiter kam er nicht. Die allgewaltige Natur hatte Körper und Seele endgültig zurückgefordert.

Sobald man den alten König zur ewigen Ruhe gebettet hatte und der neue König gekrönt war, machte sich Letzterer auf eine große Reise durch das weite Reich, welches fortan ihm gehören sollte. Mit klugen Augen sah er was gut war, aber auch, was schlecht war.

Er schickte seine weisen Lehrmeister dorthin, wo sie am meisten gebraucht wurden, damit sie ihr Wissen und Können an andere weitergeben konnten. Und so blühte das Land auf. Die Wälder boten starkes Holz und gesunde Tiere, die Felder üppige Ernte und die Obstbäume reichlich Früchte. Die Menschen waren vergnügt, sangen bei der Arbeit und liebten ihren jungen König.

Dieser war inzwischen im heiratsfähigen Alter. Er machte sich mit seinem Gefolge auf, um in der großen Welt eine Braut zu suchen. Wie es schien, war die Welt gar nicht besonders groß. Denn bereits nach zwei Tagesreisen fand er im Nachbarland eine hübsche und fröhliche Prinzessin, der sein Herz zuflog. Da auch sie nicht abgeneigt schien, führte er seine Liebe heim und feierte ein unvergessliches Hochzeitsfest. Seiner klugen Diplomatie verdankte er es, dass bald darauf die königlichen Eltern seiner Frau einverstanden waren, beide Königreiche zusammen zu legen. Sie nannten das so entstandene Imperium „Königsland".

Auf Vorschlag des Frischvermählten, schickten beide Königshäuser einige kluge Köpfe in das jeweils andere Land um dort ihr Können und ihre Kenntnisse zu verbreiten. So kam es, dass sich die Wirtschaft auch in Regionen entwickelte, in denen bisher noch Nachholbedarf bestanden hatte. Nun, es ging nicht allem Volke so gut wie dem König, aber keiner brauchte zu hungern oder zu frieren, sofern er es nicht selbst wollte. Reisende, deren Weg durch diese Ländereien führte, erzählten hinterher, sie wären im Vorhof des Paradieses gewesen.

Die Geschichtsschreiber fanden gar kein Ende des Lobes, wenn sie über den jungen König berichteten. Sie priesen ihn über die Maßen und über die Landesgrenzen hinaus. Bald wusste die halbe Welt, dass es einen König gab, den keiner in Weisheit und Gerechtigkeit übertraf und der es schaffte, dass seine Ländereien fruchtbar und die Wälder tierreich waren. Aber keiner der Chronisten, nicht ein Einziger, verlor auch nur das kleinste Wörtchen über die klugen Lehrmeister, die mit Geschick ihre Weisheiten weitergaben und so erst alles möglich gemacht hatten.

Moral: Wenn du willst, dass jedes neue Morgen ein klein wenig besser wird als das davor liegende Heute, dann achte die Lehrenden.

Zweimal kurz

Bevor ich zur Sache komme, möchte ich mit einem Irrtum aufräumen. Sie kennen bestimmt den Spruch: „Geld macht nicht glücklich!". Das würde bedeuten, dass ich jetzt, da ich zu etwas Geld gekommen bin, unglücklich sein müsste. Bin ich aber nicht. Und damals, als ich kaum einen roten Heller besaß, hätte ich glücklich sein müssen. War ich aber nicht. Nicht umsonst wurde dieser Spruch vom Volksmund sinnverdreht: „Geld allein macht nicht glücklich, sagte der Dieb, und nahm auch noch den Schmuck". Was will ich damit andeuten? Nichts weiter, als dass es mir gut ging, als der ganze Quatsch begann. Meine Familie bestand nur noch aus Onkel Georg, Onkel Werner und mir. Alle waren wir ohne Frau und kinderlos. Als nun Onkel Georg starb, vermachte er seinem Bruder Werner drei Fabriken im Gesamtwert von 5,6 Milliarden Euro. Der verkaufte sie eine Woche später für 4,3 Milliarden an die Konkurrenz und setzte sich in die Karibik ab. Mir vererbte Onkel Georg nicht ganz soviel. Ich erhielt das Geld vom seinem Privatkonto. Es war eine achtstellige Summe und vorn stand eine neun. Trotzdem kaufte ich mir kein Eigenheim, sondern wohnte nach wie vor in meiner alten Wohnung in einem Mietshaus mit elf anderen Mietern. Man nennt so etwas Millionärsfaxen.

233

Ich fuhr auch weiterhin mein altes Auto, obwohl ich mir jetzt leicht einen Sportwagen hätte zulegen können. Aber so ahnte kein Mensch in der näheren Umgebung etwas über die Höhe meines Kontostandes und das schützte mich vor Bettelbriefen. Ansonsten gönnte ich mir natürlich ab und zu etwas Luxus. Zum Essen ging ich meist in ein gutes Restaurant oder ließ mir etwas aus einer Nobelgaststätte bringen. Wenn ich im Fernsehen einen Bericht über eine interessante Ausstellung sah, setzte ich mich ins Auto und fuhr einfach hin. Ich brauchte ja nicht mehr auf die Bezinpreise zu achten. Und ich konnte endlich den Whisky trinken, der mir am besten schmeckte, auch wenn die Flasche über 400 Euro kostete. Bestimmt muss ich auch nicht extra erwähnen, dass ich keiner geregelten Arbeit mehr nachging. Ich hatte natürlich auch eine Putzfrau. So, jetzt kennen Sie alle Umstände, und ich kann endlich zur Sache kommen.

Wenn jemand etwas von mir wollte, beispielsweise der Postbote, ein Versicherungsvertreter oder vielleicht der Kabeltechniker, dann drückte dieser gewisse Jemand für eine knappe Sekunde mit seinem Finger auf meinen Klingelknopf. Ich nannte das „einmal lang". Seitdem ich hier im Haus wohne, hat kaum einer anders geklingelt. Eine Ausnahme bildete lediglich mein Freund Gert. Der drückte den Klingelknopf immer reichliche zwei Sekunden. Das hatte möglicher Weise etwas mit seinem Beruf zu tun; er war und ist bei der Kripo. Ich nannte dieses Klingeln übrigens „Esl", sprich: „Einmal s e h r lang".
Vor fünf Tagen ist nun eine neue Nachbarin eingezogen. Eine Etage über mir. In diesen fünf Tagen hat sie schon zweimal bei mir geklingelt, um sich etwas zu borgen. Angeblich war auf ihrer Etage ständig niemand zu hause. Wissen sie wie diese Frau stets klingelte? Achtmal kurz!

Beim ersten Mal dachte ich, es würde in unserem Haus brennen. Wenn dieses Weib nicht so verteufelt hübsch gewesen wäre, hätte ich bestimmt schon gemeckert. Aber meine Hormone ließen das irgendwie nicht zu. Es ist schon blöd, das mit der Sexualität.

Doch gestern passierte etwas außerordentlich Seltsames. Jemand klingelte zweimal kurz. Ich stutzte. Tatsächlich, zweimal kurz! So hatte bisher noch nie einer bei mir geklingelt. Also eilte ich ziemlich neugierig zur Tür. Sicherheitshalber wollte ich erst einmal durch den Türspion äugen, aber der wurde von außen zugehalten. Meine Neugier ließ mich dennoch die Tür öffnen. Das hätte ich wirklich nicht tun sollen. Wissen Sie wer draußen stand? Ich!

Keine Sorge, ich nehme keine Drogen und psychisch gestört bin ich auch nicht. Aber da stand ein Mann, der wirklich genauso aussah wie ich. Die gleiche Größe, das gleiche schüttere Haar, der gleiche Bauchansatz und vor allem das gleiche Gesicht. Da ich davon ausging, dass mich meine Eltern nicht belogen hatten, konnte das keinesfalls ein Zwillingsbruder von mir sein. Der Kerl versuchte, an mir vorbei, in meine Wohnung zu gelangen. Also machte ich mich so breit wie möglich: „He, he, he, was soll das? Wer sind Sie?". Er verzog das Gesicht: „Das hatte ich befürchtet". Jetzt war es an mir, dumm zu gucken: „Was denn?". „Na, dass du mich siezt. Können wir beide uns nicht duzen? Und lass mich bitte rein!". Ich schüttelte den Kopf: „Erst will ich wissen wer Sie, äh, wer du bist!". Er verschränkte die Arme: „Ich bin dein Alter Ego". Mit einem angedeuteten Grinsen erwiderte ich: „So alt siehst du gar nicht aus". „Quatschkopf, du weißt genau, dass sich das auf ‚alternativ' bezieht. Ich bin also dein alternatives, dein anderes Ich". Ich tippte demonstrativ mit dem Zeigefinger an meine Stirn: „Und ich bin der Kaiser von China". Er schob mich gewaltsam zur Seite und presste sich an mir vorbei. Dann verschwand er in der Küche. Meine Wohnung hat so einen Zentralflur. Von dort aus kann man in jedes Zimmer gelangen und zwischen Küche und Wohnzimmer befindet sich eine sogenannte Durchreiche. Als ich hinter dem Flegel meine Küche betrat, saß er am Tisch und zündete sich gerade eine Zigarette an. Er blies das Zündholz aus und fragte mit einem Anflug von Arroganz: „Gibt's denn hier keine Aschenbecher?". Ich zog ihm den Glimmstängel aus dem Mund und warf das Ding in die Spüle: „In meiner Wohnung wird nicht geraucht!". Er schraubte sich von seinem Sitz hoch und sagte angepisst: „Freundchen, das machst du nicht noch mal! Denk dran, ich bin du und deshalb genauso stark!". Die Drohung kostete mich nur ein müdes Lächeln: „Im Umkehrschluss bin ich also auch genau so stark wie du. Und wenn du noch mal in meiner Wohnung rauchst, dann raucht's!". Unschlüssig, ob er mich angreifen sollte, setzte er sich genauso langsam wieder hin, wie er aufgestanden war. Ich nutzte die Gelegenheit: „Wie heißt du?". Er blickte mich spöttisch an: „Logik ist wohl nicht deine Stärke, was? Ich heiße selbstverständlich genauso wie du. Aber wenn du willst, kannst du mir ja einen Spitznamen geben!". Ich überlegte kurz, dann fiel mir ein Kollege ein, den ich nicht leiden konnte: „Herrmann. Ich nenne dich Herrmann". Er grunzte etwas Unverständliches. Nachdem ich mich ebenfalls gesetzt hatte, erneuerte ich meine Frage: „Was willst du hier?". Mein Herrmann lehnte sich langsam zurück: „Kennst du Charles Dickens?". Ich grinste: „Falls du den englischen Schriftsteller Charles John Huffam Dickens meinst, der ist bereits am 9. Juni 1870 auf Gad's Hill Place bei Rochester gestorben. Daher ist es ist also äußerst unwahrscheinlich, dass ich ihn gekannt habe". Herrmann winkte ab: „Klugscheißer! Ich meinte doch, ob du seine Weihnachtsgeschichte kennst. Die mit dem Ebenezer Scrooge". Mir war nicht ganz klar, worauf er hinaus wollte. „Siehst du", fuhr er fort, „du bist vergleichsweise dieser Scrooge und ich bin so etwas Ähnliches wie ein Geist, der dir heute erschienen ist". Ich antwortete langsam und nachsichtig: „Natürlich, wir haben heute Weihnachten und du bist der Geist der diesjährigen Weihnachtsnacht. Alles klar. Und morgen ist Ostern und du bist der Osterhase". Herrmann schüttelte den Kopf: „Du willst nicht verstehen. Ich bin gekommen um dir zu helfen. Von selbst wirst du träger Tropf dein klägliches Leben höchstwahrscheinlich nicht ändern. Deshalb muss ich dir die Augen öffnen. Du sollst dir endlich eine Frau zulegen, sonst stirbst du als verhärmter Junggeselle und wirst nie im Leben erfahren, was wirkliches Glück ist!". Ich lachte ihn aus, obwohl ich im Innersten ein ganz klein wenig zugeben musste, dass er wohl recht hatte. Da klingelte es. Achtmal kurz. Herrmann folgte mir in den Flur. Als ich öffnete, fragte meine Nachbarin mit einem verführerischen Lächeln: „Kann ich mir vielleicht eine Tasse Zucker ausborgen?". Herrmann schwafelte hinter mir: „Die steht auf dich. Bitte sie rein! Und dann schnappst du sie dir und drückst ihr einen Kuss auf!". Ich drehte mich halb zu ihm um: „Nein, dass kommt auf keinen Fall in Frage!". Meine Nachbarin schaute mich mit großen Augen an: „Warum auf einmal nicht? Sie haben mir doch gestern auch das Mehl geliehen". „Entschuldigung!" sagte ich, „Sie waren doch gar nicht gemeint, sondern Herrmann". Dabei zeigte ich mit dem Daumen über meine Schulter nach hinten. Sie ging auf die Zehenspitzen, hielt den Kopf schief und schaute an mir vorbei in den Flur: „Welcher Herrmann?". Ich drehte mich um und tippte Herrmann auf die Brust: „Dieser da!". Ihr Gesicht nahm den Ausdruck großen Entsetzens an: „Ich ... äh ... ich komme wieder, wenn es Ihnen besser geht!". Dann verschwand sie über die Treppe nach oben. Herrmann lachte lauthals: „Ja, Bruder. Außer dir kann mich keiner hören oder sehen". Das war der Tropfen, der mein Fass zum Überlaufen brachte. Ich schnappte mein anderes Ich und zerrte den Kerl mit Gewalt ins Treppenhaus: „Hau ab und komm ja nicht wieder!". Er lachte weiter, zündete sich eine Zigarette an und steuerte zur Haustür: „Denk an meine Worte! Schnapp dir das Mädel, sonst komme ich doch wieder!".

In der Nacht wälzte ich mich auf meinem Wasserbett hin und her. Von Schlafen konnte keine Rede sein. War ich vielleicht endgültig durchgeknallt oder hatte sich das alles wirklich abgespielt? Als der Morgenkaffee geliefert wurde, hatte ich noch nicht einmal geduscht.

Am Nachmittag, kurz nachdem meine Putzfrau die Wohnung verlassen hatte, klingelte es wieder achtmal kurz. Ich öffnete die Tür und meine Nachbarin säuselte: „Kann ich heute bitte die Tasse Zucker haben?". Zögernd erwiderte ich: „Dann geben Sie mal die Tasse her!". Sie druckste: „Hab ich nicht dabei. Die wollte ich mir auch gleich mitborgen!". Nun war es sogar mir Trottel klar, dass ihre Borgerei nur ein Vorwand war. Wie Herrmann vorgeschlagen hatte, zog ich sie zu mir heran und drückte meinen Mund auf den ihren. Als wir uns wieder voneinander trennten, sagte sie nur: „Na endlich!". Aus Verlegenheit fiel mir nichts anderes ein, als ihr meine Wohnung zu zeigen. Sie kommentierte alles mit: „Ach wie hübsch!". Oder auch: „Ach wie süß!". Im Schlafzimmer schaute sie eine ganze Weile auf das Doppelbett. Dann fragte sie leise: „Wie wär's, wenn ich heute Nacht dort schlafen würde?". Mir ging das alles irgendwie zu schnell und ich fragte: „Und falls jemand etwas dagegen einzuwenden hat?". Sie lachte: „Wer denn? Vielleicht dein anderes Ich?". Mir rieselte Eis durch die Adern. Das konnte sie keinesfalls wissen. Schließlich hatte sie doch Hermann angeblich nicht sehen können. Mein Instinkt sagte mir, dass ich hier ganz besonders auf der Hut sein musste. Ich zog mein Smartphon aus der Tasche und sprach: „Da muss ich erst für heute Abend meinen Termin absagen". Dann machte ich heimlich ein Foto von ihr. „Wie wär's, wenn du schnell dein Negligee von oben holst?". Sie zwitscherte: „Dann bis gleich!". Als hinter ihr die Tür ins Schloss fiel, sendete ich sofort das Foto meinem Freund. Dann rief ich ihn an und schilderte, was hier los war. Er berichtete, dass seine Abteilung seit Tagen nach einer Trickdiebin fahndet, die ihre Opfer mit Ketamin betäubt und anschließend ausraubt. Er würde sich sofort mit Verstärkung auf den Weg zu mir machen. Ich solle aber auf keinen Fall etwas trinken. Dadurch fiel mir sofort mein Party-Apparat ein. Ein Schlauch, an dessen unterem Ende ein Luftballon angebunden ist und der oben einen kleinen Trichter eingeklebt hat. Der Luftballon wurde in die Hose gestopft und der Schlauch mit dem Trichter unter der Anzugjacke versteckt. Wenn man dann bei einer Party über Gebühr zum Trinken animiert wurde, kippte man in einem unbeobachteten Moment das Getränk einfach in den Trichter. Gelegentlich ging man dann auf die Toilette und entleerte den Ballon. Dadurch hatte ich in der Vergangenheit schon die wüstesten Saufgelage unbeschadet überstanden. Einen Anzug konnte ich jetzt aber kaum anziehen, also warf ich mir den Morgenmantel über. Kaum hatte ich das Gerät verstaut, klingelte es abermals achtmal. Meine Gute stand mit ihrem Nachtfummel und einer geöffneten Flasche Wein vor der Tür. Aha, Wein also! Nachtigall, ick hör dir trapsen! „Komm, wir trinken erstmal was! Wo hast du Gläser?".

Wir gingen in die Küche, ich holte zwei Gläser und sie schenkte ein. Dann nahm ich mein Glas und drehte mich etwas von ihr weg, hin zum Küchenschrank: „Irgendwo muss ich auch noch was zum Knappern haben". Glucks! Das Zeug war im Trichter. Ich setzte das leere Glas an den Mund und täuschte eine Schluckbewegung vor, während ich mich zu ihr zurück drehte: „Da fällt mir ein, dass ich leider alles gestern Abend schon verdrückt habe". Sie lächelte mich honigsüß an: „Macht doch nichts!". Dann schaute sie auf mein leeres Glas und bekam einen lauernden Blick. Das war für mich das Signal. Ich wartete noch ein paar Momente, dann verdrehte ich die Augen und ließ mich langsam auf den Boden sinken. Sie beugte sich über mich und klatschte mir zweimal ins Gesicht. Da ich mich nicht regte, schien sie zufrieden zu sein und ging in den Flur. Ich hörte, wie sie die Tür öffnete und eine Männerstimme fragte: „Ist er hin?". Sie antwortete: „Klar, wir können anfangen zu suchen. Irgendwo muss er ja die Kreditkarten haben. Hast du die Geheimnummern?". Der Mann trat ins Zimmer. Es war mein zweites Ich. „Sicher hab ich die Nummern. Hab sie schon vor zwei Monaten aus dem Computer gezogen". In diesem Moment klingelte es „Esl", also einmal sehr lang. Zum Entsetzten meiner Besucher sprang ich auf, hastete in den Flur und öffnete. Mein Freund drängte in Begleitung zweier Uniformierter in meine Wohnung. Was soll ich noch sagen? Das Gangsterpärchen wurde verhaftet, der Wein wurde analysiert, ich wurde ausgefragt und mein Freund wurde schussendlich befördert. Es zeigte sich, dass mein „Alter Ego" früher Angestellter der Bank war, bei der ich meine Konten hatte. Somit kannte er meine Kontostände und kam auch an die Geheimzahlen der Kreditkarten. Da er mir zufällig ähnelte, kam er auf die Idee, einen Schönheitschirurgen mit ins Boot zu holen. Der musste sein

Gesicht dem meinen angleichen. Dafür sollte der Chirurg später eine Million bekommen. Er bekam stattdessen Haft. Ich riesengroßes Rindvieh war also mit meiner Einfalt und meinem Hormonspiegel den Gaunern prompt auf den Leim gegangen. Hätte Herrmann nicht so ausgesehen wie ich, hätte ich ihm nie zugehört. Und hätte mich Herrmann nicht manipuliert, hätte ich die Frau auch nie in meine Wohnung gelassen. Hätte, hätte! Also merken Sie sich: Falls jemand den Türspion von außen zuhält, auf keinen Fall öffnen!

Ulrike

„Schatz, es geht wirklich nicht. Es tut mir so leid!". Ulrikes Mutter legte die zittrige Hand auf das linke Knie ihrer Tochter. Das Mädchen zog ihren Körper unwirsch zurück. „Ulli, hör mal, du weißt doch selber, dass es nicht möglich ist". Die Augen der Halbwüchsigen drückten Abwehr aus: „Du sollst nicht immer Ulli zu mir sagen! Ich heiße Ulrike". „Ist ja gut. Aber du weißt schon, dass wir erst unsere Schulden zurückzahlen müssen. Schau, als dein Vater voriges Jahr immer beim Abendbrot gesagt hat, er hätte keinen Hunger, war das eine Lüge. Er ist hungrig ins Bett gegangen, damit wir etwas Geld sparen konnten, um dir die Klassenfahrt zu bezahlen". Ulrikes Augen funkelten: „Ach, jetzt bin ich wieder schuld". Ihre Mutter schüttelte den Kopf: „Diesmal geht es wirklich nicht. Wir sind nicht aus Spaß in die kleine Wohnung gezogen. Du hast das halbe Zimmer bekommen. Aber Vater und ich müssen im Wohnzimmer auf der Schlafcouch übernachten. Ich kann mit der winzigen

Invalidenrente keine großen Sprünge machen und dein Vater arbeitet bis zu vierzehn Stunden am Tag. Mehr geht wirklich nicht". Die Mutter begann zu weinen und drehte ihren Rollstuhl mit dem Rücken zu dem Mädchen. Ulrike rannte verzweifelt aus der Wohnung: „Das ist unfair! Einfach unfair!".

Sarah war eindeutig die Trendsetterin. Fast alle Mädchen besorgten sich Klamotten, wie sie Sarah trug. Auch ihr Schminkstil wurde von vielen kopiert, obwohl man dazu morgens etwa zwei Stunden früher aufstehen musste. Wo sie stand, bildete sich meist eine Traube von Mädchen mit ähnlicher Frisur, die alle ihre „beste Freundin" sein wollten. Ihre Eltern waren stinkreich. Außerdem sollte Sarah angeblich in unlautere Geschäfte verstrickt sein. Ihr Bruder hatte bereits wegen Dealens mit den verschiedensten Drogen im Gefängnis gesessen. Ulrike trat langsam und schüchtern an sie heran: „He, Sarah!". Die Angesprochene drehte ihren Kopf zur Seite: „Wer oder was bist du denn? Hast du in der Altkleidersammlung eingebrochen?". Ulrike schüttelte kaum merklich den Kopf: „Ich wollte dich um etwas bitten!". „Und was wäre das?". Die Bittstellerin blickte zu Boden und sagte leise: „Geld". Sarah kostete den Moment aus: „Ich hab nichts gehört, was willst du?". Ulrike riss sich zusammen, sah entschlossen auf und wiederholte: „Ich brauche Geld!". „Gut! Komm heute Abend in meine Wohnung!". Dann drehte sich Sarah wieder zu ihren Bewunderinnen um und würdigte Ulrike keines Blickes mehr.

Die Wohnung spiegelte deutlich die finanziellen Verhältnisse von Sarahs Eltern wider. In einem Zimmer wimmelte es vor antiken Biedermeier-Möbeln, in einem anderen war die neueste Technik verbaut und man konnte beispielsweise mit dem Handy die Vorhänge schließen, die Audio-Anlage starten oder den Gas-Kamin anfachen.

Sarah saß in ihrem geräumigen, mit Postern zugekleisterten Zimmer, vor sich einen Schreibtisch, der einem Staatsoberhaupt Ehre gemacht hätte: „Wie viel brauchst du?". „Zwanzig Euro". Sarah lachte: „Ich dachte, du wolltest Geld und keine Peanuts! Hier!". Sie zog einen Zwanzig-Euro-Schein aus einer Schachtel vor sich und überreichte ihn Ulrike mit einer überheblichen Geste: „In spätestens einem Monat bekomme ich Fünfundzwanzig zurück, klar? Wofür brauchst du eigentlich die Knete?". Es entstand eine kleine Pause, dann sagte Ulrike: „Für die Turmwette". Das machte die Geldgeberin neugierig: „Weißt du mehr als ich? Hast du vielleicht einen Tipp?". Ulrike nickte: „Ich wette auf mich selbst". „Was?", Sarah bekam große Augen: „Du willst selbst mitmachen? Du weißt aber schon, dass vor drei Jahren einer tödlich verunglückt ist und seitdem die Polizei ein Auge auf den Turm hat". Ulrike antwortete mit sicherer Stimme: „Diesmal gibt es ein Ablenkungsmanöver. Wir haben das Gerücht gestreut, dass zur selben Zeit in der Stadt ein illegales Autorennen stattfinden soll. Und wir haben das Feedback, dass sich die Polizei darauf einstellt. Außerdem findet unsere Challenge an einem anderen Tag statt, als es die Tradition vorgibt. Da wird bestimmt kein Bullen am Turm rumschnüffeln". Sarah stand auf: „Und was macht dich so sicher, dass du tatsächlich gewinnst?". Ulrike straffte ihren Körper: „Weil ich seit zwei Monaten jede Nacht trainiert habe!".

Ulrikes Mutter rüttelte ihren Ehemann wach: „Ich glaube, sie geht wieder". Der Mann öffnete verschlafen die Augen: „Und ich sage wieder, lass sie! Als ich in ihrem Alter war, bin ich nachts auch heimlich zu dir gekommen. Du kannst deine Tochter nicht einsperren!".

Die Wetten standen zwanzig zu eins. Keiner glaubte an Ulrikes Sieg. Sie würde vierhundert Euro abgreifen können. Inzwischen kannte sie alle gefährlichen Dinge an dem alten Aussichtsturm auswendig. Die Gitterkonstruktion besaß fünf durchgerostete Stellen, die man unbedingt meiden musste. Außerdem konnte man sich an verschiedenen scharfkantigen Trägern verletzen. Aber Ulrike war sich sicher, alles im Griff zu haben. Ihre nächtlichen Trainingszeiten waren allesamt besser, als der Rekord aus dem letzten Jahr.

Ulrike zog das Los mit der Nummer sechs. Als sie an der Reihe war, prägte sie sich noch einmal genau ein, wo die alte, oxydierte Glocke hing. Bis zu dem Seil an ihrem Klöppel hatte man ungefähr vierzig Meter zu klettern. Als ihr die Augen verbunden wurden, begann es zu regnen. Die ersten zwanzig Meter waren kein Problem. Dann wurden die Streben vom Regenwasser glitschig. Als sie glaubte, kurz vor der Glocke zu sein, reckte sie mit einem kräftigen Ruck ihren Körper nach oben und griff mit der rechten Hand nach dem Glockenseil. Sie griff ins Leere. Durch die ruckartige Bewegung rutsche ihre Linke von der nassen Gitterstrebe ab. Verzweifelt versuchte sie mit ihrer Rechten Halt zu finden. Vergebens. Im Fallen überkam sie eine seltsame, innere Ruhe. Beinahe glücklich dachte sie: „Ein Maul weniger zu stopfen. Jetzt wird unser Geld endlich reichen". Dann waren all ihre Probleme für immer gelöst.

Kreuzfahrt

Ehrlich, ich bin gern Single. Natürlich riskiere ich von Zeit zu Zeit auch mal ein Auge für das weibliche Geschlecht. Frauen sind eindeutig das Beste, was auf diesem Gebiet erfunden worden ist. Aber für längere Zeit? Ich weiß nicht recht. Jedenfalls habe ich noch nie eine Heiratsannonce aufgegeben und mich auch noch nie bei einer Single-Börse angemeldet. Mein Kumpel Armin ist da völlig anders. Wir kennen uns bereits seit dem Kindergarten, verstehen uns blendend, können uns geradezu professionell streiten und haben schon einige Flaschen zusammen geleert. Lediglich in Bezug auf Frauen gehen unsere Meinungen etwas auseinander. Mein Freund war bisher nur auf Veranstaltungen zu finden, von denen er glaubte, dort eine „Madam" abstauben zu können. Ob das nun „Single-Treff", „Ball der einsamen Herzen" oder „Tanz für Alleinstehende" hieß, Armin war dabei. Und meist schleppt er dann auch eine „ewige Liebe" ab. Nach drei Tagen kam es jedoch regelmäßig zum Streit und Armin war wieder frei für das nächste Abenteuer. Nur einmal hielt es mein Busenfreund etwas länger aus. Die Frau hieß, glaube ich, Cordula oder Cornelia oder so ähnlich. Bei dieser Beziehung setzte der Streit erst nach vier Wochen ein, dafür war er aber auch wesentlich heftiger. Als diese Claudia oder Corinna erkannte, dass Armin besser Teller werfen konnte als sie selbst, verließ sie mit einem Koffer und einer breiten Platzwunde am Kopf fluchtartig seine Wohnung.

Armin umschrieb seine Versuche ein „Mäuschen" zu ergattern mit dem Wort „Bärenfang" und das Geld, welches er dabei springen ließ, als „Vogelfutter". Sich persönlich titulierte er stets „Tiger". Zusammengefasst bezeichnete er das Ganze dann als „tierischen Abend". Immer wieder versuchte er, mich zu so einem Abend mitzuschleppen. Aber wie gesagt, ich bin gern Single. Neulich habe ich mich interessehalber mit Papier und Kugelschreiber bewaffnet, und das „Pro" sowie das „Kontra" des Alleinlebens notiert. Mir fiel nur ein einziges Kontra ein: Man kann freudige Ereignisse nicht mit einem Nahe-stehenden teilen. Jeder kennt ja das Sprichwort: Geteiltes Glück ist doppeltes Glück. Allerdings lautet der zweite Teil dieses Spruchs: Geteiltes Leid ist halbes Leid. Aber Leid wollte ich bislang noch nie mit einem Anderen tei-len. Ich gehöre seltsamerweise nicht zu den wehleidigen Männern, die bereits bei einem Schnupfen kurz vor dem Tode stehen. Wenn ich krank bin, will ich keinen hören oder sehen. Dann verkrieche ich mich in meiner Höhle, sprich Schlafzimmer, leide still vor mich hin und will weder bedauert noch bemuttert werden. Auch meinen Tee brühe ich mir mit 40 Fieber noch selber auf. Davon abgesehen fand ich Einiges an Pro-Punkten für mein ge-liebtes Single-Dasein. Die alles entscheidenden zwei As-pekte hießen: „Ausschlafen, ohne dass eine Frühaufsteher-in quengelt" und „Alkohol kaufen, ohne dass jemand meckert".

Es war Samstag und wir hatten einer ziemlich teuren Fla-sche Kognak das Genick gebrochen. So kam mein Kum-pel auf die Idee, mich zum „Speed Dating" mitzuneh-men. In nüchternem Zustand wäre ich wohl kaum mitge-gangen, aber was tut man nicht alles für einen Freund, wenn man albern ist. Zwar war mir auch unter Alkohol immer noch nicht ganz klar, wie man in wenigen Minu-ten herausfindet, ob die gegenüber sitzende Grazie zu einem passt. Aber man konnte ja notfalls nach drei Tagen einen Streit vom Zaun brechen. Also erdachte ich mir einen Begrüßungssatz, damit erst gar keine peinliche Stil-le zu Stande kommen konnte: „Ich heiße Detlef. Aber ich bin nicht so. Als ich geboren wurde, gab es nämlich diese blöden Witze noch gar nicht". Allerdings verstand die Hälfte der Frauen die Anspielung überhaupt nicht. Ein weiteres Viertel glaubte stattdessen, ich sei homosexuell und alle anderen Damen sahen selbst unter Alkoholeinfluss nicht gerade anheimelnd aus. Nicht, dass ich persönlich besser ausgesehen hätte. Zumindest nicht an diesem Tag. Also verkrümelte ich mich am Ende des Datings so schnell es eben möglich war, während mein Freund Armin mit einem Zwillingspärchen noch zum gemütlichen Teil überging.

Danach hatte mich der Alltag über einen weiten Zeitraum wieder im Griff. Dann aber kam jener denkwürdige Tag, an dem ich mich von meinem Kumpel übertölpeln ließ. Es war der 30. Juni. Noch heute bleibe ich an diesem Tag im Bett, so oft auch das Telefon oder die Türglocke läuten mögen. So etwas wie damals wollte ich nicht noch einmal erleben.

Es begann damit, dass jemand an meiner Haustür Sturm klingelte. Als ich öffnete schob sich Armin ohne Gruß an mir vorbei ins Wohnzimmer und machte sich in einem Sessel breit. Ich wollte ihm ein Bier aus dem Kühlschrank holen, aber er lehnte mit den Worten ab: „Heute mal nicht!". Das war noch nie vorgekommen. Auf mich hatte das die Wirkung, als wäre der Mount Everest umgekippt und zwar haargenau in meinen Vorgarten. Fassungslos plumpste ich auf das Sofa: „Was ist denn los?". Armin grinste von einem Ohr zum anderen. Hätte er in diesem Moment einen Krapfen gegessen, dann wäre ihm wohl mit großer Wahrscheinlichkeit der Zucker in die Ohren gefallen. Mit einem Unterton der Überheblichkeit sagte er: „Ich habe eine Kreuzfahrt für nächsten Monat gebucht". Natürlich wusste dieser gemeine Kerl, dass ich darauf anspringen würde. Ich wollte schon immer mal eine Kreuzfahrt machen. Alle meine Verwandten hatten das längst hinter sich gebracht und monatelang davon geschwärmt. Armin beugte sich zu mir herüber: „Willst du mit?". Vor meinem geistigen Auge erschien mein Kontostand: „Kommt darauf an, was der Spaß kostet".

Armin blickte irgendwo ins Blaue: „Vierzehn Tage Karibik mit Meerblick für eine Person knapp 2.500 Euro". Ich sah im Geist, wie die Ziffern meines Kontos umherwirbelten und bei einer zweistelligen Zahl stehen blieben. „Oh nein! Nein nein! Soviel Kies hab ich nicht". Da holte dieser hundsgemeine Lump zum Vernichtungsschlag aus: „Ich habe bereits zwei Reservierungen bezahlt. Die Xanthippe, die mitfahren sollte, hat ihren nicht vorhandenen Schwanz eingezogen und abgesagt. Ich mag aber nicht, dass das schöne Geld verfällt, hab jedoch leider keine Reiserücktrittsversicherung abgeschlossen. Da schon alles bezahlt ist, kannst du einfach mitkommen und gibst mir die Knete später, wenn du irgendwann mal wieder flüssig bist. Ich würde dir aus alter Freundschaft sogar 500 Mäuse erlassen". Er hielt mir die Hand hin und ich selten dämlicher Hund schlug ein. Armin holte einen Packen Unterlagen aus der Jacke und legte mir meine Bordkarte zum Unterschreiben vor die Nase. Einen Kugelschreiber dafür hatte er hinterhältiger Weise auch schon in der Hand. Erst als ich arglos unterschrieben hatte, reichte mir mein „Freund" das Prospekt. Mit goldumrandeten Lettern sprang mich eine knallige Überschrift an: „Kreuzfahrt der Sehnsucht für Alleingebliebene". Armin nutzte in gemeiner Weise die Zeit aus, die für das Holen des Nudelholzes drauf ging, um sich ganz schnell zu verdrücken.

Nun denn, Kreuzfahrt ist Kreuzfahrt. Man muss sich ja nicht unbedingt verkuppeln lassen. Also söhnte ich mich mit Armin aus und wir beschlossen, schon zwei Tage vor dem großen Ereignis mit meinem Auto zum Flugplatz zu fahren, um dann in aller Ruhe nach Hamburg zu fliegen. Übernachtung und Stadterkundung waren selbstverständlich auch eingeplant.

Nun muss man allerdings wissen, dass ich alles in letzter Minute erledige. Dazu bin ich auch noch in fast allen Dingen äußerst ungeschickt. Um das diesmal zu umgehen, hatte ich mir schon Tage vorher einen Zettel angelegt, auf den ich immer dann, wenn mir etwas einfiel, die Sachen notierte, welche ich unbedingt auf der Kreuzfahrt brauchen würde. Die Sonne meinte es damals richtig gut und so notierte ich erst einmal das, was man so alles für ein Freiluftvergnügen besitzen musste: Badehosen, Handtücher, Badelatschen, Sonnenmilch, Sonnenbrille, etwas zu Lesen und so weiter und so fort. Und weil es nachts auf See meist kälter ist, auch noch ein paar wärmende Sachen, wie beispielsweise Pullover, Schal und Mütze. Dann kamen die Hygieneartikel an die Reihe. Aus Sicherheitsgründen alles doppelt. Schließlich kann ja so eine Zahnbürste auch mal verloren gehen. Und was, wenn an Deck die Gischt über mir zusammenschlagen sollte? Oder wenn es die ganze Fahrt über regnete oder gar ein Sturm wütete? Dafür brauchte ich natürlich einen Friesennerz mit einem zünftigen Südwester nebst Gummistiefeln. Auch im Speisesaal sollte man anständig gekleidet sein. Mein alter, blauer Anzug erschien mir für diesen Fall angebracht. Und ein paar weiße Hemden. Und natürlich einige Krawatten, möglichst für jeden Tag eine. Landgang war bestimmt ebenso vorgesehen. Folglich kamen auch noch einige Kleidungsstücke für Alltag und Freizeit auf die Liste. Und für Spaß und Spiel an Bord benötigte man bestimmt Sportsachen. Ach so, und Hausschuhe. Und den Rasierspiegel. Und einen kurzen und einen langen Pyjama, man weiß ja nie. Und falls ich zum Kapitänsdinner eingeladen werden sollte? Also kamen noch der gute schwarze Anzug und zwei Frackhemden nebst schwarzer Schleife dazu. Unterwäsche und Socken durfte ich auch nicht vergessen. Und Taschentücher. Als ich mir dann endlich alles Fehlende besorgt hatte, türmte sich ein gigantischer Berg in meinem Schlafzimmer auf. Aber wie vorhin bemerkt, verschiebe ich alles auf den letzten Moment. Das war schon in der Schule so. Hausaufgaben wurden stets erst früh morgens, kurz vor dem Unterricht erledigt. Und als ich später das eine oder das andere Rendevouz hatte, bügelte ich mein Hemd erst zehn Minuten vor Verlassen des Hauses. Als das Bügeleisen einmal kaputt ging, sah ich an diesem Tag sehr zerknittert aus.

Im Falle meiner Kreuzfahrt bedeutete der sogenannte „letzte Moment", den Koffer am Morgen des Tages zu packen, an dem wir nachmittags lostrudeln wollten. Als meine beiden Handkoffer voll waren, lag etwa noch ein Drittel der Sachen, liebevoll wartend, auf dem Fußboden. Einen dritten Koffer hatte ich aber nicht vorzuweisen. Und jetzt noch schnell einen zu kaufen war leider nicht möglich, da sonntags die Geschäfte dummerweise geschlossen haben. Gott sei Dank erinnerte ich mich an Großmutters Schrankkoffer, welcher in alte Bettlaken gehüllt, auf dem Speicher von besseren Zeiten träumte. Also entfernte ich die Laken unter Gefahr einer Staublunge und zerrte das schwere Ding in mein Schlafzimmer. Glücklicherweise passten sowie der Inhalt meiner beiden Koffer als auch der am Boden liegende Rest in den Bauch des Ungetüms. Unter Vergießen von zwei Litern Schweiß und der Inkaufnahme mehrerer blauer Flecke, bugsierte ich das Ungeheuer vors Haus. Dort erwartete mich fröhlich das nächste Problem. Das Ding passte weder in den Kofferraum noch auf die Rückbank meines Autos. So kam es, dass ich meinen Freund Armin mit einem Gütertaxi abholte. Sein Hartschalenkoffer und seine Reisetasche fanden gerade noch so Platz auf der Ladefläche.

Der Dame am Flugschalter entgleisten angesichts meines Gepäcks alle Gesichtszüge. Etwas später ging es mir dann aber genauso, nämlich als sie hinterhältig lächelnd die Nachzahlung für das Übergepäck bekannt gab.

In Hamburg checkten wir zunächst in unser Hotel ein, stürzten uns dann aber gleich in das verruchte Nachtleben. Nur gut, dass ich die Kreditkarte im Hotel gelassen hatte. So konnte man mir nur die Geldbörse stehlen. Nun ja, fünfhundert Euro hatte mir Armin vom Preis erlassen, dreihundert hatte man mir geklaut, das machte immer noch ein Plus von zweihundert. Am nächsten Tag ließen wir uns dann zum Hafen bringen. Der Fahrer des hoteleignen Transporters war etwas unhöflich. Zwar mühte er sich kräftig mit meinem Gepäckstück ab, warf mir dann aber den einen Euro Trinkgeld vor die Füße. Dafür lotsten vier freundliche Matrosen meinen Schrankkoffer durch eine große Luke in das Innere des riesigen Kreuzfahrtschiffes. Der Service ging sogar so weit, dass allen Reisenden ihr Gepäck bis in die Kajüte gebracht wurde, nur mein Köfferchen stand davor auf dem Gang. Das Ding passte weder quer noch längs durch die Tür. Ich begann also zähneknirschend mein Hab und Gut in den Kabinenschrank umzulagern. Als dieser voll war, befanden sich immer noch zwei Drittel meiner Sachen in dem gottverdammten Reisekasten.

Als das Schiff ablegte, spielte eine Blaskapelle: „Muss i denn, muss i denn …", und Armin sagte mit ernster Mine: „Nur wer sich einschifft, der kann auch auslaufen!".

Das Schiff an sich war wunderschön. Es gab sogar eine Einkaufsstraße, oder wie es Neudeutsch heißt, eine Shoppingmall. Dort kaufte ich mir zwei Koffer und verstaute in ihnen den Restinhalt des vor der Tür lauernden Monstrums. Da ich das Genöle aller, die sich an meinem Besitz vorbeizwängen mussten, satt hatte, schob ich den jetzt leeren Schrankkoffer klammheimlich nach draußen und ließ ihn über die Rehling kippen. Oma verzeihe mir, aber jetzt wohnen Fische drin. Etwa fünf Minuten später wurde mir klar, dass ich ja zusätzlich auch noch Einiges im Kabinenschrank hängen hatte und dieses Zeug wollte logischerweise am Ende der Reise ebenfalls mit nach hause kommen. Ich konnte den Gesichtsausdruck des Verkäufers nicht richtig deuten, als ich mir am nächsten Tag auch noch einen dritten Koffer kaufte. Mein Reisekonto war nun ausgeglichen, ohne dass ich mir auch nur einen einzigen Drink hätte kaufen müssen.

Am dritten Tag stand ein klassischer Gesellschaftsabend auf dem Plan, oder wie Armin es nannte: Ringelpietz mit Anfassen. Als einziges Kleidungsstück war mein schwarzer Anzug von Knitterfalten verschont geblieben und so saß ich ziemlich aufgebrezelt neben Armin in seinem Freizeitlook. Das Tanzorchester hatte sein Engagement garantiert nicht einem Ohrenarzt zu verdanken. Überraschend wurde Damenwahl ausgerufen und ich traute meinen Augen kaum, als mich ein wirklich heißes Weib aufforderte. Nach dem Tanzen landeten wir in einer Bar und als diese schloss, in der nächsten. Zu guter Letzt begossen wir unsere Liaison mit einer Flasche Champagner in der Kabine meiner Angebeteten. Am Morgen ließen wir uns dann vom Kapitän trauen. Feierlich übergab er uns beiden je eine Urkunde. Die goldenen Eheringe hatte ich mir kurz zuvor in der Shoppingmall mittels Kreditkarte beschafft. Wozu sonst bewilligt wohl eine Bank einen Dispo-Kredit.

Als der Kater vorüber war, ging ich wieder in die Mall, um mir etwas zu kaufen, mit dem ich mir den Schädel einschlagen konnte. Nudelhölzer gab es leider nicht. Ich verschanzte mich heimlich in meiner Kabine und schwor, diese bis zum Ende der Kreuzfahrt nicht mehr zu verlassen. Von mir aus konnte die Misses mich suchen, bis sie schwarz wurde. Als sich am letzten Tag der Reise meine Tür öffnete, dachte ich zunächst, es wäre wieder der Stewart, der mir wie immer das Essen bringen würde. Aber nein, es war Armin: „Mensch, du musst ja ein toller Casanova sein. Ich hab dich tagelang nicht gesehen. In welchen Betten hast du dich die ganze Zeit herumgetrieben?". „Nur in meinem". Mit einem verstörten Blick zu Boden flüsterte ich: „Ich musste mich verstecken". Armin war äußerst erstaunt: „Und warum?". Ich stotterte: „Weil ich un...unfreiwillig verheiratet wurde". Dann schob ich ihm die Urkunde über den Tisch. Er bekam einen minutenlangen Lachanfall. Als er wieder normal Luft holen konnte, sagte er grienend: „Hast du dir das Ding mal richtig durchgelesen? Das war alles bloß eine Fake-Hochzeit. Der Spaß galt ausschließlich für einen Tag. Unser Kapitän darf nämlich gar keine Eheschließungen vornehmen!".

Wie ich vorhin schon sagte, jedes Jahr am 30. Juni bleibe ich den ganzen Tag im Bett. Ich habe meine Gründe.

Antimaterie

Es war ein besonders milder Sommerabend. Der Wind hatte sich tagsüber kräftig ausgetobt und umschmeichelte jetzt die Menschen auf der Straße nur noch mild, als würde der Atem eines schlafenden Säuglings das Gesicht seiner glücklichen Mutter streifen. Die Vögel des kleinen Stadtparks verstummten nach und nach, steckten ihre Schnäbel unter das Gefieder und träumten im Schutz dichten Blattwerks von prallen Insekten. Die Stadt hätte

sich friedlich auf den verdienten Nachtschlaf vorbereiten
können, wenn da nicht der lokale Radiosender mit seinen
Zwanzig-Uhr-Nachrichten gewesen wäre. Zunächst hielten es viele für einen Scherz des manchmal betrunkenen
Moderators. Angeblich solle die Erde und alles Leben
darauf in knapp achtzig Jahren nicht mehr existieren. Ein
um drei Ecken mit dem Radiomoderator verwandter Abgeordneter hätte einfach nicht mehr dichthalten können
und das von der Regierung streng unter Verschluss gehaltene Geheimnis bei einer feuchtfröhlichen Geburtstagsfeier leichtfertig ausgeplaudert. Ein riesiger
Neutronenstern, so hatte er gelallt, bahne sich zielstrebig
und mit rasender Geschwindigkeit den Weg zu unserem
heimatlichen Sonnensystem. Die riesige Gravitation des
Sterns würde alle hiesigen Planeten aus ihren Umlaufbahnen zerren und sein mächtiges Magnetfeld alles und
jeden einfach und ohne eine mögliche Gegenwehr komplett zerreißen. Nachdem der ehrenamtliche Bürgermeister der kleinen Stadt ein längeres Telefonate mit dem
gewissen Abgeordneten geführt hatte, bestätigte er beunruhigt die schreckliche Meldung.
In Windeseile verbreitete sich die Nachricht im ganzen
Land, woran wohl die moderne Kommunikationstechnik
nicht ganz unschuldig war. Bald wusste es die gesamte
Welt, obwohl alle Regierungen die Meldung heftig dementierten. Und es passierte genau das, was die Staatsmächte nur allzu gern verhindert hätten: Panik brach aus.
Junge Menschen verübten Suizid, weil sie keine Zukunft
mehr für sich sahen. Läden wurden geplündert, obwohl
das Horten von Lebensmitteln in diesem Falle völlig absurd war. Männer trauten sich endlich jenen Frauen, in
die sie heimlich verliebt waren, ihre Gefühle zu offenbaren und verfielen nach einer Abweisung dem Alkoholismus. Nachbarn, die sich seit Jahren hassten, verloren ihre

Scheu und schlugen sich nun gegenseitig die Köpfe ein. Viele Menschen gingen nicht mehr zur Arbeit, bezahlten keine Rechnungen und warteten lethargisch auf das unvermeidliche Ende. Der Drogenkonsum nahm tragische Ausmaße an. Religiöse Spinner gründeten Sekten und behaupteten mit Menschenopfern den Weltuntergang aufhalten zu können. Nur mit äußerster Anstrengung konnten die Polizei und das Militär Ruhe und Ordnung wiederherstellen.

Aber es gab auch eine Reihe vernünftiger Menschen, die zunächst einen privaten Krisenstab ins Leben riefen. Dazu gehörten Ältere, die das Ganze sowieso nicht mehr erleben würden, sowie Wissenschaftler, die fieberhaft an der Evakuierung möglichst vieler Leute zu fernen Planeten arbeiteten, damit die Menschheit wenigstens eine kleine Chance erhielt, irgendwo im Nirgendwo weiter zu existieren. Die herkömmlichen Raketen waren weder für viele Passagiere noch für interstellare Reisen ausgerüstet. Man musste also in kürzester Zeit ein riesiges Raumschiff erschaffen, das über einen ebenso riesigen Antrieb verfügte. Und genau das war das eigentliche Problem. Je weiter man fort wollte, desto mehr Treibstoff würde man brauchen. Aber je mehr Treibstoff an Bord war, desto schwerer würde das Schiff werden. Und je schwerer das Schiff war, desto mehr Treibstoff würde es wiederum haben müssen. Hier biss sich also die sprichwörtliche Katze in den eigenen Schwanz. Die Lösung des Problems lag nach Meinung der Wissenschaftler entweder im nuklearen Pulsantrieb, der trotz vorgesehener Stoßdämpfer ein ziemlich ungemütliches Reisen in Aussicht stellte, oder in einem Antimaterie-Triebwerk. Allerdings war es bisher nur gelungen einige Nanogramm Antimaterie zu erzeugen und für das Raumschiff waren wahrscheinlich ein- bis zweitausend Kilogramm von Nöten. Nachdem auch diese Nachricht durch die Medien gegangen war, meldete sich ein emeritierter Professor beim Krisenstab, der angeblich in der Lage war, diese Nuss zu knacken. Mit seinem Assistenten sei es ihm in seiner Freizeit gelungen, bereits mehrere Gramm Antimaterie erzeugt zu haben. Sofort machten sich vier Mitglieder des Stabes auf, um dem Professor einen Besuch abzustatten.

Professor Möhring war ein kleiner Mann von einem Meter sechzig und achtundsiebzig Jahren. Einzelne Strähnen seiner grauen Haare versuchten verzweifelt die Kopfhaut zu verstecken, was ihnen aber nicht gelang. Seine Strickjacke musste irgendwann einmal gelb gewesen sein und die ausgefransten Hosenbeine verdeckten mehr oder weniger seine bloßen Füße. Er bat die Vier in sein Wohnzimmer, in dem bereits ein etwa vierzig Jahre alter Mann wartete, mit grauem Anzug, hellblauem Hemd und pieksauber geputzten Schuhen. Möhring stellte ihn als seinen Assistenten vor. Dann griff er sich drei Aktenordner aus einem der Regale und wies wortlos auf drei braune Ledersessel, die mitten im Raum standen. Sein Assistent verschwand in der Küche und kam kurz darauf mit einem einfachen Holzstuhl zurück, damit sich auch der vierte Gast setzen konnte. Der Professor begann sofort mit einer Art Vortrag, die sein Assistent unterstützte, indem er gelegentlich Blätter aus den Ordnern ausheftete und diese den Gästen überreichte. Am Ende war klar, dass Möhring mit seiner Methode genügend Antimaterie produzieren und lagern konnte, falls man seine bisher genutzten Geräte in wesentlich größerer Form nachbaute. Laut den vorliegenden Berechnungen müsste das ungefähr sechzig Millionen Euro verschlingen. Zum Schluss zeigte Möhring den Gästen noch sein Versuchslabor. Es glich in seiner Art einigen Fantasielaboren aus gewissen Hollywood-Filmen, denn in zahlreichen Reagenzgläsern und

Erlenmeyerkolben gluckerten quietschbunte oder milchige Flüssigkeiten. Irgendwo strömte Dampf aus und seltsame, mechanische Arme bewegten sich unablässig auf und ab. In der Ecke stand ein kleiner Metallzylinder, der stark an einen Feuerlöscher erinnerte. Er war tiefrot lackiert und mit riesigen Spulen aus dickem Kupferdraht umgeben. Möhring warnte davor, diese Spulen zu berühren, denn aufgrund des hohen, elektrischen Stroms, der durch sie hindurch floss, wären sie brühend heiß. Das starke Magnetfeld, welches sie erzeugten, so führte der Professor aus, halte etwa zehn Gramm Antimaterie im Inneren des Behälters in der Schwebe. Bei Stromausfall würde diese Antimaterie die Wand des Zylinders berühren und es gäbe eine Explosion, die im Umkreis von mehreren hundert Metern alles vernichten könnte. Mit hochgestellten Nackenhaaren verabschiedeten sich die Vier entgeistert von Möhring sowie von seinem Assistenten, um so schnell wie möglich diesen furchteinflößenden Ort zu verlassen.

Nach einer nächtlichen Sitzung des Krisenstabes stand fest, man würde reichen Bürgern die Mitfahrt in dem großen Raumschiff garantieren, wenn sie im Gegenzug mindestens eine Million Euro für Möhrings waghalsiges Projekt bereitstellten. Bereits nach zwei Tagen waren die benötigten sechzig Millionen eingegangen.

Sowie der Professor das Geld erhalten hatte, mieteten er und sein Assistent eine riesige Fabrikhalle sowie ein Team Handwerker der verschiedensten Gewerke an. Etwa eine Woche später sollte das benötigte Material eintreffen und die Arbeiten beginnen. Allerdings meldeten sich die Handwerker nach zehn Tagen verwundert bei dem Krisenstab, da weder vom Material noch vom Professor irgendeine Spur auszumachen war. Auch die Millionen und der Assistent waren verschwunden.

Etwa zur gleichen Zeit ließen sich drei Herren, die jeweils zwanzig Millionen Euro auf ihrem Konto wussten, bei einem Schönheitschirurgen ihr Gesicht leicht umarbeiten. Einer von ihnen trug einen modischen Anzug und gut geputzte Schuhe, einer war sehr klein mit schütterem Haar und der dritte soll sogar ein Abgeordneter gewesen sein.

AIW

Es gibt spezielle Geschichten, die vorwiegend von Mund zu Mund weitergegeben werden, meist in fröhlicher Runde. Aufgrund von Vergesslichkeit oder Protzerei verändert sich aber im Lauf der Zeit ihr Inhalt immer ein bisschen mehr. Dem ungeachtet beteuern alle Erzähler nachdrücklich, dass die Story wirklich so passiert sei, obwohl es keiner von ihnen mit eigenen Augen gesehen hat oder am eigenen Leibe erfahren musste.

Beispielsweise die Sache mit dem Elefanten, der aus einem Zirkus ausbrach, um sich dann leichtsinniger Weise auf die Motorhaube eines Autos zu setzen. Auf dem Weg zur Werkstatt wurde der Autobesitzer von der Polizei gestoppt, da in der Nähe ein Verkehrsunfall mit Fahrerflucht stattgefunden hatte. Auf die Frage nach dem Grund der Beschädigung seines Wagens, antwortete er wahrheitsgemäß, dass sich ein Elefant darauf gesetzt hätte. Der Polizist nahm ihn sofort wegen Fahrens unter Drogen fest.

Oder auch die Geschichte von dem nackten Mann, der sich unter das Waschbecken beugte, um heraus zu finden, warum kein einziger Tropfen mehr aus seinem Wasserhahn hervor kam. Die Katze der Familie sah etwas zwischen seinen Beinen baumeln und schlug, ihrem Jagdtrieb folgend, mit der Tatze zu. Der erschrockene Mann stieß daraufhin dermaßen hart mit dem Kopf an das Becken, dass der Notarzt gerufen werden musste. Zwei Sanitäter bugsierten den Verletzten auf einer Trage die Treppe hinunter und fragten nach den Umständen des Unfalls. Als sie die Ursache erfuhren, ließen sie vor Lachen die Trage fallen, der arme Mann polterte die Treppe hinunter und brach sich auch noch ein Bein.

Derartige Erzählungen sind zwar kurz und lustig, liegen aber durchaus im Bereich des Möglichen. Die Geschichte, die ich Ihnen jetzt erzählen möchte, ist das ganze Gegenteil. Sie ist etwas länger, überhaupt nicht lustig und völlig unglaublich. Sie dürfen das Geschehene aber trotzdem weitererzählen. Ich bin schon gespannt, was daraus geworden ist, wenn mir ein Fremder in ein oder zwei Jahren das Ganze als eigenes Erlebnis schildert.

Gegenwärtig sitze ich aber noch in einem lächerlichen Sprachkurs und würde gern erklären, weshalb ich mich hier befinde. Los geht's!

Es war ein stürmischer Frühlingsabend. Der Wind drückte mit solcher Macht gegen meine Fenster, dass sie sich etwas nach innen durchbogen, was man deutlich an der Reflexion meiner Stubenlampe auf der glatten Oberfläche der Scheiben erkennen konnte. Sollte sich der Sturm noch verstärken, würde mir wahrscheinlich eine Kaskade von Glassplittern um die Ohren geblasen werden. Gelegentlich waren Geräusche von der nahe liegenden Straße zu vernehmen. Mal kullerte eine Glasflasche klimpernd über den Gehweg und ein anderes Mal schlug ein leerer Eimer lautstark Purzelbäume auf dem Asphalt.

Dann hörte ich ein Geräusch aus meinem Vorgarten, das ich nicht recht einordnen konnte. Ein Blick aus dem Fenster ergab rein gar nichts. Also löschte ich das Licht, um besser sehen zu können. Aber das brachte auch kein Ergebnis. Außer einem abgerissenen Ast, den der Wind über den Rasen schleifte, war absolut nichts zu erkennen. Als ich meine Lampe wieder anknipste, durchfuhr mich ein derart mächtiger Schreck, als wäre ein Blitz geradewegs durch meinen armen Körper gerast. Mitten im Zimmer stand ein Kerl, genauer gesagt, ein Alien. Und nix von wegen kleines, grünes Männchen. Nein, der Bursche war mindestens zwei Meter groß. Seine Haut war krebsrot und er hatte einen gewaltigen Kopf. Im Gegensatz dazu wirkte sein Hals ungeheuer dünn. Die Augen waren groß, flach, kreisrund und komplett blau. Hätten sie in der Mitte einen weißen Schriftzug besessen, dann hätte man sie durchaus mit einer Hautcreme-Dose verwechseln können. Sein Mund besaß keine Lippen und auch keine einzelnen Zähne, sondern eine durchgehende Zahnplatte. Allerdings war diese schneeweiß und ich fragte mich insgeheim, welche Zahnpasta er wohl benutzen würde. Außerdem trug mein Besucher so etwas wie einen grünen, ärmellosen Strampelanzug und seine Arme besaßen keine Ellenbogen. Sie wirkten seltsam elastisch, etwa wie Schlangen. Sein linker Arm umklammerte eine Art Köfferchen aus Metall. Die ganze Erscheinung schien einem Comic-Heft entsprungen zu sein. Mit weichen Knien hörte ich mich sagen: „Wer sind Sie? Was wollen Sie von mir? Und wie sind Sie überhaupt hier hereingekommen?". Der ungebetene Besucher antwortete, aber die Worte schienen nicht aus seinem Mund zu kommen, sondern entstanden direkt an meinem Ohr, als hätte ich einen dieser sündhaft teuren Kopfhörer aufgesetzt: „Ach ihr Menschen. Eine Frage nach der anderen.

Wie wäre es, erstmal nur eine Frage zu stellen und dann die Antwort abzuwarten?". Da er akzentfrei Deutsch sprach, entgegnete ich schon etwas ruhiger: „Na gut. Also woher kommen Sie?". Er lächelte: „Du kannst mich ruhig duzen. In unserer Welt duzen sich alle. Ich komme übrigens vom Planet Larsfw. Der umkreist den Stern Serkfw und ist in der 54 Millionen Lichtjahre entfernten Riesengalaxie Klimkfw beheimatet. Nach eurem Verständnis hat die Galaxie den Namen M87 und liegt im Sternbild Jungfrau". Ich staunte: „Heißt das, dass du seit 54 Millionen Lichtjahren unterwegs bist? So alt wird doch keine Sau!". „Nein, nein. Wir haben ein Verfahren entwickelt, dass es uns ermöglicht, innerhalb von wenigen Sekunden an jeden beliebigen Punkt des Universums zu gelangen. Allerdings verbraucht das ungeheure Mengen Energie. Aber die gibt es in unserer Galaxie haufenweise in Form von hoch energetischen Gammastrahlen". Ich musste mich setzen: „Wow! Jetzt bin ich echt neidisch. Aber sag mal, wie heißt du eigentlich?". Er wackelte eine Weile mit dem Kopf hin und her. Wie ich später feststellte, tat er das immer, wenn er angestrengt nachdachte. „Wir haben für Personen keine Namen, nur bestimmte Gefühle. Mein Universalübersetzer kann aber Gefühle nur sehr schlecht übersetzen. Sinngemäß hieße ich bei euch Fristlkeitlsfw". Ich musste lachen: „Weißt du was? Ich nenne dich einfach Aiw!". Er antwortete gelangweilt: „Von mir aus eben Eif". Worauf ich erwiderte: „Aber mit A I W. Abgeleitet von **A**ußer**I**rdisches **W**esen. So, und nun erzähl mal, was du ausgerechnet bei mir willst". Er wackelte so stark mit seinem Haupt, dass ich befürchtete, sein dünner Hals würde den gewaltigen Schädel freigeben und dieser dann über meinen Fußboden rollen. „Du wurdest ausgewählt, wegen deiner Theorie". Nun muss man wissen, dass ich mich damals für alles interessierte, was mit Weltall oder Raumfahrt zu tun hatte. Und ich hatte eine eigene Theorie für den Urknall entwickelt. Wenn Zeit tatsächlich relativ ist, und dass hat ja Einstein bewiesen, dann ist es doch möglich, dass in unserem Universum die Zeit milliardenfach langsamer abläuft, als darum herum. Daraus schlussfolgerte ich, dass in einem Nebenuniversum möglicherweise eine Silvesterrakete explodiert ist und unsere Sterne sind bloß die glühenden Teilchen dieser Rakete. Wenn nämlich bei uns die Zeit auch viel langsamer ablaufen würde, dann könnten sich bei unseren Feuerwerkskörpern unter Umständen Mikroben auf einigen erkalteten Pulverteilchen absetzen und im Weiteren zu einer höheren Stufe entwickeln. Man könnte also die schwebenden Pulverreste als eigenes Universum betrachten, in welchem sogar Leben möglich ist. Als ich diese Theorie auf meiner Webseite veröffentlichte, brach ein Shitstorm ungeahnten Ausmaßes über mich herein. Die Bezeichnung „hirnloser Kretin" war noch das Harmloseste. Und nun saß mir ein Alien wegen dieser Theorie gegenüber. Mein Herz klopfte schneller: „Ihr seid der selben Meinung?". „Nicht ganz. Das es eine Silvesterrakete gewesen sein soll, ist absolut albern". Das kränkte mich ein wenig: „Ich werde bestimmt mein Wissen noch erweitern. Dann verbessere ich einfach die Hypothese". Er setzte sich. „Darin liegt das Problem. Euer Lernprozess ist viel zu ineffektiv. Du wirst in deinem restlichen Leben unmöglich alles lernen können, was dazu nötig wäre". Ich verzog enttäuscht das Gesicht: „Und ihr könnt das?". Er wackelte wieder mit dem Kopf, dieses Mal aber nur kurz: „Wir sind in der Lage, chemische Substanzen zu programmieren. Diese werden dann zu Tabletten gepresst. Wenn man sie einnimmt, verändern sie die Eiweißmoleküle im Gehirn. Nach ungefähr zwei Stunden kann man sich dann an

Dinge erinnern, die man nie gesehen, gehört oder gelesen hat. Ich könnte dir mit meinen Utensilien eine Tablette für die Verbesserung deiner Theorie generieren, damit sie mit unseren Erkenntnissen übereinstimmt. Allerdings gebietet unsere Ethik, dass ich vorher dein Einverständnis einholen muss. Das ist der Grund meines Hierseins". Ich strahlte über das ganze Gesicht: „Aber nichts wie los. Ich bin so was von einverstanden, das glaubst du gar nicht. Und sag mal, könntest du nicht auch noch zusätzlich eine Tablette für Fremdsprachen zusammenbasteln? Ich wäre so gern zweisprachig, bin aber nahezu unfähig, Sprachen zu lernen". Mein Freund öffnete achtsam sein Metallköfferchen und es kam eine Schachtel mit einer seltsamen Tastatur zum Vorschein: „Kein Problem. Welche Sprachen möchtest du denn beherrschen?". Ich platzte heraus: „Englisch und Französisch". Mein Alien drückte auf ein paar Knöpfe und zwei winzige Tabletten kamen aus einer Klappe herausgekullert: „Hier, schlucken und zwei Stunden schlafen!". Ich holte ein Glas Wasser aus der Küche und spülte die Tabletten in den Magen. Mein Gast verschloss behutsam seinen Wunderkoffer: „Ich muss dann wieder. Man erwartet mich. Also mach's gut!". Bevor ich noch etwas sagen konnte, löste sich der Rote in Luft auf. Und da ich zusehends müde wurde, verfrachtete ich meinen Hintern aufs Sofa und schlief auch sofort ein. Als ich erwachte, waren genau zwei Stunden vergangen. Kaum hatte ich die Augen geöffnet, wurden mir die Fehler meiner Silvester-Raketen-Theorie schlagartig bewusst. Bevor ich aber das Ganze zu Papier bringen würde, wollte ich erst meine Sprachkenntnisse testen. Also fuhr ich meinen Computer hoch. In meiner freudigen Erwartung überging ich, dass meine Startseite anders anmutete als sonst. Ich rief mehrere englische und französische Seiten auf und konnte meine

Freude kaum fassen. Nicht nur, dass ich alles lesen konnte, nein, ich verstand sogar alle schwierigen Fachbegriffe. Als ich jedoch zu meiner Startseite zurückkehrte, konnte ich wundersamer Weise kein einziges Wort lesen. Ich war zunächst völlig fassungslos. Aber langsam dämmerte es dann doch in meinem winzigen Hirn. Ich riesengroßes Rindvieh hatte das Wort „zweisprachig" benutzt und nur Englisch und Französisch angegeben. Infolgedessen war das Deutsch aus meinem Gehirn dummerweise gelöscht worden. Und darum sitze ich jetzt in diesem dämlichen Deutschkurs und alle glotzen mich blöd an.

Heinzelmännchen

Alwin Barth erblickte an einem warmen Sonntag im Oktober als Hausgeburt das Licht der großen, weiten Welt. Vor dem Fenster erzeugten mehrere Vögel trotz ihrer kleinen Kehlen einen beachtlichen Radau. Aber weder die werdende Mutter noch die Hebamme hatten dafür ein Ohr. Die Gebärende jammerte, dass sie es nie im Leben schaffen würde und die Hebamme herrschte sie an, endlich zu pressen. Nach zwei Stunden rutschte dann Alwin schließlich in die bereitgehaltenen Hände der Geburtshelferin. Und was passierte dem neuen Erdling als Erstes? Er wurde geschlagen. Auf den Hintern. Gegen diese Ruchlosigkeit musste man doch anschreien. Und Alwin schrie. So laut, dass ihn die Hebamme um ein Haar losgelassen hätte. Die Vögel vor dem Haus verstummten erschrocken und die meisten von ihnen flatterten aufgeregt davon.

Auch die folgende Zeit war Alwins liebste Beschäftigung das Schreien, außer wenn er an der Brust seiner lärmgeschädigten Mutter lag. Nacht für Nacht trieb er seine Eltern lautstark an den Rand des Wahnsinns. Perfiderweise schlief er aber tagsüber, als könne er kein Wässerchen mit seiner kräftigen Stimme kräuseln. Erst als er die Stufe der Breiverzehrung erreicht hatte, gab Alwin etwas Ruhe. Wenn dann allerdings der Brei durch den kleinen Kerl komplett hindurch gewandert war, veranstaltete er immer noch sein ohrenbetäubendes Konzert. Nur wenn frische Windeln den Po umschmeichelten und neuer Brei den Bauch füllte, machte sich auf seinem Gesicht ein schelmisches Grinsen breit. Schließlich hatte er ja erreicht was er wollte.

Alwin entwickelte sich prächtig. Abends las ihm seine Mutter immer ein Märchen vor, wenn es sie auch nervte, ständig durch ziemlich laute Kommentare unterbrochen zu werden. Alwins Lieblingsmärchen war das von den Heinzelmännchen und er stellte sich stets vor, selbst so ein kleines Wesen zu sein. Seitdem unterschied er sich außer der Lautstärke noch in einem weiteren Punkt von anderen Kindern. Er räumte nämlich sein Kinderzimmer auf, ohne dass man ihn dazu anhalten musste.

Auch in der Schule machte er durch Unüberhörbarkeit von sich reden. Wenn ihm der Unterrichtstoff nicht zusagte, schwatzte er mit seinem Nachbarn. Allerdings so laut, dass man es im Klassenzimmer nebenan noch hören konnte. Das änderte sich aber auf einmal in der Pubertät. Es gab da nämlich ein Mädchen mit langen, kohlschwarzen Haaren und dermaßen dunklen Augen, dass man Iris und Pupille kaum unterscheiden konnte. Dieses holde Wesen reagierte auf den heimlich zugesteckten Liebesbrief erstaunlich positiv und seitdem sah man beide auf dem Nachhauseweg stets Hand in Hand. Die Spötteleien der Mitschüler überhörten sie großmütig. Allerdings hatte die bezaubernde Susanne zur Bedingung gemacht, dass Alwin künftig seine Lautstärke zu drosseln habe. Und da Liebe bekanntermaßen nicht nur Berge versetzen kann, machte sie aus Alwin einen normal sprechenden Menschen. Da soll nur noch einer sagen, es gäbe keine Wunder.

Susanne wurde kurz nach ihrem achtzehnten Geburtstag schwanger und Alwin heiratete unverzüglich seine Angebetete. Das Paar bezog eine eigene Wohnung und Alwins Ordnungsliebe machte ihn zu einem perfekten Hausmann. Er putzte mit Wonne, kochte fantastisch, wusch gern Wäsche und bügelte trällernd bis wirklich nichts mehr zum Bügeln da war. Zunächst freute das seine Frau, denn sie konnte sich immer und überall um den Nachwuchs kümmern; ein Junge namens Rolf. Später gab es gelegentlich etwas Streit, da Susanne auch gern mal gekocht hätte. Jedoch Alwin ließ das nicht zu und wurde sogar böse, als die Dame des Hauses in seiner Abwesenheit einen Kissenbezug bügelte. In den folgenden Jahren gewöhnte sich Susanne aber an den Zustand, denn schließlich ist es ja gar nicht so schlecht, wenn man nach der Fabrikarbeit nach hause kommt und nichts mehr im Haushalt machen muss. Jedoch dann kam der Tag, an dem zwei völlig unvermutete Dinge passierten. Susanne wurde arbeitslos und zeitgleich verkündete Rolf seinen Eltern, er habe sich in eine Amerikanerin verliebt und würde nächste Woche in die USA auswandern. Von da an saß Susanne ohne eine Aufgabe verloren in der gemeinsamen Wohnung herum und kam sich mehr als überflüssig vor. Lustlos aß sie die von ihrem Mann virtuos zubereiteten Mahlzeiten, schlief sehr schlecht und wurde langsam jähzornig. Ihre wunderschönen Haare ergrauten und letztendlich griff sie zur Flasche. Als Al-

266

win sie deswegen zur Rede stellte, kam es zu einem fürchterlichen Streit. In der gleichen Nacht setzte sie mit einer Überdosis Schlaftabletten ihrem Leben verzweifelt ein Ende.

Rolf war zur Beerdigung seiner Mutter aus Amerika herübergeflogen und bot seinem Vater an, ihn nach Erledigung der Formalitäten in die USA mitzunehmen. Alwin lehnte ab, was er spätestens nach drei Wochen bereute. Seine Firma musste Personal abbauen und schickte ihn in den Vorruhestand. Nun war es an Alwin, apathisch in seinem Sessel zu sitzen und sich nutzlos zu fühlen. Zuerst stellte er das Kochen ein und aß aus Dosen. Dann vergilbten langsam die Gardinen und die Fenster wurden allmählich blind. Der Teppich zeigte deutliche Benutzungsspuren und Speisereste eroberten den restlichen Teil des Bodens. In der Spüle türmte sich das Geschirr und bekam mittlerweile schwarze Flecke. Aber Alwin hatte einfach keine Kraft mehr, dagegen anzukämpfen. Wenn er es gar nicht mehr aushalten konnte, verließ er seine verdreckte Wohnung, um im Park vollgefressenen Enten Brotstücke an den Kopf zu werfen. Langsam nahm auch seine Sprechweise wieder den alten Klang an und beim Einkaufen nörgelte er einmal derart laut über das unzureichende Sortiment, dass man ihm in diesem Supermarkt Hausverbot erteilte.

Dann geschah etwas Unerwartetes. Die Speisereste vom Boden waren plötzlich verschwunden. Alwin war klar, dass jemand seine Abwesenheit genutzt hatte, um in die Wohnung einzudringen, wenn auch mit guter Absicht. Sofort hatte er seine Nachbarin in Verdacht, die ihm seit Susannes Tod unmissverständliche Blicke zuwarf. Umgehend rief er deshalb den nächstgelegenen Schlüsseldienst an und ließ das Sicherheitsschloss seiner Wohnungstür austauschen. Vergebens. Am nächsten Tag war das vergammelte Geschirr abgewaschen und sauber in den Küchenschrank einsortiert. Ängstlich verkeilte Alwin am Abend einen Stuhl unter der Klinke der Eingangstür. Aber auch das half nichts. Am Tag darauf waren die Fenster geputzt und die Gardinen gewaschen. Schaudernd rief Alwin seinen Sohn an. Der versprach sofort zu kommen.

Am ganzen Körper zitternd erzählte Alwin seinem Sohn, was in der Wohnung bisher alles geschehen war. Rolf hatte sofort eine Idee, lief zum nächsten Elektronikmarkt und kam mit einer Minikamera zurück, die er an seinen Laptop anschloss. Dann bestellten sich die beiden Pizza und Rotwein, worauf ein gepflegtes Vater-Sohn-Gespräch folgte. Ohne Aufzuräumen fielen beide leicht beschwipst ins Bett. Am nächsten Morgen war zu ihrem Erstaunen der Tisch ordentlich abgeräumt. Außerdem hatte jemand eine frische Tischdecke aufgelegt. Mit dem abenteuerlichen Gedanken, auf dem heimlich aufgenommenen Video irgendwelche Heinzelmännchen zu sehen, starrten beide in den Laptop. Was sie aber sahen war Alwin, fleißig am Arbeiten. Rolf rief sofort den langjährigen Hausarzt der Familie an, während Alwin ungläubig wieder und wieder zurückspulte. Dann schnappte sich Rolf seinen Vater, verfrachtete ihn in dessen Auto und fuhr mit ihm zum Arzt. Seiner Meinung nach war sein Vater ein typischer Schlafwandler.

Nachdem Alwin eine Menge Untersuchungen hinter sich gebracht hatte, überreichte ihm der Arzt mit sorgenvollem Gesicht ein Blatt Papier und einen Kugelschreiber. Alwin sollte eine Uhr zeichnen. So mit zwölf Zahlen und zwei Zeigern. Aber so sehr er sich auch bemühte, es gelang ihm einfach nicht. Die Diagnose: Alzheimer. Im Gegensatz zu anderen Patienten, die dann ziellos umherirrten, kam bei Alwin wieder der verschüttete Putzfimmel an die Oberfläche. Da aber keiner sagen konnte, ob das immer so bleiben oder sich verschlimmern würde, bot sich Rolf wiederum an, ihn mit nach Amerika zu nehmen, um ihn dort zu pflegen. Jedoch Alwin weigerte sich. Seiner Meinung nach dürfen Kinder zwar die Eltern belasten, aber nie umgekehrt. So kam es, dass er Insasse eines Pflegeheims wurde. Die Heimleitung fand das, trotz eines gewissen Lärmpegels, gar nicht mal verkehrt, denn von nun an blitzte und blinkte es im gesamten Haus. Sogar die bisher vernachlässigten Schränke wurden von fachkundiger Hand poliert. Als dann Alwin aber eines Morgens nicht mehr aufstand und seine Seele in Richtung Susanne unterwegs war, kündigte die Putzfrau. Es war ihr mit einem Mal viel zu viel Arbeit.

Kidnapping

„Junge, das kannst du nicht machen! Ich beschwöre dich als dein Manager und Freund, das kannst du einfach nicht machen!". Während des Redens fuchtelte der Glatzkopf theatralisch mit seinen goldberingten Händen in der Luft herum, was zur Folge hatte, dass ihm die teure Sonnenbrille von der verschwitzten Stirn auf die Nase plumpste. Sein Gegenüber, ein schlanker, jugendlich aussehender Mann von neunundzwanzig Jahren, bekleidet mit einem exakt geschneidertem Anzug aus schwarzem Glanzstoff, wehrte ab: „Aber die Weiber dürfen das, oder?". Der Haarlose wischte sich mit dem Handrücken den Schweiß von der Stirn und streifte die nasse Hand an seinem geblümten Hemd ab: „Mensch, was andere machen, kann dir doch am Arsch vorbei gehen. Bitte hör auf mich. Wer hat dich denn ins Fernsehen gebracht? Ich! Wer verschafft dir deine lukrativen Tourneen? Ich! Wer sorgt für gute Presse? Ich! Und wer dich hat eigentlich zu dem gemacht, was du bist? Ich und immer wieder ich!". Der Jüngere entgegnete aufgebracht: „Du hast ja auch keinen weiter außer mir. Sei doch ehrlich, du lebst ausschließlich von meinem Geld. Wenn ich dich feure, bist du erschossen bis in die Steinzeit und zurück". Der Kahlköpfige legte die Handflächen aneinander: „Gebe ich ja zu. Aber was ist mit dir? Wovon willst du deinen Lebensstil finanzieren, wenn dich kein Schwein mehr engagiert? Lass doch die Kolleginnen machen, was sie wollen!". „Ach so? Und was ist mit der Gleichberechtigung? Jede dahergelaufene Frau darf sich auf der Bühne über das männliche Geschlechtsteil lustig machen. Eine sogenannte Kabarettistin ist sogar mit einem Gummi-Penis in der Hand aufgetreten. Stell dir das mal umgekehrt vor!". Der Manager setzte sich, stützte verzweifelt den Kopf in die Hand und sprach betont langsam: „Scheiß doch auf diese bekackte Gleichberechtigung. Solange wir Männer nicht selber Kinder kriegen können, werden wir immer von den Frauen abhängig bleiben. Die Weiber dagegen brauchen nur ein paar Samenfäden und können sich reproduzieren, ohne je von einem Mann angefasst worden zu sein. Also erzähl mir nichts von Gleichberechtigung!". Erbost warf der Jüngere ein: „Und deshalb darf sich deiner Meinung nach jede Schlampe öffentlich darüber lustig machen, dass bei uns im Alter die Glocken tiefer hängen als das Seil?". Der Kahle schlug genervt auf den Tisch: „Deine Meinung in allen Ehren, aber die musst du doch nicht unbedingt auf der Bühne verbreiten!". „Und was ist mit Artikel fünf Grundgesetz? Der garantiert mir doch wohl die Meinungsfreiheit!". Der Manager faltete die Hände wie zum Gebet: „Ja, aber da drin steht nichts von der Freiheit, dich für immer von der Bühne zu holen. Deine Karriere wäre endgültig im Arsch und meine auch. Greg, sei doch vernünftig!". Der mit Greg Angesprochene ließ sich rückwärts in die lederbezogene Sofalandschaft fallen: „Tut mit leid Bob, aber ich werde es beim nächsten Auftritt sagen!". Der Glatzköpfige versuchte diplomatisch das Thema zu wechseln: „Warum hast du eigentlich nicht deine weltberühmte Krawatte um? Denk bitte an dein Image!". Greg wurde noch wütender: „Weil ich damit aussehe wie ein langweiliges Arschloch. Dieses überkorrekt gebundene Folterwerkzeug treibt mich in den Wahnsinn. Ich werde zukünftig mit offenem Hemd auftreten. Basta!". Er sprang auf, warf seinem Manager einen vernichtenden Blick zu und verließ den Raum. Bob Silver, der im richtigen Leben Robert Grau hieß, holte sein Handy hervor und suchte im Telefonverzeichnis nach einer ganz bestimmten Nummer. Dann sprach er leise in das Gerät: „Hör zu, du musst unbedingt was unternehmen, sonst ist es Essig mit meiner Karriere. Und damit versiegt dann logischerweise auch deine Geldquelle. Unser Freund will nämlich wortwörtlich auf der Bühne sagen, dass seine Freundin eine Fotze wie einen Staubsauger hat. Und das ist nicht einmal witzig. Also lass dir was einfallen! Und zwar schnell!".

Der adipöse Kommissar Riemer hob träge sein gewaltiges Hinterteil aus dem Bürostuhl: „Na sieh mal einer an! Wen haben wir denn hier? Einen niegelnagelneuen Kommissar. Ich habe gehört, Sie haben alle Prüfungen mit der Note Zwei bestanden. Glückwunsch!". Schimmler strahlte über das ganze Gesicht: „Danke, danke! In Psychologie habe ich sogar eine Eins". Riemer ließ sich wieder in den Stuhl fallen: „Psychologie? Wer braucht denn Psychologie? Ich habe noch nie gehört, dass jemand

mittels Psychologie einer fliegenden Pistolenkugel entkommen ist. Aber sagen Sie mal, hat man Sie nicht nach
Halle versetzt?". Schimmler lehnte sich mit der Schulter
an den schmalen Garderobenspind und verschränkte die
Arme: „Ja, ab nächste Woche Montag. Deswegen gebe
ich auch übermorgen eine kleine Abschiedsparty. Sie
sind hiermit offiziell eingeladen". Riemer nickte erfreut:
„Gibt's denn da auch was zu schnabulieren?". Der Gefragte richtete sich stolz auf: „Ein sehr ordentliches Bü-
fett und mehrere Kästen Bier. Oder trinken Sie lieber
Wein?". Die Antwort blieb in der Luft hängen, weil
plötzlich die Bürotür mit aller Gewalt aufgerissen wurde.
Hauptkommissar Hohlbach hastete ins Zimmer, richtete
seinen langen Zeigefinger auf Riemers Brust und sagte
aufgeregt: „Sie sind doch Fachmann für Entführung und
Geiselnahme. Also los, wir brauchen Sie!". Der Angesprochene machte keinerlei Anstalten aufzustehen: „Seit
wann bin ich denn Fachmann? Bloß weil ich ein einziges
Mal eine Entführung bearbeitet habe? Warum gehen Sie
nicht zu Bärschneider?". „Der ist zur Weiterbildung!".
„Und Hausknecht?". „Der ist in Urlaub. Und bevor Sie
weiter fragen, Bohrmann ist krank. Also sind Sie dran.
Sie müssen die Tasche mit dem Lösegeld übergeben.
Also los jetzt!". Riemer rührte sich immer noch nicht:
„Wäre es vielleicht zuviel verlangt, mich in die Umstände einzuweihen?". Nervös setzte sich Hohlbach auf den
wackeligen Rohrstuhl vor Riemers Schreibtisch und umklammerte mit beiden Händen den Fuß der Schreibtisch-
lampe: „Mann, wir haben keine Zeit. Die Übergabe soll
in einer halben Stunde stattfinden, und zwar in dieser
alten, verlassenen Garage oder Autowerkstatt oder was
auch immer das ist. Am Stadtrand neben der großen Baustelle. Sie wissen schon. Also hören Sie zu! Dieser Greg
Sowieso, dieser komische Komiker aus dem Fernsehen,

der ist entführt worden. Durch die Kontobewegungen seines Managers namens Silbergrau oder so ähnlich, haben wir spitzgekriegt, dass dieser irgendwie mit drinsteckt. Also haben wir uns den Kerl vorgenommen und er hat gesungen wie ein kleiner Zeisig. Der Typ hat nämlich einen Burschen für die Drecksarbeit. Dem hat er den Auftrag gegeben, diesen Greg Dingsbums daran zu hindern, irgendwelchen Quatsch auf der Bühne zu erzählen. Allerdings hat dieser Laufbursche daraufhin entschieden, ab sofort auf eigene Rechnung zu arbeiten. Er hat also diesen Greg Wieauchimmer entführt und verlangt nun zweihunderttausend von uns. Das Geld ist präpariert und steht in der Asservatenkammer zur Verfügung. Sie sollen es übergeben und danach, wenn irgendwie möglich, den Kumpel dingfest machen!". Schimmler mischte sich ein: „Ich komme mit!". „Gut", sagte Hohlbach, „aber einer bleibt draußen im Auto, falls der Kerl türmen will". Riemer stemmte sich hoch und sagte bestimmend in Schimmlers Richtung: „Ich hole jetzt das Geld. Und Sie, Schimmelchen, Sie warten im Wagen auf mich!". Schimmler grinste: „Riemchen, ich hole erst mal meine Waffen. Danach treffen wir uns dann unten!".

Der Vollmond leuchtete, als würde er Geld dafür bekommen. Ein dunkler Wagen bremste, etwas Staub aufwirbelnd, vor der halbverfallenen Autowerkstatt. Im Inneren des Gebäudes knipste jemand das Licht aus. Riemer wollte sich die Tasche mit dem Geld vom Rücksitz angeln, jedoch Schimmler hielt seinen Arm fest: „Ich will Sie nicht beleidigen, aber ich bin der Jüngere und wahrscheinlich auch der Schnellere. Außerdem sind Sie die größere Zielscheibe. Ich gehe rein". Bevor Riemer etwas erwidern konnte, war der Andere bereits hinter dem großen Holztor verschwunden. Leise schimpfend fingerte

Riemer die Taschenlampe aus dem Handschuhfach und quetschte sich aus dem Wagen. Er vernahm das Geräusch von kurz aufeinander folgenden Schüssen. Noch im Laufen zog er seine Dienstpistole, dann zwängte er seinen Bauch ungeschickt durch das schmutzige Tor. Im Halbdunkel erkannte er undeutlich seinen Kollegen. Dieser stand über einem Mann, der winselnd auf dem Boden lag. In der linken Hand hielt Schimmler eine Pistole, mit der er auf den Kopf des Jammernden zielte. Aus dem rechten Ärmel des jungen Kommissars tropfte Blut. Als Riemer keuchend neben ihm stand, fragte ihn der Angeschossene völlig unaufgeregt: „Wie wär's mit Handschellen?".

Die Party war in vollem Gange. Kommissar Riemer zog seinen jungen Kollegen zur Seite: „Schon gehört? Ein gewisser Comedian hat den Abschied von der Bühne genommen. Burnout". Dann deutete auf den bandagierten Arm des Jüngeren: „Tut's noch weh?". Schimmler nahm genüsslich einen großen Schluck Bier: „Quark! War nur ein Streifschuss". Riemer fragte betont höflich: „Wollen Sie mir nicht erzählen, was genau da drinnen vorgefallen ist?". Der Jüngere antwortete gelassen: „Nichts anderes, als in meinem Bericht steht. Als sich meine Augen an das Halbdunkel gewöhnt hatten, sah ich in fünf bis sechs Meter Entfernung diesen Kerl. Er ließ so einen komischen Revolver in seiner Hand baumeln, Smith & Wesson Model 686, falls ich mich nicht irre. Er meinte, ich solle die Tasche abstellen und meine Dienstwaffe wegwerfen. Dann forderte er mich auf, das rechte Hosenbein hochzuziehen und die zweite Knarre aus dem Knöchelhalfter auch noch wegzuschmeißen. Kurz danach konnte ich erkennen, wie er seine Waffe anhob. Mir war sofort klar, was er vorhatte und ich warf mich zur Seite. Deshalb wurde es eben nur ein Streifschuss". Riemer nahm nun seinerseits einen Schluck: „Aber als ich reinkam, hatten Sie doch eine Waffe in der Hand. Wo ist die denn plötzlich hergekommen?". Der junge Kommissar goss sich grinsend etwas Bier nach, um die Spannung zu erhöhen: „Psychologie, Herr Kollege, Psychologie! Wenn einer sieht, dass du deine zweite Pistole aus dem rechten Hosenbein hervorgeholt und weggeworfen hast, denkt er doch nicht im Geringsten daran, dass unter dem linken Hosenbein noch eine dritte lauert. Damit habe ich ihm dann in den Oberschenkel geschossen". Riemer zog die Stirn in Falten: „Und wenn nun der Kerl auch Ahnung von Psychologie gehabt hätte? Dann hätten Sie das linke Hosenbein ebenfalls hochziehen müssen. Was dann?". „Tja", antwortete Schimmler milde lächelnd, „für diesen Fall hatte ich hinten im Hosenbund noch eine vierte Wumme". Riemer lachte lauthals und erhob sein Glas: „Auf die Psychologie!"

Müll

Wir schreiben das Jahr 3011.

Mike erwachte, weil sein BodyPhon summte. „Ja?". Die Stimme seiner dritten Frau hallte in seinem Kopf. „Denkst du daran, dass unsere Kleine nächste Woche vier wird? Hast du schon ein Geschenk? Kommst du zur Feier?". „Langsam, langsam. Ich komme nächste Woche zu euch und ich hab auch ein Geschenk. Einen Akku-Roller. Ist dein vierter Mann auch da?". Die Antwort gefiel ihm nicht. „Damit du stundenlang mit ihm fachsimpeln kannst. Denkste! Mein zweiter Mann kommt aber. Mit dem kannst du dann Sport treiben". Mike grinste: „Ich bin doch nicht bekloppt und messe mich mit einem genetisch Verbesserten". Die Stimme seiner Frau wurde höher: „Und lass dir ja nicht einfallen zu kneifen. Du weißt genau, was dir dann blüht!". Mike schaltete das Phon mit einer Nickbewegung nach links ab. „Scheiß Matriarchat!". Dann sprang er tatkräftig aus der Schlafmulde und knallte prompt mit der Schulter gegen die Wand. „Mist!". Er hatte schon wieder vergessen, dass er zwangsweise Wohnraum abgeben musste. Genau die Hälfte von beiden Zimmern. Nur das Bad war verschont worden, weil es so klein war, dass man nichts mehr davon abknapsen konnte. Er fand das Gesetz äußerst ungerecht. Jeder musste die Hälfte seiner Wohnung abgeben. Doch die Leute, die schon immer eine Riesenwohnung besaßen, hatten auch jetzt noch sattsam Platz. Er hingegen musste mit wenigen Quadratmetern auskommen.

Mike stellte sich in die Ganzkörperdusche. Heute würde er dem Ultraschall etwas Wasser hinzufügen. Vielleicht sogar einen halben Liter. Manchmal muss es eben etwas Luxus sein. Nach dem Abtrocknen zog er das hellblaue Langhemd an. Momentan störte ihn das Unterwäscheverbot nicht. Es war angenehm warm. Er blickte in den Spiegel. Oh, auf dem Weg zur Arbeit würde er wohl in den Frisör-Automaten steigen müssen. In der halbierten Wohnküche drückte er auf dem Nahrungsautomaten die Taste für Algenrösti. Er hatte extra den „KK 5000" gekauft. Der fabrizierte wirklich die besten Rösti. Allerdings löste sich so ein Automat nach sieben Jahren in organischen Schaum auf, damit kein überflüssiger Müll zurückbleiben konnte. Was soll's, der Automat war ja erst ein halbes Jahr alt. Mike hatte gute Laune. Sogar der Synthkaffee schmeckte ihm heute. Plötzlich erblickte er auf dem Fußboden einen Fleck. „Computer!". Eine blecherne Stimme antwortete: *„Bereit!"*. „Überprüfe bitte die Parameter des selbstreinigenden Fußbodens und regele sie nach!". *„Anweisung wird ausgeführt!"*, antwortete die Blechstimme. Mike hätte jederzeit eine andere Stimme auswählen können, aber der Nostalgiemodus gefiel ihm eben.

Langsam löste sich der Fleck auf. Mike warf das Geschirr in die dafür vorgesehene Öffnung des Küchenautomaten. Dann verließ er die Wohnung. Der Computer schaltete hinter ihm das Licht aus und im Bad den Reinigungsmodus ein.

Als er vor die Tür trat, bog gerade ein PersoWagon um die Ecke. Mit einer Handbewegung stoppte er das Fahrzeug und stieg ein. *„Guten Tag Mike! Wohin darf ich dich fahren?"*, fragte eine warme Stimme. „Zum nächsten Haarschnippelkasten!". Mike grinste. *„Vielen Dank für die humorvolle Bestellung. Darf ich die Einheiten von deinem privaten oder vom Firmenkonto abbuchen?"*. „Privat". Der Wagen setzte sich in Bewegung. Mike kuschelte sich in die Polster und schloss die Augen. Nach zirka sieben Minuten bremste das Gefährt ab und öffnete die Tür. Vor Mike stand ein großer Frisör-Automat der Luxusklasse. Am oberen Rand lief unablässig eine Werbung für ein Erfrischungsgetränk um den ganzen Kasten herum. Über der Tür blinkte ein gelbes Licht. Aha, das sollte man nicht vernachlässigen. Er schaute auf das Display. „Nur noch für zwei Frisuren bereit", war da zu lesen. Mit den Worten: „Reicht doch" begab sich Mike in das Gerät. Sofort leuchteten zehn Bildschirme mit seinem Gesicht und verschiedenen Frisurvorschlägen auf. Er wählte eine Bürstenfrisur in orange aus. Seine langen schwarzen Haare waren ja schon mindestens vier Tage außer Mode. Eine große Manschette legte sich um seinen

Hals und drei fleißige Roboterarme fuhrwerkten in seinen Haaren herum. Zehn Minuten später stand er wieder auf der Straße. Aber weit und breit war kein PersoWagon zu sehen. Er aktivierte sein BodyPhon mit einer ruckartigen Kopfbewegung nach rechts und ließ sich mit der Transportgesellschaft verbinden. Kurz darauf erklang eine Stimme: *„Wir haben festgestellt, dass an deinem Standort zurzeit kein Perso verfügbar ist. Die Ursache liegt nicht bei unserer Gesellschaft. Du hast deshalb keinen Anspruch auf Regress-Zahlungen! Bitte gedulde dich drei Minuten!".* „Ursache?", fragte kurz angebunden Mike. *„Ein Müllturm ist unter seiner eigenen Last zusammen gebrochen und blockiert die Fahrstrecke. Eine Umleitung ist bereits eingerichtet!".* Mike wartete. Etwa zwei Minuten später stand vor ihm ein Perso mit geöffneter Tür. „Zum ISA-Hauptgebäude, auf Firmenkosten!".

Der Wagen hielt vor der ISA und Mike betrat das blaue Förderband. Sofort ertönte eine harsche Stimme: *„Dieses Band führt nicht zu deinem Büro. Bitte benutze die grüne Förderstrecke!".* Mike hob die Hand: „Schon klar, ich muss außerterminlich zu meiner Chefin"

Elisa sah verwundert auf: „Was macht denn mein Zwei-Sterne-Mitarbeiter hier?". Mike fläzte sich in den Luftsessel vor dem Schreibtisch: „Meinen dritten Stern verdienen und dir den sechsten". Elisa lehnte sich langsam zurück: „Ich höre". „Du warst doch die Heldin, welche mit ihrem Programm die zwei überdimensionalen Asteroiden aus unserem Sonnensystem hinaus bugsiert hat". Elisa lächelte. „Ach weißt du, das hat mit Heldin wenig zu tun. Mit den zur Verfügung gestellten technischen Möglichkeiten war das so etwas wie ein Kindergeburtstag. Worauf willst du hinaus?". Mike beugte sich nach vorn: „Du weißt doch, dass ich die Hälfte meiner Wohnung abgeben musste". Elisa winkte ab: „Da kann ich nichts für dich tun. Meine Wohnung wurde auch halbiert. Die Mülltürme sind hoffnungslos überlastet. Irgendwo muss doch der Müll eingelagert werden". Mike hob den Zeigefinger: „Und ich weiß wo". Es entstand ein kurzer Moment Stille. „Wo?". Elisas Frage hing wie ein Knall in der Luft. Mike lehnte sich wieder zurück: „Sagt dir Eris was?". „Äh … nö". „Eris ist der massereichste Zwergplanet des Sonnensystems. Manche nennen ihn auch den zehnten Planeten. Er zählt zu den Plutoiden, einer Unterklasse von Zwergplaneten, die jenseits der Neptunbahn die Sonne umrunden und wurde schon am 29. Juli 2005 entdeckt". Elisa zog die Augenbrauen hoch: „Ich versteh immer noch nicht". Mike breitete die Arme aus: „Du wirst das Ding zu uns heranholen und genau auf die Umlaufbahn der Erde setzen und zwar buchstäblich gegenüber von unserem heimatlichen Globus. Da immer die Sonne dazwischen ist, wird keiner was davon sehen. Und wenn dieser komische Zwergplanet stabil in der Umlaufbahn verankert ist, werden wir allen Müll darauf abladen. Was sagst du?". Elisa schüttelte den Kopf: „Abfall mit Raketen zu verschießen ist viel zu teuer. Der Vorschlag den Müll in die Sonne zu katapultieren wurde ja auch abgelehnt". Mike holte genüsslich zu seinem letzten Schlag aus. „Falsch. Wir werden den Müll nicht verschießen, sondern nur auf der Umlaufbahn der Erde parken. Die Trägheit wird mit einer winzigen Treibladung überwunden, so dass das Zeug einfach still im Raum stehen bleibt. Das kostet nicht mal ein Zehntel deiner Raketen. Und wenn dann Eris heranrauscht, knallt der Mist einfach auf dessen Oberfläche und wir sind ihn für immer los". Elisa stemmte die Hände in die Hüften: „Du Misthund. Gleich morgen werde ich dem großen Rat den Vorschlag unterbreiten. Allerdings wird die Sache bis zur

Reife etwas dauern. Unsere Sterne werden sie uns wohl postum verleihen".

Einhundert Jahre später.

Der Sekt perlte in den Gläsern. Die Vorstandsmitglieder der ISA saßen in dem großen Konferenzraum und starrten gebannt auf einen riesigen Bildschirm. Dort war eine Uhr zu sehen, dessen Sekundenzeiger quälend langsam von einer Zahl zur anderen sprang. Als er die zwölf erreichte, erschien das Gesicht des Chefkommentators: „Es ist bewältigt! Eris wurde genau vor einer Sekunde auf der vorgesehenen Umlaufbahn fixiert. Ab morgen wird die Erdbevölkerung peu à peu von der Geisel des Mülls befreit werden. Experten haben ausgerechnet, dass spätestens in einhundertzwanzig Jahren aller Müll beseitigt sein wird". Dann sah man noch einen Reporter, wie er Prominente interviewte. Zu guter Letzt wurden auch die Kinder von Elisa und Mike gezeigt, die ihren Stolz auf die verstorbenen Eltern beteuerten.

Einhundertfünfzig Jahre später.

Jonas war Müllentsorger. Eines der anerkanntesten Berufe seiner Zeit. In einem überdimensionalen Lift brachte er den Abfall fünfhundert Meter hoch in die Exosphäre und setzte ihn mit einer Treibladung auf der Umlaufbahn der Erde ab. Das war zwar sehr riskant, wurde aber ausgezeichnet honoriert. Als Müllentsorger konnte man sich einigen Luxus leisten.
Er hatte soeben das Frühstück beendet, als der Computer Besuch meldete. Jonas ließ die Tür öffnen. Zwei Techni-

ker gefolgt von einem Arbeitsroboter betraten den Raum. „Wo soll die Videowand eingerichtet werden?". Jonas zeigte auf die gegenüberliegende Wohnungsseite. Der Roboter räumte die Arbeitsumgebung frei. Dann begannen die Techniker ihr Werk. Modul für Modul wurde in die Wand eingelassen. Nach vier Stunden war alles fertig. Das Testbild zeigte die vier „Galileischen Monde" Ganymed, Kallisto, Io und Europa in einer Brillanz, als würde man selbst auf dem Jupiter stehen. Als sich die Techniker verabschiedeten, zeigte Jonas auf seinen vier Meter breiten Flachbildschirm. „Den brauche ich ja jetzt nicht mehr. Bitte werft ihn auf den Müll!". Der Roboter bugsierte den Videoschirm geschickt aus der Tür. In etwa einem halben Jahr würde das Ding bei Eris aufschlagen.

Eintausend Jahre später.

Der Direktor der New-ISA stampfte Haare raufend durch den Konferenzsaal. „Ich brauche Ideen, verdammt noch mal! Ihr solltet mal aus dem Fenster sehen, statt eure Ärsche auf den Luftpolstern breit zu drücken!". Die Delegierten wandten ihren Kopf tatsächlich zu den Fenstern, obwohl jeder längst wusste, was da zu sehen war. Die Silhouette von Eris nahm fast den ganzen Himmel ein. Die Leiterin der Abteilung Antriebe sprang empört auf: „Wieso greifst du uns an. Wir können doch nichts für die Rechenfehler unserer Vorfahren". Bevor der Direktor antworten konnte, sagte der Cheflaborant spitzbübisch: „Seid doch froh. Seitdem Eris die Sonne blockiert, ist die globale Erwärmung stark zurückgegangen. Und bevor das Ding auf uns herabstürzt, sind wir doch längst alle an Altersschwäche gestorben". Dem Direktor platzte endgültig der Kragen: „Diese bekackte Polemik nützt keiner Sau etwas. Ich brauche Vorschläge!".

Einhundertzehn Jahre später.

Der Zusammenprall war selbst nach kosmischen Maßstäben ungeheuerlich. Beide Planeten wurden förmlich zerrieben. Selbst die größten Überreste hatten lediglich nur einen Durchmesser von ungefähr fünfzehn Kilometern. Langsam verteilten sich die Trümmer auf der Umlaufbahn der einstigen Erde. Neben Gesteinsbrocken konnte man auch Gegenstände der erloschenen Zivilisation kreisen sehen. Beispielsweise verbeulte Fahrzeuge, glitzernde Automaten oder Teile von Wolkenkratzern. Dazwischen schwebte langsam ein abgerissenes Stück einer historischen Zeitung. Man konnte mit Mühe noch eine halb verwischte Zeile lesen: „Vermeidet Müll".

Über den Autor

Er ist glücklich geschieden und bestritt seinen Lebensunterhalt bisher als Werkzeugmacher, Soldat, Fahrlehrer, Sonderfertiger, freischaffender Künstler, Sozialarbeiter und Systemtechniker. Er ist alt, klein und dick, kann nicht tanzen und hasst Fernsehwerbung. Außer seinen Söhnen hat er nichts mit Hand und Fuß zu Stande gebracht. Man muss ihn wohl als verkrachte Existenz betrachten.